D1671337

Falk Köhler

Die Abenteuer des F.G.
Ausgetrickst

Falk Köhler

Die Abenteuer des F.G.

Ausgetrickst

Band I

Projekte-
Verlag
Cornelius

Impressum

1. Auflage
© Projekte-Verlag Cornelius GmbH, Halle 2011 · www.projekte-verlag.de
Mitglied im Börsenverein des Deutschen Buchhandels

Satz und Druck: Buchfabrik Halle · www.buchfabrik-halle.de

ISBN 978-3-86237-650-6
Preis: 17,50 Euro

INHALT

1. Wie es zu meiner Geburt kam

Meine Eltern lernten sich nach dem Zweiten Weltkrieg in Sachsen kennen. Die Hauptstadt Sachsens heißt Dresden und mein Name ist Falk. Dresden ist eng mit meiner Persönlichkeitsentwicklung verbunden. Wie Dresden als wunderschöne Stadt fasziniert, ist es bei mir auch so, nur eben als Mensch. Dresden musste durch seine Historie gravierende Zerstörungen hinnehmen und danach wieder gesunden. Bei mir war das ähnlich, nur dass ich noch nicht so lange existiere. Die Zerstörung Dresdens erfolgte durch die anglo-amerikanischen Luftangriffe vom 13. und 14. Februar 1945. Die Innenstadt war auf 20 km² durch 772 britische und 311 amerikanische Bomber zerstört. Laut Melderegister wurden 25.000 Tote gezählt, aber Quellenforscher meinen, in der Stadt hätten sich durch den anstauenden Flüchtlingsstrom viel mehr Menschen aufgehalten, und so können es bis zu 140.000 Opfer gewesen sein.

Die Flüchtlinge kamen mit Kriegsende aus den von den Russen eroberten Ländereien. Insgesamt waren 12 Millionen Deutsche aus den ehemaligen Ostgebieten von ihrem Grund und Boden verjagt worden. Hierzu zählten auch die Familien meines Vaters und meiner Mutter. Meine Eltern sind im Kindesalter aber nicht direkt in Dresden gelandet. Das Glück des Schicksals hatte sie abseits der Großstadt geführt. Das war ein wichtiger Vorteil, denn in den ländlichen Gebieten gab es mehr zu essen.

Die Familie meines Vaters fand Unterkunft bei Verwandten im nordöstlichen Sachsen. Sie wurde im Ort schnell akzeptiert. Das lag daran, dass sie den außergewöhnlichen Nachnamen Jendryschik trugen. Das war wichtig, denn der kleine Ort namens Straßgräbchen lag in den Besiedlungen der Sorben. Die Sorben sind abstammungsmäßig eher Slawen als Deutsche. Dazu passte der Name Jendryschik. Er klang nach gemeinsamen östlich gelegenen Wurzeln. Die Sorben bekamen mit den Rassenideologien um 1936 von den Nazis viele Verbote auferlegt. Nach dem Krieg erhielten sie durch die DDR eine vernünftige Anerkennung und zudem wieder das Recht auf Zweisprachigkeit. Straßgräbchen/ Nadrózna liegt heute noch idyllisch inmitten ausgedehnter Wälder am Rande der Oberlausitzer Heide- und Teichlandschaft. Die 700 Einwohner konnten von einer kleinen Haltestelle mit dem Zug über Königsbrück in Richtung Dresden fahren und gegenläufig ins brandenburgische Land, nach Berlin und Cottbus. Die neue Heimat meines Vaters hatte insgesamt sogar drei Namen. Das beruhte darauf, dass die evangelischen Christen von Straßgräbchen zu der kirchlichen Gemeinde von Großgrabe gehörten. Die Post wurde demnach auch zugestellt, wenn die Anschrift Großgrabe lautete.

Meine Mutter hatte es mit der Flüchtlingswelle nach Gräfenhain verschlagen. Gräfenhain gehört verwaltungsmäßig zu Königsbrück. Durch Königsbrück führt die berühmte Via Regia. Das heißt so viel wie »Königsstraße« oder »Königsweg«. Diese alte Reichsstraße war im Mittelalter rechtlich dem König zugeordnet und stand unter Friedensschutz. Die Via Regia ist auch unter dem Namen »Jakobsweg« bekannt. Dieser Weg ist gut ausgeschildert. Von Königsbrück gelangt man westlich über Leipzig und Erfurt zum Rhein bis nach Spanien und östlich in die Gebiete der Sorben, nach Görlitz und Breslau, bis weit über Schlesien hinaus.

Nach den Kriegsjahren beschäftigte sich in Königsbrück niemand mit der Via Regia. Die alte Reichsstraße war in Vergessenheit geraten. Ganz besonders das Örtchen Gräfenhain schlummerte wie im Märchenland in seiner wunderschönen Umgebung vor sich hin. Daran haben sich viele Menschen erfreut. Meine Mutter gehörte nicht dazu. Sie war als kleines Mädchen der Familie Renndolf von ihrer Mutti zur Obhut übergeben worden. Das lag daran, dass ihre Mutti in den letzten Kriegstagen noch etwas Wichtiges zu erledigen hatte. Dazu trug sie die schwarze Uniform mit dem Totenkopf der SS. Seitdem galt sie als verschollen. So kam es, dass meine Mutter in Gräfenhain blieb. Ihr Verlust war ein tiefer Schmerz. Die Verwandtschaft hatte dafür Verständnis.

Zu den Renndolfs gehörten meine Oma Emma, der Opa Oskar und deren Tochter Anna. Sie wohnten im eigenen Reihenhaus. Die Renndolfs hatten schon immer ein privates Einkommen. Demnach ging es ihnen verhältnismäßig gut. Leider fühlte sich meine Mutter vereinsamt, in der Familie zurückgesetzt und von der älteren Anna geschubst. Die Emma und der Oskar sorgten so gut wie möglich, das Leben musste weitergehen. Wenn der Acker wegen zu viel vergossener Tränen nicht bestellt war, gab es demnächst nichts zum Essen. Meine Mutter war für die Fütterung der Karnickel und Gänse zuständig.

Im Gegensatz zu meiner Mutter, die sich als Findelkind mit einem Flüchtlingsstempel auf der Stirn definierte, war mein schon jugendlicher Vater voller positiver Energie. Er sah im Elend der Nachkriegszeit auch Chancen für einen Neuanfang. Alsbald sagte man auch nicht mehr zu meinen Eltern Flüchtlinge, sondern Umsiedler. Je nach zeitlichem Verlauf und den Regionen wurde in Deutschland auch das Wort Aussiedler benutzt. Die Zahl der Flüchtlinge erhöhte sich bis 1950 auf 14 Millionen. Alle stammten sie aus den früheren Ostgebieten, den Ländern der ehemaligen Sowjetunion und einige kamen auch aus China. Ab 1990 kamen noch einmal 4 Millionen deutschstämmige Menschen ins nun wiedervereinigte Deutschland. Diese hießen jetzt Spätaussiedler.

Die deutschen Wurzeln entstanden mit der ersten großen Besiedlungswelle von 796. Um 1226 gab es Deutsche bereits an der Ostsee und in den Karpaten. Die Karpaten sind ein etwa 1.300 km langes Hochgebirge, das anteilig den Ländern Polen, Tschechien, Slowakei, Österreich, Ungarn, Ukraine sowie Serbien gehört. In Rumänien hießen die deutschen Besiedlungen Siebenbürgen. Im Baltikum gründeten deutsche Ritter eigene Ordensstaaten. Königsberg, die spätere ostpreußische Hauptstadt, gehört heute zu Russland. Mit dem 18. Jahrhundert wurde Katharina die Große, ehemals eine deutsche Prinzessin, in Russland zur alleinigen Herrscherin. Sie erließ Privilegien für Einwanderungswillige und holte damit Handwerksfähigkeiten, hohes Bildungsniveau und deutsche Tugenden ins Reich. Noch heute gibt es deutsche Bevölkerung an der Wolga, in Kaukasien, am Schwarzen Meer, im fernen Sibirien sowie im Osten vom Amur.

Wären meine Mutter und mein Vater nicht in Ostdeutschland aufgewachsen, sondern im Westen, hätten sie sich als Umsiedler organisieren können. Das haben die Russen bei uns nicht zugelassen. In Lübeck gründete sich der Bund der Vertriebenen. In der sowjetischen Besatzungszone mussten die Umsiedler den Mund halten. Wenn sie das nicht taten, riskierten sie, nach Sibirien abtransportiert zu werden. In hiesigen Arbeitslagern verbrachten 5 Millionen Deutsche ihr Leben unter härtesten Bedingungen. Die Hälfte von ihnen starb bis zur Rückkehr 1956.

Meine Mutter und die Familie Renndolf hatten wegen ihres Wohnortes ständig mit den Russen Kontakt. Die Rote Armee war ringsum kaserniert. Das Militärische hatte in Königsbrück eine lange Tradition. Schon 1906 richtete sich hier das Königlich Sächsische Armeekorps einen Truppenübungsplatz ein. Dazu wurden die Einwohner von Quosdorf, Zietschen und Otterschütz ausgesiedelt. Unter Hitler erweiterte die Wehrmacht dieses Areal. Die angrenzenden Dörfer Bohra, Krakau, Naundorf, Rohna, Sella, Steinborn und Zochau mussten noch weichen. Nach Kriegsende waren nun die Russen da und lagerten bis 1988 Nuklearraketen. Auch die Nationale Volksarmee der DDR prägte das Territorium. Die NVA war durch das Institut für Luftfahrtmedizin präsent, das Mitte der 80er Jahre mit Hochtechnologien von Österreich ausgerüstet wurde. Es entstanden eine Hochleistungszentrifuge sowie eine Unterdruck-Dekompressions-Kammer, in der sich der Kosmonaut Sigmund Jähn auf den ersten deutschen Raumflug vorbereitete.

Zwischen Königsbrück und Gräfenhain fand eine Batterie »Roter Soldaten« im schönen Tiefental Unterkunft. Meine Mutter hatte vor den Russen große Angst. Schätzungsweise 2 Millionen Frauen sind von den Russen vergewaltigt worden. Sie selbst wurde als kleines Kind verschont, ein russischer Offizier hatte sie wegen ihres zu geringen Alters vor seinen Soldaten geschützt.

Später bedankte sich meine Mutter, indem sie ein paar Worte der russischen Sprache lernte und in die Gesellschaft für Deutsch-Sowjetische Freundschaft eintrat. Die DSF war eine Massenorganisation mit 6 Millionen Mitgliedern. Zudem sang meine Mutter im Königsbrücker Chor nicht nur deutsche Volksweisen, sondern auch russische Kosakenlieder. In denen hieß es:»Durchs Gebirge, durch die Steppe zog unsre kühne Division. Und der Feldzug hat sein Ende, erst am Stillen Ozean …«

1956 war meine Mutter eine hübsche junge Frau geworden. Zudem konnte sie gut rechnen. Darum erhielt sie bei der Sparkasse Königsbrück eine Lehrstelle. Bevor mein Vater ein Genosse wurde, hat die Partei bei ihm bemerkt, dass er kleinen Kindern beim Lernen helfen kann. So wurde er Lehrer an der Königsbrücker Schule. Meine Eltern begegneten sich und als sie 1957 heirateten, erhielten sie eine geräumige Wohnung.

Meine Eltern schafften es schon im ersten Ehejahr, dass meine Schwester Kristin zur Welt kam. Bei mir dauerte es bis 1961. In meinem Geburtsjahr gab es noch zwei weitere Besonderheiten. Als erster Mensch im Weltall umrundete Juri Gagarin mit seinem Raumschiff Wostok 1 unsere Erde in 108 Minuten. Er verunglückte später tödlich bei einem Testflug mit einer MiG-15. Die MiG-15 war für die Sowjetunion ein Erfolg. Die USA setzte 1953 eine Belohnung im Wert von 100.000 US-Dollar aus. Diese Summe sollte der erste Pilot erhalten, der mit einer MiG-15 zu den amerikanischen Truppen flüchtete. Noch im selben Jahr landete ein Pilot von der nordkoreanischen Luftwaffe mit seiner Maschine in Südkorea und 1970 unterflog ein ungarischer Offizier das Radarnetz Richtung Italien.

Das Jahr 1961 ist auch vom Berliner Mauerbau gezeichnet. Die NVA plus 5.000 Angehörige der Grenzpolizei, 5.000 Volkspolizisten sowie 4.500 Angehörige der Betriebskampfgruppen waren beteiligt. Vom Westen traf erst 72 Stunden später in Moskau ein diplomatischer Protest ein. Es gab das Gerücht, die Alliierten und Sowjets hätten sich vorab versichert, dass die Rechte in Westberlin nicht angetastet werden. Der amerikanische Präsident John F. Kennedy äußerte dazu, dass es sicherlich keine sehr schöne Lösung wäre, aber tausendmal besser als ein neuer Krieg.

An der Berliner Mauer sind bis zu 238 Menschen getötet worden. Der letzte Fluchtversuch ereignete sich am 8. März 1989. Winfried Freudenberg war mit einem defekten Ballon in den Tod gestürzt. In den 40 Jahren der DDR-Geschichte wurden etwa 75.000 Menschen wegen versuchter Republikflucht mit bis zu acht Jahren Gefängnis bestraft.

In meiner Familie hat sich um den Mauerbau niemand geschert. Sie meinten, man könne im Osten auch glücklich werden. Zudem hatten sie als Flüchtlinge keine Vermögenswerte, die der Sozialismus verstaatlichen konnte. Bei der ersten Enteignungswelle wurde nach 1945 die ostdeutsche Scholle in Parzellen zu 5 Hektar an 500.000 Neubauern übergeben. Durch Zusammenschluss entstanden später daraus die LPGs (Landwirtschaftliche Produktionsgenossenschaften).

Mein Vater war ein guter Lehrer. Seinen Schülern hat er keine sozialistischen Parolen gepredigt. Lügen haben nämlich kurze Beine, besonders auf dem Ländlichen, wo die Sozialkontakte nicht so anonym sind wie in der Stadt. Darum hat er im Unterricht auch gelehrt, dass nicht jeder Bauer der DDR mit der kollektivistischen Bewirtschaftung ein freudiges Hurra anstimmte. Insgesamt ging es den Mitgliedern der LPGs in der DDR verhältnismäßig gut, zumindest solange sie keine Austrittspläne hatten. Die LPGs förderten ihre Mitglieder mit Hilfen beim Eigenheimbau, sie delegierten zum Studium und betrieben Kindergärten sowie Erholungsheime. Die kleineren Kinder fuhren ins Ferienlager und den größeren Kindern standen Jugendclubs offen. Auch der Breitensport war gefördert, nur hießen die Fußballvereine jetzt »Traktor Friedersdorf« oder »Fortschritt Neustadt«.

Die Enteignungen waren aber keine Erfindung der DDR. Historisch gab es das Recht auf Enteignung schon bei den Römern, 1743 schuf sich Schweden dafür die Grundlage, 1794

Preußen, 1810 Frankreich und ein Jahr darauf Österreich. Karl Marx und Friedrich Engels beschrieben 1849 im Manifest der Kommunistischen Partei die Verstaatlichung als theoretische Grundlage zur Abschaffung des Kapitalismus. Nach dem Ersten Weltkrieg setzte das Deutsche Reich 1918 den Kaiser ab und enteignete den Adel, aber gegen Ausgleichszahlung. Bei der Umwandlung des kleinen Herzogtums Mecklenburg-Strelitz in einen Freistaat betrug die Enteignungsfläche, da fast nur Ackerland da war, 55 Prozent. Einige Wälder oder sonstig wertvollen Grund behielt der Adel zur Bewirtschaftung, aber viele Schlösser, Archive, private Sammlungen, Gartenanlagen, Theater, Museen und Bibliotheken gingen an die deutschen Staaten. Ab 1933 konzentrierte sich die Enteignung auf das Judentum. 1945 kam es teilweise auch in Westdeutschland zu Enteignungen, aber gegen Entschädigungen in Form von Schuldverschreibungen oder Tilgungshypotheken. Meine Eltern betrachteten die Enteignungen als ein großes Experiment. Wären sie selber Betroffene gewesen, hätten sie garantiert anders darüber gedacht.

2. Die Scheidung meiner Eltern

Leider hielt die Ehe meiner Eltern nur bis 1966. Zur Scheidung kam es, weil mein Vater mich öfters vom Kindergarten abholte. Hierbei verliebte er sich in meine Kindergartenleiterin. Mein Vater wurde deswegen von seiner Partei gerügt und durfte nicht mehr als Lehrer arbeiten. Als er bei uns zu Hause auszog, wurde er Leiter der Station Königsbrück, wo er auch vorübergehend wohnte.

Die Station Königsbrück war eine soziale Einrichtung, konzipiert als Zentrum für Bildung und aktive Freizeitgestaltung, wo Kinder und Jugendliche täglich kamen und gingen, wie es ihnen gefiel. Zur Station gehörten ein großes Grundstück mit Hauptgebäude und einiges an Nebengelass. Mein Vater war als Chef gleichzeitig der Gärtner, Handwerker, Pionierleiter und Ansprechpartner der FDJ (Freie Deutsche Jugend). Unter seiner Obhut entstanden Modellflugzeuge, wurden Radios repariert und zum Ende des Sommers bastelte man Drachen, die später fröhlich tanzend im Herbstwind aufstiegen. In der Vorweihnachtszeit werkelten viele Kinder an elterlichen Geschenken. Dazu fuhr eine aufgebaute Modelleisenbahn ihre Runden, dessen Ambiente liebevoll gestaltet war. Für Unternehmungen stand ein Kleinbus der Marke Barkas zur Verfügung.

So ein Kleinbus war für damalige Verhältnisse purer Luxus. Leider konnte ich nur selten mitfahren. Mein Vater fuhr nicht zum eigenen Vergnügen und das Benzin war limitiert. Seine Besorgungen mussten sich mit privaten Anliegen verbinden lassen. Als er sich einen neuen hellblauen Skoda kaufte, änderte sich das. Jetzt konnten wir gemeinsam schöne Ausflüge unternehmen. Kristin fühlte sich aber gegenüber Mutter als Verräterin und so fuhr ich alleine mit. Die Tour ging nach Hoyerswerda. Hier hatte der Sozialismus ein Kaufhaus gebaut, wo es eine Rolltreppe gab. Die durfte ich ausgiebig testen.

Meine Mutter sah mich ab sofort noch weniger gern bei meinem Vater. Leider trug jeder Besuch zu einer höheren innerfamiliären Belastung bei. Von Scheidung verstand ich nicht viel und außerdem hielt ich treu zu meinem Vater. Das beruhte darauf, dass er erstens ein sehr anständiger Kerl war und zweitens war es reiner Protest, denn von meiner Mutter und meiner Schwester hörte ich über ihn nichts Gutes.

Mit der Zeit übertrug meine Mutter der Kristin zunehmend die Rolle einer Erziehungshilfe. Meine dreieinhalb Jahre ältere Schwester war darüber glücklich und damit überfordert zugleich. Wenn sie mich vom Kindergarten abholte, sollte sie aufpassen, dass ich zu meinem Vater keinen Kontakt finde, denn die Station war nicht weit. Solche Aufträge hat sie mit vollster Überzeugung umgesetzt. Sie fand, ich würde von ihm seit jeher bevorzugt werden. Zudem behauptete meine Mutter, Mädchen wären bei meinem Vater generell weniger wert. Wenn ich versuchte, dagegen Einspruch zu erheben, wurde ich angehalten, in mich zu kehren, gründlicher nachzudenken und wenn nicht, wäre es ein Zeichen meiner Unvernunft. Zudem spalte ich mit meinem Verhalten den Rest der Familie und ob ich das wirklich wollte.

Meine Mutter und meine Schwester bildeten einen festen Block. Kristin bekam reichlich Oberwasser. Wir zankten uns öfters und mit der Zeit wurde ich ein kleiner Trotzkopf. Unsere familiäre Harmonie hat darunter immer mehr gelitten und auf Dauer geht so ein Konflikt über die Gesundheit aller. Meine Mutter erlitt ihre ersten nervlichen Zusammenbrüche. Meine Schwester begann an den Fingernägeln zu kauen und auch ich war ständig mit kleineren Krankheiten beschlagen. Zur Genesung bekam ich eine Kur an der Ostsee verordnet. Ich habe dort fürchterlich gelitten, ganz alleine für 6 Wochen weit weg von Königsbrück. Das hat aber niemand verstehen wollen und hinterher wurde alles noch schlimmer. Danach habe ich nämlich meinen Vater nie mehr sehen dürfen. Bestimmt haben sie ihm gedroht, dass sich so eine schöne Kur für mich nicht öfters organisieren ließe und wenn er will, dass ich gesund bleibe, solle er sich fernhalten.

Mittlerweile konnte sich meine Mutter auch auf das Urteil des Scheidungsrichters berufen. Mein Vater wurde schuldig gesprochen. Als Genosse dürfe ihm eine Scheidung nicht passieren und in Zukunft solle er diszilinierter werden. Solche Urteile haben die Kommunisten später wieder abgeschafft. Es wurde ohne Schuldspruch geschieden.

Meine Mutter bekam das alleinige Sorgerecht. Damit war ich überhaupt nicht einverstanden. Sie meinte nun öfters, dass ich ein undankbares Kind sei, schwierig und vorlaut. Damit ich ihre Nerven schone und von meinem Vater entwöhnt werde, wurde ich nun öfters in Gräfenhain bei den Renndolfs untergebracht. Meiner Schwester gefiel diese Lösung, denn sie ging in die dritte Klasse und war der Meinung, sich ohne mich schulisch besser entwickeln zu können. Ich war damals 5 Jahre alt und mit dieser Entscheidung sehr zufrieden, denn von den Gräfenhainern wusste ich, dass sie mir gut zugetan waren.

3. Die Renndolfs in Gräfenhain

Der kürzeste Weg von Königsbrück nach Gräfenhain war zu Fuß in einer Stunde zu meistern. Er war mir vertraut. Ich kannte das Tiefental und die hier stationierten Russen von vielen Spaziergängen. Es ging entlang eines romantischen Pfades, der sich an einem lustig gluckernden Bach namens Pulsnitz orientierte. Die Umgebung ist sehr reizvoll. Daran konnte sich meine Mutter aber kaum erfreuen. Je näher wir den stationierten Russen kamen, desto unsicherer wurde sie. Letztendlich schob sie mich und meine Schwester wie ein lebendes Schutzschild vor sich her. Sie entspannte sich erst, wenn wir die Sowjets weit hinter uns gelassen hatten.

Das Tiefental ist an vielen Stellen gut einzusehen. Schon von weitem sahen die Unterkünfte der Soldaten menschenunwürdig aus. Bevor die Russen sich hier niedergelassen hatten, wurden die Gebäude zur Mästerei von Schweinen genutzt. Von meiner Mutter und den Renndolfs hörte ich, in der Sowjetunion seien noch viel ärmlichere Lebensbedingungen anzutreffen und darum würden die ehemaligen Schweineställe den Soldaten nichts ausmachen. Das konnte ich schlecht einordnen, denn schließlich umkreisten die Russen mit Sputniks unsere Erde und wollten den Weltkommunismus einführen.

Auf dem letzten Drittel unseres Weges nach Gräfenhain hatten die Renndolfs im Tiefental etwas Land gepachtet. Dazu gehörten direkt am Wasserlauf eine fruchtbare Wiese und etwas höher gelegen am Hang ein Stück trockener Acker. Ich war öfters mit den Großeltern hier. Meine Oma baute emsig ihr Gemüse an. Für die Karnickel gab es immer frisches Gras. Wenn die Halme groß genug waren, wetzte mein Großvater eifrig die Sichel und schwang die Sense. Das ergab, von der Sonne getrocknet, einen Wintervorrat an Heu.

Im Tiefental spielte ich zumeist an der Pulsnitz. Beim Ziehen des Unkrauts habe ich mich nicht bewährt. Oma Emma und

Opa Oskar haben darin kein Ungemach gesehen. Darum verehrte ich sie. Wenn mir langweilig war, schaute ich neugierig zu den Russen. Über die offene Aue trennten uns nur wenige hundert Meter. Die Wachposten beobachteten uns bestimmt auch, nur viel genauer, denn sie waren mit Ferngläsern ausgerüstet. Wenn wir unser Tageswerk vollbracht hatten und nach Hause gingen, dachte ich manches Mal, jetzt wären die Soldaten bestimmt auch lieber bei ihren Familien und sie taten mir leid.

Bei der Gräfenhainer Familie lebten alle Generationen unter einem Dach. Die Tochter der Renndolfs, meine Tante Anna, hatte geheiratet. Ihr Ehemann war demzufolge mein Onkel Franz. Dieser war als Musiker an der Kamenzer Offiziershochschule der NVA tätig. Bei der Marschkapelle der Luftstreitkräfte war er Posaunist. Ein Militärmusiker zu sein, war in der DDR ein genialer Job. Mit dem ganzen Armeekram hatte mein Onkel nur so viel zu tun, dass er eine festliche Uniform trug. Dazu gab es eine großzügige Besoldung.

Tante Anna hatte ihrem Franz drei Knaben geboren. Der älteste hieß Christian. Er besuchte die 8. Klasse und befand sich in der Pubertät. Deswegen konnte er mit mir nicht viel anfangen. Der mittlere Sohn hörte auf den Namen Ulf. Er war ein Jahr früher geboren als ich und ging in die erste Klasse. Mit ihm war ich öfters nachmittags zusammen, vorausgesetzt, er hatte seine Schulaufgaben ordentlich erledigt. Der Ulf war charakterlich stark in Ordnung. Da er aber mit meiner Schwester Kristin bereits die schulische Bildung genoss, fanden beide hier zunehmend interessante Gemeinsamkeiten. Der jüngste Sohn, nur ein paar Monate später als ich geboren, hieß Karl. Da die Schule noch vor uns beiden lag und der ganze Tag zu unserer freien Verfügung stand, verbrachten wir miteinander viel Zeit. Alsbald verstanden wir uns so gut, dass die Älteren meinten, wir müssten besonders im Auge behalten werden.

Da meine Großeltern bereits Rente bezogen, war unsere Aufsichtspflicht prinzipiell gewahrt. Zudem ging Tante Anna keiner festen Tätigkeit nach. Sie hatte mit der Haushaltsführung und ihren drei Söhnen genug zu tun. Wenn sie gelegentlich im Dorfladen oder im Kindergarten aushalf und unsere Aufsicht durch die alten Renndolfs nicht gewährleistet schien, besuchte Karl kurzerhand den hiesigen Kindergarten. Auch ich wurde hier ab und an kurzerhand zu einem Gastkind.

In meiner Gräfenhainer Zeit wohnte ich zumeist im Erdgeschoss bei den Großeltern. Ich schlief öfters gleich auf dem Sofa in der Stube, wo mich nachts ein Regulator mit einem wunderbaren Klang auf die Zeit verwies. Diese Lösung gefiel mir besser, als zur Nacht in die Ritze des Ehebetts meiner Großeltern zu müssen. Zwar wurde dann strikt darauf geachtet, dass genügend frische Luft zirkulierte, denn ältere Menschen klagen öfters über Darmbeschwerden, aber als Kind kennt man solche Krankheiten nicht und es fällt schwer, sich damit abzufinden. Blähungen sind aber nicht nur eine üble Beeinträchtigung der Luft, sondern auch eine nicht zu unterschätzende gesundheitliche Gefahr. Heute weiß ich, dass in vielen Büchern zu lesen steht, im Darm sitzt der Tod.

4. Meine Bekanntschaft mit dem Tod

Meine Großeltern kannten nie wirklich Ruhe. Sie meinten, dass man davon sterben könnte. Frühs ging es mit dem ersten Hahnenschrei aus den Betten. Das Herrichten von Mahlzeiten hieß bei meiner Oma, dass sie unsere Mäuler stopfen musste. Sie hatte immer besondere Sprüche drauf, dass wir eine große Bagage wären, eine Plage, eine schwere Bürde und eine ungeheuerliche Last. Bei solchen Reden hat sie sich aber abgewendet, weil sie dabei immer in sich hineinschmunzeln musste. Zudem verstand sie sich auf Redewendungen, wie zum Beispiel, dass man mit Speck Mäuse fängt. Auch beherrschte sie die altsächsische Sprache. Der Abort heißt heute Toilette, die Abern sind Kartoffeln und mit dem Begriff Hitsche war eine kleine Fußbank gemeint.

Meine Oma und ich wurden intensiv miteinander vertraut. Wenn der Karli in den Kindergarten sollte, nahm sie mich unter Kontrolle. Da meine Betreuung besonders in der Sommerzeit stattfand, wo die Vorbereitungen und das Einbringen der Ernte ein heißes Thema waren, gab es immer viel zu tun. Gemeinsam gingen wir viel runter zum Pachtland ins Tiefental. Die Pulsnitz war über Jahrhunderte der Grenzfluss zwischen Sachsen und der Oberlausitz. Das Gewässer heißt auf Sorbisch Połčnica und ist nach der Stadt Pulsnitz benannt. Pulsnitz ist Ostdeutschlands bekannteste Pfefferkuchenstadt. Seit 1558 gibt es hier diverse Spezialitäten, besonders lecker mit Schokoladenüberzug.

Wenn meine Oma meinte, sich nicht über etwas ernste Gedanken machen zu müssen, habe ich sie über Gott und die Welt ausfragen dürfen. Das war eine große Ehre. Sie war nämlich keine sehr geschwätzige Frau. Mir konnte sie sich aber anvertrauen und so erfuhr ich einiges aus ihrem Leben. Der Großvater und sie hatten als junge Eheleute in Gräfenhain Land zur Bewirtschaftung von Steinbrüchen erworben. Mit gestählter Muskelkraft und einigen Stangen Dynamit wurde so lange Granit abgesprengt, bis eine große Grube entstand. Wenn das Grundwasser so nach oben drängte, dass es sich nicht mehr abpumpen ließ, wurde ein neuer Bereich zum Abbruch erschlossen. In der alten Grube konnte man nur noch nach Feierabend baden gehen. Der Verkauf von Granit funktionierte lange gut. Die Renndolfs bauten für damalige Verhältnisse ein respektables Haus. Einiges an Geld kam für schlechte Zeiten auf die hohe Kante.

Eines Tages trug es sich zu, dass an einem heißen Sonntag die gesamte Großfamilie beschloss, sich der Hitze an einem ihrer Steinbrüche zu entledigen. Das Baden war zwar überall mittels Schilder strengstens untersagt, aber auf dem Dorf sind Schilder weniger wichtig als in der Stadt. Fröhlich sind wir zum schönsten der Steinbrüche spaziert. Er lag eingebettet inmitten duftender Sträucher und von hohen Bäumen umrahmt. Als unser Lager mit einigen Utensilien vorbereitet war, kamen die Getränke an einen schattigen Platz. Das Bier für die Männer und die Limonaden für uns Kinder wurden im Wasser gekühlt. Dem Kaffee und Rührkuchen war die Wärme egal. Aus dem Kofferradio dudelte eine beschwingte Weise.

Die Luftmatratzen wurden ins Nass gelassen und gemächlich ließen wir uns darauf treiben. Die Schönheit der Natur spiegelte sich im Wasser. Die Konturen des hochragenden Felsgesteins, die ausladend grünen Bäume und das strahlende Blau des Himmels zeichneten sich friedvoll ab. Die Sonne glitzerte dazu im ruhigen Wasser. In die angenehme Stille zwitscherten ein paar Vogel hinein. Unsere Luftmatratzen hinterließen nur seichte Wellenlinien. In Harmonie plauderten die Erwachsenen. Wir Kinder saßen daneben und hörten zu. Das Wasser war in der Fläche nicht größer als ein Fußballfeld, dafür aber sehr tief. Unnötige Bewegung hätte uns sofort an die nächste Felswand geführt. Einen Panoramablick gab es nicht. Bei einem trüben Tag hätte ich mich erdrückt gefühlt.

Luftmatratzen bieten auf dem Wasser keine gute Statik. Mit ihren wackligen Eigenschaften muss man sich erst vertraut machen. Plötzlich geschah es, dass ich nach hinten kippte. Darauf war ich nicht vorbereitet. Schwimmen konnte ich nicht. Eigenartigerweise ist dabei kein Laut aus meinem Mund gekommen. Das ging auch schlecht, denn erstens war ich vor Schreck wie gelähmt und zweitens hatte ich meinen Mund voll Wasser. Das musste ich ständig schlucken. Dabei bin ich schnell wie ein Stein gesunken, keine Sekunde vom Wasser getragen. In der Tiefe umfing mich keine Angst, eher Faszination. Mein Körper fühlte sich an wie schockgefroren, das Wasser war noch sehr kalt, aber gleichzeitig war mir warm. Unter mir wurde es immer dunkler, entfernt von oben glitzerte noch etwas die Sonne durch.

Ich bin sehr diszipliniert und artig abgeglitten. Nur war das keine Absicht, es geschah ohne mein Zutun. Weil ich ohne großes Aufsehen von oben abging, haben die Gräfenhainer mein Fehlen gar nicht gleich mitbekommen, ich ja selbst nicht. Bis die Erwachsenen oben reagierten, erfuhr ich mit unfassbarem Erstaunen, dass mein Ertrinken sich gar nicht so schlecht anfühlte, wie ich ursprünglich dachte. Alles lief ohne negative Emotionen ab. Wenn ich einen Aal hätte vorbeigleiten sehen, wäre er mir wahrscheinlich so vertraut gewesen, als würden wir uns höchstpersönlich kennen. Tiefseefische wären mir ebenso lieb gewesen. Mir war alles nur angenehm, statt Angst umschlossen mich Ruhe und grenzenlose Offenheit für das, was wohl nun kommen möge.

Viel kam von der unbekannten Erfahrung nicht mehr. Plötzlich krallten sich Finger in mein Kopfhaar. Ruckartig löste sich mein schwebender Zustand. Panik bestimmte meine Sinne. Der harte Fingergriff kam von meinem Onkel Franz. Er zog mich mit aller Kraft nach oben. Ich zappelte und hörte, dass mein Mund glucksende Geräusche verursachte. Als ich an der Oberfläche war, blendete mich das Licht. Bis das geschluckte Wasser aus mir raus war, mischten sich schnelle Atemversuche mit Hustenanfällen. Die Schwerkraft zerrte an mir. Wie mit schweren Gewichten beladen, bemühte ich mich auf die Luftmatratze. Meine verquollenen Augen nahmen ringsum entsetzte Gesichter wahr. Meine Verwandtschaft hatte ihre Kinder schon an Land gebracht.

Ohne dass von irgendjemandem große Worte kamen, wurde unsere Rückkehr vorbereitet. Wie einstudiert, ruhig und zielstrebig, als würde jeder seinen Part hundertmal geübt haben, saßen alle Handgriffe perfekt. Keiner verspürte den Drang, etwas zu sagen, auch auf dem Weg ins Haus nicht. Erst als eine Nacht dazwischenlag, begannen bei allen die gewohnten Gespräche. Das Thema meines Aufenthaltes unter dem Wasserspiegel war tabu.

Zu einem Schwimmer wurde ich erst in der vierten Klasse. Zum Lernen führten uns die Lehrer im Rahmen des Sportunterrichts zur nächstgelegenen Schwimmhalle. Hier übertrugen sie ihre Verantwortlichkeit dem Bademeister. Danach hieß es, alles hört auf sein Kommando und Ertrinken wäre keine schöne Sache. Am Ende erhielten wir fast alle das Schwimmabzeichen. In dieser Zeit erfuhr ich, dass Onkel Fritz und Tante Anna vor der Geburt ihrer drei Jungs eine Tochter hatten, die durch einen Badeunfall im Brunnen des eigenen Gartens ertrunken war.

5. Wie ich ein Allergiker wurde

In Gräfenhain trug es sich zu, dass unserer schönen Natur groß-flächige Bauarbeiten abverlangt wurden. Das Erdreich war in einer langen Schneise durch Bagger aufgerissen. In ihnen fügten fleißige Schweißer parallel zwei große Rohre zu einer nicht enden wollenden Leitung. Wir hatten einen sehr heißen Sommer. Die Bauarbeiter haben geschwitzt, dass ihnen der Schweiß den Rücken runterperlte, und geschuftet, als hätte die DDR den Sozialismus noch nicht erfunden. Damit war klar, es würde sich um höhere Interessen handeln. Demnach waren diese Leitungen für die Versorgung der russischen Kasernen bestimmt.

Abseits in einer Senke des Waldes, wo uns keiner entdecken konnte, habe ich mit dem Karli an einem Sonntag, der selbst unseren Bauarbeitern heilig war, einmal die großen Rohrleitungen unfreiwillig näher untersucht. Die äußeren Rundungen waren im Untergrund mit einem Kaltanstrich als Bindemittel versehen. Darauf kam der eigentliche Schutzanstrich. Dieser bestand aus dick aufgetragenem Bitumen. Das Wort Bitumen kommt aus dem Lateinischen und heißt übersetzt »Erdpech«. Erdpech wird kaum noch in seiner natürlichen Form verwendet, sondern heute aus Erdöl hergestellt. Dieser Stoff ist absolut wasserabweisend und versiegelt die kleinsten Poren. Bitumen ist thermoplastisch. Das heißt, es besitzt eine Konsistenz, die abhängig von Temperaturen ist. Je größer die Erwärmung, desto zähflüssiger ist das Material, aber gleichzeitig bei Unterkühlung nicht zu spröde. Damit hält es gut den Schwankungen der Jahreszeiten stand.

An dem Tag, an dem ich meine ausgiebigen Studien mit Bitumen machte, wollten Karli und ich runter zum Tiefental. Die Baustelle sollte uns nicht vom kürzesten Weg abhalten. Zwei Rohre, im Graben nebeneinander liegend, waren zu überwinden. Ein abkühlendes Gewitter war gerade vorüber. Um uns atmete die Natur ihre sengende Hitze aus. Wir waren barfuß und nur in Badehosen unterwegs.

Meine Prüfung des Hindernisses ergab, der Anstrich ist fest genug, um darüber hinwegklettern zu können. Von der Oberkante des ausgehobenen Walls war ich mit kühnem Satz auf das erste Rohr gesprungen. Die dicke Masse des Anstrichs trug mein Gewicht. Zufrieden beriet ich den Karli, auf welche Weise er mir folgen könnte. Weil Karli aber etwas kleiner war, traute er sich den Sprung nicht zu. Er suchte eine Stelle, wo er vom Boden aus hochklettern konnte. Die Zeit verstrich.

Als ich dem Karli meine Hand reichte, machte ich einen großen Ausfallschritt und beugte mich etwas vor. Das veränderte den Stand meiner Füße. Meine Zehenspitzen und Versen machten aus der Flächenlast eine Punktlast. So eine Gewichtsverlagerung verträgt Bitumen nicht. Der Halt gab unter mir nach. Ich rutschte in der hervorquellenden, eklig schwarz glänzenden Masse weg. Die Bitumenschicht war durch den Regenguss nur an der Oberfläche erkaltet. Unter der Deckschicht hatte das Sonnenlicht noch die volle Energie gespeichert. Meine Fußsohlen begannen heiß zu werden. Es verging die Schrecksekunde. Dabei verlor ich weiter das Gleichgewicht. Mein Körper rutschte mit Spagat, bis ich im Spalt zwischen beiden Rohren lag. Jede weitere Bewegung setzte wieder heiße, zähflüssige und klebrige Masse frei. Zuerst rappelte ich mich reflexartig auf. Das hat mich aber gleich wieder umgeworfen. So wurde mir klar, dass ich aus dieser Situation nur noch mit Köpfchen herauskomme.

Der Karli hat vor Schreck keinen Laut von sich gegeben. In seinem Gesicht spiegelte sich blankes Entsetzen. Mein Zusammentreffen mit Bitumen sah zwar ähnlich wie eine heilpraktische Moorbehandlung aus, aber gesund sind diese Anstrichstoffe nicht. Trotz der Schmerzen kam ich nur mit sehr vorsichtigen Bewegungen aus der Bedrängnis. Wegen der Druckverteilung musste ich zudem einen großflächigen Körpereinsatz hinnehmen. Mit ein paar Rollbewegungen über den Bauch kämpfte ich mich so lange voran, bis ich wieder den festen Untergrund des Waldbodens spürte. Dieser bestand aus einem aufgeschütteten Gemisch von

Kies und Sand. Bis ich die rettende Böschung zum Karli hoch-geklettert war, hatten die meisten Stellen meines Körpers einen feinkörnigen Überzug. Oben angekommen, heulte ich erst einmal kräftig vor Schreck, aber auch vor Erleichterung. Der Karli war immer noch sprachlos.

Wir sind sofort nach Hause. Ich ahnte, meine Reinigung würde nicht einfach werden. Meine Oma sah das auch so. Sie verfiel aber nicht in Panik, wie es vielleicht bei meiner Mutter der Fall gewesen wäre, sondern in ein herzhaftes Lachen. Darüber war ich sehr dankbar. Meine Badehose landete sofort in der Mülltonne. Danach wurde mein männliches Erkennungszeichen begutachtet. Die Hose muss verrutscht gewesen sein. Demzufolge hatte sich der schwarze Bitumen auch hier festgesetzt. Opa Oskar holte inzwischen sämtliche Verdünnungsmittel für Farben, Lacke und Lasuren, die er in seinem Schuppen finden konnte. Es würde noch mehr benötigt werden.

Während meine Reinigung begann, lief er die in der Nähe liegenden Häuser ab und organisierte Nachschub. Ich stand die gesamte Zeit nackt im Hof. Der Karli sah immer noch entsetzt aus. Die Emma hatte schon viel Terpentin, Spiritus und Nitro-verdünnungen an mir verarbeitet. Terpentin war am effektivsten. Terpentin ist ein sich schnell verflüchtigendes Mittel, um Stoffe wie Öle und Harze aus ihren Verbindungen zu lösen. Es unterliegt wegen seiner hohen Gefährlichkeit einer Pflicht zur Kennzeich-nung und stinkt zudem gewaltig. Zum Glück war Hochsommer. Frische Luft war reichlich vorhanden. Die Sonne lachte sich eins.

Der Oskar wurde bezüglich des Nachschubes in immer tiefere Gebiete unseres Dorfes geschickt. Meine Reinigung wurde zu einem Härtetest. Erstens bewirkt Bitumen eine Reizung der Haut und zweitens konnte mich die Emma nicht zärtlich behandeln. Die größeren Batzen spachtelte sie weg, dann nahm sie eine grobe Bürste. Erst zum Schluss kam ein weicher Lappen zum Einsatz. Dieser Akt dauerte mehrere Stunden. Aus dem anfangs gut wirksamen Terpentin wurde schnell eine gesättigte Lösung.

Die Schmiere war zäh, ich auch, der Verbrauch an alten Lappen immens. Wenn ich wegen der Schmerzen mal etwas lauter heulte, fand das meine Oma besonders lustig. Sie meinte, so etwas Seltenes wie mich hätte sie sich nicht vorstellen können, ich würde aussehen wie die Pechmarie aus dem Märchen »Frau Holle« oder wie die Neger in Afrika.

Als ich wieder einem Europäer glich, erkundigte sich das halbe Dorf nach mir. Ich roch noch ein paar Tage gewaltig und musste tagsüber außer Haus. Seitdem reagiere ich auf Verdünnungen allergisch.

6. Psychogramm einer Gewitternacht

Während meiner längeren Aufenthalte in Gräfenhain erfuhr ich, dass meine Mutter wegen ihres nervlichen Leidens in einer Klinik war. Da meine Schwester in der Königsbrücker Schule nichts verpassen sollte, hat das hiesige kirchliche Kinderheim vorübergehend einen Platz frei gemacht. Als es meiner Mutter besser ging, konnte Kristin wieder von zu Hause aus zur Schule. Nach ein paar Tagen der Eingewöhnung getraute sie sich, mich nach Hause zu holen. In unserer Region fand gerade ein meteorologischer Wetterumschwung statt. Nach der heißen Periode bildete sich eine Wetterfront, die Gewitter versprach. In Königsbrück hieß es, zieht es dunkel vom Keulenberg rüber, wird es mulmig. Für die Menschen, die sich für solche Himmelsspektakel interessieren, ist das eine große Freude. Dass man davon in Panik verfallen kann, wusste ich bis dato nicht. Das passierte meiner Mutter.

Die ersten Anzeichen des Gewitters kamen abends. Wir Kinder sind normal schlafen gegangen. Gewitter beunruhigten uns bisher nie. Zudem ist es schön, im warmen Bett zu liegen und mit halbem Ohr wahrzunehmen, wie die ersten Donnerschläge grollen. Man weiß, der langsam einsetzende Regen formt sich zu größer werdenden Tropfen und früh freut sich jedes vernünftige Kind auf die hinterbliebenen Pfützen, in die man mit beiden Beinen hineinspringen kann.

Leider verlief diese Gewitternacht dramatisch. Als meine Mutter mich weckte, war Kristin schon vollständig bekleidet. Wegen meiner Schlaftrunkenheit sah sich meine Mutter genötigt, mir beim Anziehen zu helfen. Draußen donnerte es mächtig. Viele Blitze erreichten im wunderschönen Zickzack die Erde. Jetzt setzte ein starker Regen ein. Der Wind begann kräftigst zu pusten. Mutter verriegelte das Fenster. Meine Schwester war vom Kinderzimmer zur Küche unterwegs. Der Küchentisch war der zentrale Punkt. Kristin hatte ihren Platz eingenommen, die Hände stützten den Unterkiefer. So saß sie immer da, wenn sie unlösbare schulische Probleme zu knacken hatte. Überall waren Kerzen aufgestellt. Sie waren noch nicht angezündet, die Deckenlampe spendete Licht.

Mit Unverständnis sah ich, dass sich in der Küchenecke unsere Koffer stapelten. Das bedeutete, meine Mutter hatte Angst, dass uns ein Blitz das Dach über dem Kopf anzündet. Die wichtigsten Sachen waren gepackt. Wir hatten noch nie so eine Vorsichtsmaßnahme getroffen. Darum wusste ich nicht, ob ich darüber lachen oder traurig sein sollte.

Das mit dem Lachen kam deswegen, weil ich mir vorstellte, dass in sämtlichen Häusern von Königsbrück die Menschen jetzt auf gepackten Koffern sitzen und warten, ob bei ihnen der Blitz einschlägt. Meiner Mutter war es damit aber ernst. Schweigsam und verspannt kontrollierte sie ihre Handtasche, wo unsere Geburtsurkunden lagen. Danach unterrichtete sie meine Schwester, wie sie sich als Notfallhelferin bewähren könnte. Kristin nickte. Sie nahm diese Verantwortung sehr ernst.

Ich verzog mich an unser größtes Küchenfenster. Elektrische Entladungen zuckten mit grellem Licht, begleitet von mächtigem Donnergrollen. Wellen von peitschendem Regen und stark aufböende Winde bogen die kleineren Bäumchen. Sie richteten sich immer wieder auf. Die größeren hielten besser dagegen, wankten nur. Ein paar vertrocknete Äste waren herabgefallen. Sie ruckelten von einzelnen Böen, wurden über unsere Straße getrieben. Der Bruch verharkte sich mit anderem Geäst und verfing sich in den Zäunen. Die Leitungen der Strommasten bewegten sich im Takt der Naturgewalt. Auf der Fensterscheibe schlugen erste Eisstückchen an. Die Körnung des Hagels wurde größer. Auf der Wiese verschmolzen die weißen Kristalle. Als die letzten gewaltigen Donner schon etwas weitergezogen waren, versuchte der Wind noch ein letztes Mal, die Regentropfen in die Waage zu bringen, aber viel wurde daraus nicht. Danach flaute das Spektakel schnell ab.

Meine Mutter wirkte sehr erleichtert. Sie atmete zur Entspannung tief aus und meinte, das Unwetter wäre nun woanders und würde wahrscheinlich nicht wiederkommen. Sicher sei sie sich nicht, aber uns könnte jetzt ein heißer Kakao guttun. Das hätten wir uns alle verdient, weil wir so schön artig gewesen waren. Als wir den ausgetrunken hatten, schauten die ersten Sterne friedlich durch die aufgelockerte Wolkenfront. Jetzt durften wir ins Bett.

7. Das Schicksal unserer Vermieter

Am nächsten Tag bin ich früh gleich runter zu unserem Herrn Kahle. Herr Kahle war unser Wohnungsvermieter. Wir bewohnten in seinem Zweifamilienhaus das Dachgeschoss. Zu Herrn Kahle konnte ich stets kommen. Er hatte sich immer gut mit meinem Vater verstanden und war zumeist in seiner Garage anzutreffen. Hier beschäftigte er sich mit Werkzeugen, mit denen man Autos reparieren kann. Als ich ihm von meinem Schlafentzug berichtete, hat er gleich gesagt, dass meine Mutter jederzeit bei ihm klingeln kann. Er würde sie gut verstehen und es sei alles nicht einfach für sie.

Ich solle aber weiterhin vor Gewitter keine Angst haben, denn unser Haus habe einen Blitzableiter und im Verteilerkasten gebe es eine Überspannungsableitung. Die Haupteinspeisung sei auch gesichert. Demzufolge müsste man lediglich auf Duschen verzichten, das Hantieren mit elektrischen Geräten sei ebenso tabu wie das Telefonieren. Gefährlich sei es nur, wenn man sich im Freien aufhält. Da ist es am sichersten, wenn man in eine Senke geht und sich in die Wiese hockt. Aus der Zeitdifferenz zwischen Blitz und Donner kann man die Entfernung ermitteln. Wenn drei Sekunden vergehen, ist man genau im Zentrum. Damit ist die Möglichkeit eines Einschlags gegeben. Die Wahrscheinlichkeit ist jedoch viel geringer, als im Straßenverkehr zu sterben. Schließlich macht sich ja da auch keiner am Morgen große Sorgen, ob er den Abend noch erlebt.

Herr Kahle war nicht nur Hausbesitzer, sondern führte auch ein gutgehendes Transportgeschäft. Zu seiner Familie gehörten seine Ehefrau Traudel und zwei Söhne. Der ältere hieß Dieter, der jüngere Hans. Beide waren gerade mit der Schule fertig, jetzt arbeiteten sie in der Firma. Kleinere Reparaturen machten sie an den LKWs selbst. Die Laster waren schon älter und kannten keinen Stillstand. Damit war ordentliches Geld zu verdienen. Zu uns Kindern waren die Kahles immer freundlich. Sie haben nie den Hausbesitzer raushängen lassen. Der Herr Kahle hat sich aus dem Zweiten Weltkrieg ein steifes Bein mit nach Hause gebracht. Das war ein irreparabler Schaden, hinderte ihn aber nicht am Fahren. Sobald er sich mit seinem Handicap durch etwas größere Anstrengung in das Fahrerhaus wuchtete und ein bisschen einsortiert hatte, begann es auch schon, unter der Motorhaube kräftigst zu tuckern. Die gewaltigen Zylinderkolben kamen in Bewegung. Das ganze Gefährt wackelte. Es qualmte der Auspuff und man wusste nie, ob von der Karosserie was abfällt. Die Fahrzeuge waren schon älter. Die Kühlerhaube ließ sich von links und rechts nach oben aufklappen, darunter war robuste Technik. Ich durfte bei kleinen Fahrten durch Königsbrück zusteigen. Jede Fahrt war eine Festlichkeit. Das Gefährt erzeugte bei hoher Geschwindigkeit auf Kopfsteinpflaster die Vibration einer Rüttelplatte.

Der Herr Kahle hat mit seinen Lastern nicht nur mich glücklich gemacht, sondern auch höher gestellte Genossen von der SED und selbst die Russen. Mit Letzteren hat er sich später nicht mehr gut verstanden. Das geschah, weil der Sozialismus nicht nur den 1. Mai als einen hohen Feiertag anerkannte, sondern auch den Herrentag, alias Männertag, Vatertag und Christi Himmelfahrt.

Zu diesem Tag des Jahres 1967, am zweiten Donnerstag vor Pfingsten, war ganz Königsbrück festlich hergerichtet. Viele fahrbare Untersätze, wie Traktoren, die man sich von den LPGs ausgeliehen hatte, sowie Kremserwagen, Fahrräder mit Anhängern, alles war schön für einen Umzug geschmückt. Dazu verwendete man reichlich Flieder oder Birkenzweige. An so einem Tag blieben die Herren gern in Grüppchen zusammen und prosteten sich zu. Auch fanden regelrechte Völkerwanderungen statt. Dem Alkohol genötigt, transportierten sich zuletzt die betrunkenen Männer gegenseitig in quietschenden Schubkarren. Die Statistiker wussten von vermehrten Schlägereien und dem Dreifachen an durch Alkohol bedingten Verkehrsunfällen zu berichten.

So ein Herrentag ist dem jugendlichen Dieter Kahle schlecht bekommen. Das hatte wohl nicht nur mit dem Alkohol zu tun, sondern auch mit seinem Namen. Der Name Dieter bedeutet »der Mächtige im Volke« oder auch »der Herrscher des Volkes«. Das, zusammen mit dem Alkohol, ergab, dass Dieter Kahle in Übermut verfiel und sich mit einer noch höheren Macht anlegte, nämlich mit der Sowjetmacht.

Er war der Wortführer einer betrunkenen Meute, die zufällig an den Kasernen der Russen vorbeikam. Die Wachhabenden haben beim Anblick der johlenden Männer gedacht, die Konterrevolution würde ausbrechen, und fühlten sich bedroht. Weil das nicht stimmte, wollte der Dieter den Posten gleich mal erklären, wie sich das mit dem deutschen Brauchtum verhält. Danach endete der Jahreshöhepunkt in verbalen Entgleisungen und in Handgreiflichkeiten. Im anschließenden Gerichtsverfahren hat die Justiz dem Dieter eine Kampfhandlung gegen die Waffenbrüder unterstellt und ihn in den Knast nach Bautzen geschickt.

Dem Dieter fehlten danach ein paar Jahre seiner schönsten Jugend. Das hat uns alle sehr traurig gestimmt. Trotzdem hatte er Glück im Unglück. Wenn er sich ein paar Jahre früher mit den Russen angelegt hätte, wäre er wahrscheinlich in einem Internierungslager gelandet. Andererseits hätte er nicht bei seinem Vater die Autos gefahren, sondern wäre bei so einem einflussreichen Menschen wie Manfred Baron von Ardenne angestellt, dann wäre er bestimmt wegen dem bisschen Alkoholkonsum wieder freigekommen. Baron von Ardenne arbeitete unter Hitler als erfolgreicher Wissenschaftler, danach in Russland an der Erfindung der Atom- und Wasserstoffbombe und beschäftigte nun auf dem Weißen Hirsch in Dresden 500 Mitarbeiter. Seine Firma wurde zum größten privaten Forschungsinstitut des gesamten Ostblocks.

8. Warten auf den Schulbeginn

Meine Schwester bemängelte, es müsse ständig nach meinem Kopf gehen und ich würde so lange quengeln, bis ich von den Erwachsenen bevorteilt würde. Ich erwiderte, dass sie mit ihrer Bescheidenheit niemals weit kommt, denn woher sollten die Kahles wissen, dass sie gerne LKW fährt, wenn sie nichts sagt. Kristin konterte, Mädchen seien anders. Meine Mutter stand auf Kristins Seite. Sie meinte, mein Vater hätte mich nicht gut erzogen, sie müsse jetzt vieles nachholen und die Regeln von Anstand und Sitte seien nicht umsonst erfunden worden. Damit meinte sie Adolph Freiherr Knigge, der im Jahre 1788 ein Buch mit dem Titel »Über den Umgang mit Menschen« publizierte. Meine Mutter wusste aber nicht, dass der Adolph Freiherr Knigge das gar nicht so spießig gemeint hatte und nur in zahllosen Neuauflagen fehlinterpretiert wurde. Das haben wahrscheinlich die Gräfenhainer besser gewusst, denn dort ging es wesentlich lockerer zu. Mutter schob das auf ihre dörfliche Abgeschiedenheit, da könne man nicht viel erwarten.

1968 trat der Umstand ein, dass meine Mutter sich das erste Mal einen männlichen Beistand für meine Erziehung suchte. Zu meiner Überraschung hätte ich den Mann tatsächlich als Ersatzvater akzeptiert. Er hieß Hannes, war locker, lachte gern, hatte lustige Reden auf Lager und war zudem noch sportlich. Davon konnte ich mich persönlich überzeugen. Jeden Samstag flitzte Hannes mit seinen Mannschaftskameraden als Handballer auf einem kleinen Spielfeld hoch und runter. Bei meinem Vater hatte ich im Fernsehen immer nur Fußball und Boxen gesehen. Darum war der Hannes für mich eine Bereicherung.

Leider fühlte sich meine Schwester durch den Hannes zurückgesetzt. Das lag aber nicht an dem Hannes, sondern an der Einstellung meiner Mutter. Sie meinte, Kristin dürfe nicht mit zum Handball, denn viele fremde Männer würden einem kleinen

Fräulein schaden. Danach war der Hannes so schnell verschwunden, wie er aufgetaucht war. Mich hat das traurig gemacht. Ich empfand das als Verlust und brachte das auch zur Sprache. Meine Mutter und Kristin zogen daraus den Schluss, mich bei ihrer neuerlichen Suche außen vor zu lassen. Danach hatte ich längere Aufenthalte in Gräfenhain.

In Gräfenhain weckten die verstaubten Besitztümer im Dachgeschoss meine Neugier. Hier lagerten nicht nur vergilbte Stammbuchblümchen, sondern viel verbotenes Material. Dazu gehörten Sammelbilder von den XI. Olympischen Sommerspielen, die 1936 in Berlin stattgefunden hatten. Ich erfuhr, dass unser Fernsehen zu dem Anlass seine Premiere gefeiert hatte. In Berlin gab es 25 Fernsehstuben, zwei in Leipzig und eine in Potsdam. Der österreichische Reitsportler Arthur von Pongracz war mit 72 Jahren der älteste Teilnehmer, die dänische Schwimmerin Inge Sørensen mit 12 Jahren die jüngste Gewinnerin einer Medaille und die 13-jährige amerikanische Wasserspringerin Marjorie Gestring ist bis heute die jüngste Olympiasiegerin aller Zeiten.

Zudem sah ich Bilder von den Reichsparteitagen in Nürnberg, fand das extrem antisemitische Propagandablatt »Der Stürmer« und Spielzeugsoldaten des Dritten Reiches. Ihre Uniformen sahen auch nicht viel anders aus als die Spielzeugsoldaten der NVA. Ich war pazifistisch veranlagt und wollte von grausigen Kriegen nichts wissen.

In Gräfenhain war immer für gute Unterhaltung gesorgt. Hier wurde über das aktuelle Leben geredet, wie man sich trotz des ideologischen Krimskrams über Wasser hält. Die Staatspolitik malte keiner schwarz und weiß, eher satirisch. Es wurde spekuliert, was die wilden Russen wieder mal heimlich in den Nächten an Unternehmungen hatten, und man riss Possen über unsere volksfremde Regierung. Dazu zählten die Zehn Gebote für den sozialistischen Menschen, die 1958 vom Staatsratsvorsitzenden Walter Ulbricht auf dem fünften Parteitag der SED verkündet wurden. Das Volk fügte dem scherzhaft noch ein elftes Gebot

hinzu, das lautete:»Du sollst dich nicht erwischen lassen!« Das
bedeutete, dass man bei der herrschenden Mangelwirtschaft seine
Bedürfnisse selbst befriedigte, indem man sich einiges aus den Betrieben besorgte. Die Legitimation dafür stellte unsere rhetorisch
nicht geschulte Staatsführung selber aus, indem sie verkündete:
»Aus unseren Betrieben ist noch viel mehr herauszuholen!«
Auch beim Kürzel DDR wurde reichlich gewitzelt. Es ent-
standen die Deutsche Dackelrennbahn, der Deutsche Distrikt
Russlands und Die Drei Doofen, womit die Staatsoberen gemeint
waren: Wilhelm Pieck, Walter Ulbricht und Erich Honecker.
Politisch belustigend war selbst die Gräfenhainer Katze einbe-
zogen. Das Tier war männlich, demzufolge ein Kater, und wurde
Jimmy Carter gerufen. Jimmy Carter war im tiefen Süden der
USA der erste Amtsinhaber auf Bundesstaatenebene, der den
Mut aufbrachte, sich öffentlich gegen die Rassendiskriminierung
zu äußern. 1977 wurde er der 39. Präsident der USA und 2002
erhielt er den Friedensnobelpreis.
Die meisten Witze wurden bei den Mahlzeiten erzählt. In
einem der Witze hieß es: Ein Schuldirektor und sein Stellvertreter beschließen, in der renovierten Aula ein neues Bild vom
Staatsratsvorsitzenden anzubringen. Sie suchen an der Wand
nach einer geeigneten Stelle. Da sie sich nicht einigen können,
holen sie den Parteisekretär. Der sagt:»Ich weiß auch nicht, wie
man ihn am besten aufhängt. Vielleicht stellt man ihn auch nur
einfach an die Wand.«
Wenn ich nicht in Gräfenhain war, besuchte ich den Kindergarten in Königsbrück. Die ehemalige Fabrikantenvilla umgab
ein großes Freigelände. Das Gebäude stand erhöht am Stadtrand.
Dahinter begann ein Mischwald. Da wir täglich an die frische
Luft mussten, haben wir die Jahreszeiten intensiv erlebt. Wir
sahen, wie die ersten Sonnenstrahlen die zarten Knospen an den
Pflanzen so lange wärmten, bis sie aufsprangen. Im Sommer
machte es Spaß, auf dürrem Unterholz knackende Geräusche
zu erzeugen. Im Herbst sammelten wir Pilze. Diese wurden von

unseren Küchenfrauen im Speiseplan verwendet. Im Winter blieb der Schnee in weißer Pracht lange liegen, wir hatten keine industrielle Verschmutzung.

Frau Hartwig, die Leiterin und neue Frau an meines Vaters Seite, organisierte in der Regel alles von ihrem Büro aus. Da ich öfters Nasenbluten bekam, was mit meinem Wachstum zusammenhing, wurde ich von ihr in unserem Erste-Hilfe-Zimmer ärztlich versorgt. Dabei habe ich sie nicht ganz so distanziert erlebt. Ich hätte sie gern gefragt, ob sie mich nicht mit zu sich und meinem Vater nehmen könnte. Sie war eine starke Persönlichkeit und nicht umsonst von den Genossen als Führungskraft auserkoren worden.

Das letzte Jahr im Kindergarten war mir langweilig. Kristin hatte mir die Zahlenreihe bis zur 1.000 beigebracht. Wenn man das Dezimalsystem bis 20 kapierte, wiederholte sich alles. Zudem war ich einer der Ältesten. Das lag daran, dass es für die Schuleinweisung einen festen Stichtag gab. Der war auf den ersten Juni festgelegt. Der 1. Juni war in der DDR der Internationale Kindertag. Der hieß deswegen so, weil er unter diesem Datum in dreißig Staaten gefeiert wurde, so auch in den USA und bei den Chinesen.

Dieser Tag war ein Höhepunkt. Organisiert wurden interessante Unternehmungen, zudem waren kleine Aufführungen geplant. Dazu wurde das Lied von der »Kleinen weißen Friedenstaube« gesungen. Das gehörte zu uns wie der Trabi auf den Straßen, das Sandmännchen und der Pittiplatsch. Es entlehnte sich dem Eingangsmotiv der Bagatelle op. 119, Nr. 11 des Ludwig van Beethoven und entstand 1949, weil die Kindergärtnerin Erika Mertke von Pablo Picasso inspiriert war. Der hatte in Paris zur Weltfriedenskonferenz ein Plakat mit dem Symbol einer weißen Friedenstaube auf blauem Untergrund gemalt. Darauf bezog sich der Text:

Kleine weiße Friedenstaube, fliege übers Land, allen Menschen, groß und kleinen, bist du wohlbekannt.

Du sollst fliegen, Friedenstaube, allen sag es hier, dass nie wieder Krieg wir wollen, Frieden wollen wir.

Fliege übers große Wasser, über Berg und Tal, bringe allen Menschen Frieden, grüß sie tausendmal.

Und wir wünschen für die Reise Freude und viel Glück, Kleine weiße Friedenstaube, komm recht bald zurück!

Der Weltfriedenstag wurde am 1. September gefeiert, weil dies im Jahr 1939 der Tag des Beginns des Zweiten Weltkrieges war. Da war auch immer Schulbeginn.

9. Mein Freundeskreis

Mit dem 31.8.1968 durfte ich in die Schule. Ich freute mich, denn mein Vater arbeitete wieder als Lehrer, ich würde ihn sehen. Leider wurde daraus nichts. Er hatte sich in die kleine Zweigstelle Stenz versetzen lassen, ein Ortsteil von uns. In der Schule lernte ich Kinder kennen, die zu Hause groß geworden sind und nicht wie ich im Kindergarten. Hierzu zählte der Veit. Seine Eltern hatten auf dem Marktplatz ein gut gehendes Uhrmachergeschäft. Der Uhrmachersohn war ein netter und höflicher Mensch. So etwas lernt sich gut, wenn man Eltern hat, die im Dienstleistungsgewerbe mit Kundschaft umgehen. Der Veit hatte das gute Benehmen sozusagen mit der Muttermilch eingesaugt, ein Musterschüler, der ohne mich nie auf die Idee gekommen wäre, etwas Grenzwertiges anzustellen.

Zuerst dachte ich, Veit und ich, wir müssten schon aus dem Grund zusammenpassen, weil unsere Namen ähnlich klingen. Hier irrte ich mich, denn die Namensgebung eines Kindes trifft auch Aussagen über die Eltern. Viele Handwerker hielten mehr von Religiosität als der Rest der Bevölkerung. Das schützte sie vor der SED. Der Name Veit geht auf den Heiligen Veit, alias Vitus, zurück, der viele Wunder vollbrachte. Darum war er auch als einer der Vierzehn Nothelfer vom Heiligen Stuhl in Rom anerkannt. Zudem diente er noch als Schutzpatron der handwerklichen Zünfte.

Meine Eltern waren atheistisch. Darum leitete sich der Name Falk auch nur von dem germanischen Männernamen Falko, der Falke, ab. Das passte zu mir, denn frei wie ein Falke wollte ich gern sein. Demzufolge erhielt der Veit etwas von meinem Freiheitsdrang und ich genoss seinen heiligen Schutz.

Zu meinem Freundeskreis gehörte auch der Lothar. Seine Eltern gingen einer höher gestellten Tätigkeit nach und hatten kaum Zeit. Er war ein schüchterner Junge. Das haben seine Eltern wohl schon bei der Geburt gemerkt und versucht, mit einen ausgleichenden Namen zu reagieren. Lothar bedeutet »der laute Krieger«. Bei dem Lothar ist es aber mit dem Lautsein und dem Kriegerischen nichts geworden. Das lag daran, dass er mit seiner erhaben tuenden und reichen Oma zusammenlebte. Auf dem großzügigen Villengelände ordneten sich auch seine Eltern unter. Lothar war im Kindergarten nur, wenn seine Oma es wollte. Er war ein verzärtelter und weinerlicher Einzelgänger. Wenn er sich nichts zuschulden kommen ließ, kauften seine Erziehungsträger sämtliche Spielsachen, die es irgendwo auf und unter dem Ladentisch gab. Ebenso schnell wurden ihm diese Dinge wieder entzogen. Das führte zu einer eingeschränkten Persönlichkeit. Er war gedemütigt und führte Selbstgespräche. Vielleicht waren wir deswegen Freunde, weil ich so ein Verhalten ablehnte, aber wissen wollte, wie einem das passieren kann. Außerdem hätte er außer mir sonst keinen Spielkameraden gehabt.

Für Lothar wäre es besser gewesen, der Sozialismus hätte private Schulen zugelassen. Wegen Omas elitärem Anspruch und dem vielen Geld wäre er garantiert in ein Internat für die erlesene Schicht gekommen und somit raus aus seinem Dilemma. Leider gab es so etwas bei uns nicht. Er selbst schien von seinem Unglück wenig zu bemerken.

Mein dritter Freund hieß Roman. Er hatte einen Feuerkopf und ein unzähmbares Temperament. Seine Eltern hatten im Knast gesessen, gingen keiner geregelten Arbeit nach, tranken Alkohol und in seinem Zuhause sah es nicht ordentlich aus. Asozial ist ein Kunstwort aus dem Lateinischen und dem Griechischen, bedeutet »antisozial, Schädigung der Gemeinschaft, Abweichung von gesellschaftlich anerkannter Norm«. Die Asozialen der DDR wurden weitestgehend in Ruhe gelassen, wenn keine kriminellen Energien vorlagen. Man sagte, sie würden sich auf einer Meldestelle jeden Tag 10 Mark abholen. Damit wären sie unter staatlicher Kontrolle und müssten keine Diebstähle begehen.

Dass der Roman und ich zusammenkamen, lag daran, dass er ein ausdauernder Läufer war. Wenn wir im Hochsommer auf dem Hartplatz im Schulhort Fußball spielten, hat uns durch den aufgewirbelten Staub keiner von den Erzieherinnen sehen können. Von schulischen Dingen hatte er leider so viel Ahnung wie ein Regenwurm vom Wüstenleben. Im Schulhort kam nach dem Mittagessen eine ausgiebige Mittagsruhe. Dazu standen Liegen zur Verfügung, die danach wieder gestapelt hinter großen Vorhängen verschwanden. Auf den Mittagsschlaf hätte ich manchmal gerne verzichtet. Nach dem Kaffeetrinken war Hausaufgabenzeit. Ich sah zu, dass ich in die sich anschließende Freizeit kam und bummelte nicht. Den Nachhauseweg trat ich gegen 16.30 Uhr alleine an.

Meine Schwester erledigte ihre Hausaufgaben zu Hause. Kristin ging bereits in die 5. Klasse. Neu war, dass sie jetzt das Fach Russisch hatte und ständig schwierige Vokabeln lernte. Leider fiel meiner Mutter ein, dass ich die russische Sprache gleich mit lernen könnte. Dem stand ich nicht aufgeschlossen gegenüber. Gleich hieß es, ich solle nicht undankbar sein. Mir reichten aber schon die Gräfenhainer Jungs, da sie wegen ihres in der Sowjetunion studierenden Bruders nicht mehr auf Deutsch »Guten Morgen« und »Gute Nacht« sagten. Zudem war ich negativ von den russischen Besatzern geprägt, wo ich meinte, die Truppen sollten gefälligst nach Sibirien.

10. Hol ihn der Geyer

Bevor meine Mutter den neuen Verehrer einführte, erhielt ich eine so lange Einweisung, dass mir hinterher klar war, dieser Mann würde sich für mich nicht eignen:»Gib ja ordentlich die Hand, sei freundlich, zuvorkommend, zapple nicht rum, rede nur, wenn du gefragt wirst, sprich deutlich, halte den Kopf hoch, den Rücken gerade, mach dich nicht schmutzig und streng dich an, der Herr kommt aus der Großstadt und in Dresden ist man Besseres gewohnt.«

Als der Mann am Wochenende am Bahnhof stand, dünn wie eine Bohnenstange, selbstbewusst wie ein Fahnenmast, war mir nicht wohl. Er hatte so ein verhärtetes Gesicht, dass ich gleich an die Kühe auf der Weide dachte, die am Kopf aus anatomischen Gründen zu keiner emotionalen Regung fähig sind. Seine hervorstechende Nase ähnelte dem Schnabel größerer Raubvögel. Seine Augen wirken kalt. Sie blickten stechend und von oben auf mich herab. Wie sich mit der Begrüßung herausstellte, war der Herr in der Konversation so bemessen, als wenn sich bei der»Aktuellen Kamera« zwei verfeindete Staatsmänner für die Fotografen aufstellten. Meine Mutter und Kristin erhielten ein kurzes Lächeln und eine höfliche Umarmung. Ich gab artig meine Hand, er nahm sie flüchtig und schaute dabei meine Mutter an.

Auf dem Weg wurde ich vorgeschickt, um meine Ortskenntnisse zu beweisen. Die drei blieben hinter mir und hatten sich vertraut untergehakt. Da ahnte ich bereits, hier stimmte etwas nicht. Wir durchschritten unser Städtchen so würdevoll wie noch nie. Meine Mutter verwandelte sich von einem liebenswerten Landei zu einer höfisch-affektierten Dame. Ich mochte weder das noch die steife Art des Großstädters. Zudem hatte er nicht einmal ein Auto, womit wir uns wenigstens aus dem Staub machen könnten.

Meine Schwester schien glücklich zu sein. Sie trug zu ihrer weißen Bluse den blauen Minirock, passende Kniestrümpfe und dazu ihre ersten hohen Absatzschuhe. Sie lief damit wie ein Storch auf einer feuchten Wiese. Mutter hatte mir vorab gesagt, der Herr hätte in seiner ersten Ehe eine Tochter gehabt und das wäre ein Zeichen, dass er im Umgang mit jungen Fräuleins geschult sei. Wir sind dann nicht einmal, schick wie wir angezogen waren, am Marktplatz in den »Goldenen Adler« oder in ein Café gegangen. Meine Mutter hatte zu Hause alles perfekt vorbereitet. Beim Essen war es ohne Unterhaltung langweilig. Danach stand ein kleiner Spaziergang durch unsere Auen und Mischwälder an. Meine Mutter tat, als würde ich niemals anders angezogen sein. Logischerweise trug ich an diesem Tag meinen besten Anzug. Der beengte mich, schließlich war ich kein Regierungsbeamter.

Als ich es satthatte, ein anständiger Junge zu sein, begann ich, Faxen zu machen. Ich setzte meine Füße nach innen, als wären sie schief, oder ich warf kleine Stöckchen in die friedlich blubbernde Pulsnitz. Meine Mutter bemerkte das sofort. Sie ermahnte mich. Danach bin ich runter zum Flussbett und habe auf ein paar größeren Steinen balanciert. Als ich auf einen schräg über das Wasser gewachsenen Baum wollte, wurde ihr Ton schärfer. Auf mich könne man sich selbst an so einem besonderen Tag nicht verlassen und was der Herr Geyer von mir denken solle.

Was der Herr Geyer dachte, das sah ich auch so. Geredet hat er nicht mit mir. Sein Gesicht sprach Bände. Da stand nichts Gutes drin. Ich bin dann wieder vornweg und wartete, dass die Zeit verging. Unser Spaziergang endete am Bahnhof. Zum Abschied dominierte Sachlichkeit. Als er weg war, atmete ich auf.

Früher, bei meinem Vater, war es niemals so steif zugegangen und bei dem Hannes wäre das auch entfallen. Leider ahnte ich schon, dass meine Familie anderer Meinung war, nur eingestehen wollte ich es mir noch nicht. Zudem hieß der Mann Geyer. Diese Vögel sind Aasfresser. Von mir aus sollte ihn der Geier holen.

11. Die Struktur der Lüge

Die nächste Zeit verlief ohne Aufregungen. Ungeduldig erwartete ich mein erstes Zwischenzeugnis. Auf der rechten Seite erreichte ich ein Durchschnitt von 1,5 Periode. Im Fach Turnen hatte ich lediglich die Note »gut«. Das konnte nicht sein. Die Lehrer hatten sich bestimmt während meines Sportunterrichts ablenken lassen, sich in der Spalte mit den Zensuren vertan oder nicht richtig bei meinen Übungen hingeschaut. Zur linken Seite stand, dass ich im Gesamtverhalten, im Betragen, in Ordnung und in Mitarbeit ein guter Schüler wäre. In Fleiß hatte ich mir sogar ein »sehr gut« verdient. Die Note Eins in Fleiß konnte sich niemand erklären. Daran kann man sehen, wie subjektiv Zensuren sind.

Für diesen Notenspiegel hatte ich mir eine kleine Anerkennung erhofft. Die gab es auch. Nur gefiel sie mir nicht. Meine Mutter strahlte dabei über das ganze Gesicht. Sie verkündete, mir zu Ehren gehe es am Wochenende mit dem Zug nach Dresden, schon lange würde ich darauf warten und so könnten wir den Herrn Geyer besuchen. Sie fügte hinzu, mir ansehen zu können, wie groß meine Freude sei, das würde sie glücklich machen und in Dresden gebe es zudem viele Geschäfte, wo sie mir vielleicht noch einen neuen Anzug kauft.

Als meine Mutter merkte, dass ich nicht mehr so geschockt war und gedanklich langsam auf die Beine kam, wendete sie sich ab. Sie begann mit Kristin so einen Dialog, wo meine Schwester nur bejahend mit dem Kopf nicken musste: »Kristin, das blaue Miniröckchen, das war doch noch sauber, nicht wahr? Du ziehst bestimmt dazu die neuen Absatzschuhe an? Die waren doch schick! Hast du schon daran gedacht, dein Russischbuch mitzunehmen?«

Ich war völlig benommen, wie konnte meine Mutter sich nur so gravierend ändern? Sie wusste genau, nie hat es mich in die große Stadt gezogen. Eine Zugfahrt bedeutete mir nichts und erst recht fand ich Anzüge unangenehm. Wahrscheinlich begann meine Mutter sich nicht nur selbst etwas vorzumachen, sondern sie wusste auch genau, es waren Lügen.

Rein rechtlich handelt es sich aber nicht um eine Lüge, sondern um Täuschung. Die Täuschung verwandelt sich erst in eine Lüge, wenn man die Gelegenheit zum Widersprechen hat. Da hätte ich gern gesagt:»Halt, das stimmt alles überhaupt nicht! Das habe ich nie gesagt! Das ist konstruiert!« Doch damit ich nicht zur Rede kam, lenkte meine Mutter ihre Aufmerksamkeit schnell auf Kristin und wollte nicht gestört sein.

Es ist nachgewiesen, dass alle Lügner genau wissen, wann sie die Unwahrheit sprechen. Das geschieht, um sich persönliche Vorteile zu verschaffen, eigene Mängel zu überdecken, Pläne von Anderen zu durchkreuzen, aber auch aus angeblicher Höflichkeit und aus Motiven von Ängsten. Sprichwörtlich heißt es:»Nur wer mit gutem Gewissen lügt, lügt wirklich gut!« Meine Mutter hatte ein gutes Gewissen. Sie wollte unbedingt zu dem Herrn Geyer und das mit allen Mitteln!

Während des Lügens fällt dem Opfer ein Reagieren sehr schwer. Bei mir war das auch so. Man muss nämlich zuerst die Strategie einer Lüge durchschauen. Ein zielorientierter Lügner wird nie etwas zugeben oder vom Kurs abweichen. Der Moralphilosoph Immanuel Kant, 1724 bis 1804, sagte:»Die Lüge ist der eigentliche Fleck in der menschlichen Natur!« Diese Aussage gefällt mir.

Dagegen behaupten unsere Soziologen:»Ein friedliches Zusammenleben in einer Gesellschaft wäre ohne die soziale Lügen nicht möglich!« Das sehe ich nicht so! Meine Mutter hätte ja sagen können:»Hör mal zu, Falk Jendryschik, ich weiß, dass dir alles nicht passt, aber es nützt nichts, du kommst trotzdem mit. Ich will unbedingt mit dir zu Herrn Geyer, vielleicht ist ja die Stadt nicht so schlimm und hinterher sind wir alle schlauer.«

Als meine Mutter weiter mit Kristin darüber redete, sich schick anzuziehen, bezog sich das, wie ich dachte, auf unsere gemeinsame Fahrt. Dem war aber nicht so! Es stellte sich heraus, an dem besagten Wochenende war sie in Gräfenhain angemeldet.

Meine Schwester muss demnach die Fahrt nach Dresden bereits absolviert haben. Das muss geschehen sein, als ich auf dem Gräfenhainer Dachboden mit dem Ulf und dem Karli die Sternschnuppen gezählt und auf den Ruf des Uhus gewartet habe. Logischerweise konnte ich nicht konkret nachfragen, weil ich ja davon nichts wusste, aber im rechtlichen Sinne war das wieder eine Unterlassung. Als Familienmitglied hatte ich Anspruch auf die Wahrheit. Schließlich fragten wir uns bei jedem Wiedersehen, wie es dem anderen erging.

Meine Mutter sagte mir, sie hätten mich deswegen außen vor gelassen, weil ich in alten Zeiten kramen würde, noch zu sehr an meinem Vater hänge, nichts zur Stabilität der Familie beitrage, und wenn ich in einer ruhigen Minute darüber nachdächte, würde ich ihr zustimmen. Und vielleicht, obwohl das nicht ausschlaggebend wäre, hätte sie es mir doch schon mal irgendwie erzählt und zudem wäre ich ein schlechter Zuhörer.

12. Der Großstadtbesuch

Die Zugfahrt wurde kein Vergnügen. Vielleicht wäre es besser gewesen, wenn Kristin mitgefahren wäre. Meine Mutter hätte sich bestimmt mit ihr besser unterhalten können. Ich wusste nicht, was ich von mir geben sollte. Als ich meinen Kopf während der Fahrt aus dem geöffneten Fenster hielt, bangte meine Mutter, der Dreck der Dampflok könnte sich bei mir festsetzen. Als ich nicht auf sie hörte, verirrte sich doch tatsächlich ein Partikelchen bei mir im Auge. Damit war bewiesen, dass meine Mutter Recht hatte und ich ein Junge zum Verzweifeln war.

Ab da setzte sie ein unnahbares Gesicht auf, wie bei einem Schaufensteraushang, wo der Rolllanden runtergelassen war und ein Schild verkündet: »Wegen dringender persönlicher Angelegenheiten bleibt dieses Geschäft vorübergehend geschlossen!«

Ihre Starre hielt sich, bis der Zug in Dresden einfuhr. Als wir ausstiegen, fand Mutter zum glücklichsten Lächeln. Sie strahlte bei der wieder sehr förmlichen Umarmung ihres Herrn Geyer. Mit prüfendem Blick schaute er mich an. Er fragte Mutter ohne Worte, wie sie die Zugfahrt mit mir überstanden hätte. Das konnte ich deutlich spüren. Das sind individuelle Wahrnehmungen, die so unterschwellig ablaufen, dass gleich jeder Bescheid weiß. Darum hat meine Mutter auch nicht geantwortet, sondern nur leise geseufzt.

Nach einer Pause von Schweigsamkeit hörte ich meine Mutter mit gläserner Stimme und ungewohnt strenger Miene sagen, ich müsste nun einen »Guten Tag« wünschen. Ich war perplex. Plötzlich sollte ich auf Knopfdruck »Guten Tag« sagen. Ich fragte mich, ob das vielleicht die Strafe dafür war, dass sich der Funkenflug der Deutschen Reichsbahn bei mir vorübergehend im linken Auge festgesetzt hatte. Am liebsten hätte ich gesagt, dass ich keine Kommandos für eine Begrüßung brauche. Der Herr

Geyer hätte sich ja auch ein bisschen zu mir bücken können, um mir die Hand zu reichen. Das hat er aber nicht gemacht. Er stand wie eine gusseiserne Straßenlaterne. Bestimmt war er innerlich ebenso verrostet. Als ich mit dickem Klos im Hals nur einen vertrockneten »Guten Tag« wünschte und meine Hand zu dem langen Herrn Geyer nach oben reichte, guckte er mir nur fest zwischen die Augen. Seine Hand gab er mir nicht. So ließ er mich noch ein bisschen zappeln.

Ich stehe also mit meiner Hand im Niemandsland und denke, bei so einer blöden Nummer erhalten die Affen im Zoo eine Banane und wie das jetzt weitergehen soll. Als ich gerade abbrechen wollte, kam die Hand des Herrn Geyers doch noch. Meine Mutter gab ihm daraufhin einen dicken Schmatz. Sie flüsterte ihm ins Ohr, er habe das sehr gut gemacht. Diesen Satz habe ich so verstanden, dass es sehr schwer wäre, einem Kind wie mir die Hand zu geben.

Als wir die ersten Schritte liefen, strich mir Mutter öfters mit der Hand zärtlich über meinen Kopf. Das irritierte mich. Das Geschehen und die Gesten passten überhaupt nicht zusammen. Mir wäre es lieber gewesen, ich hätte eine Banane bekommen.

Mittlerweile hatte sich Mutter bei Herrn Geyer untergehakt. Sie schritten zügig voran. Weil ich nicht an die Hand wollte, trabte ich nebenher. Was ich ringsum sah, interessierte mich. Die Architektur des Dresdner Hauptbahnhofs war ein gewaltiges Ensemble. Es wurde 1898 deswegen so groß errichtet, weil die Bevölkerung schon auf eine halbe Million angewachsen war und niemand wusste, ob das so weitergeht. Der Bau war richtig pompös und das lag daran, weil es früher noch keinen Sozialismus gab.

Keine zwei Kilometer entfernt wohnte Herr Geyer. Dieser Teil hieß Seevorstadt. Wir mussten nur über die Prager Straße. Bis vor kurzem lagen hier wegen des Krieges noch Brachflächen. Jetzt hatten sich die Stadtplaner ans Werkeln gemacht, um einen neumodischen Fußgängerboulevard zu errichten. Dazu gehörten Hotels, viele Wohnungen und Einkaufsmöglichkeiten. Überall prägte Plattenbauarchitektur das Stadtbild. Alles in quadratisch betonierten Formen. Die Blumenrabatten wirkten durch dicke Umrandungen grob. Große Bänke ohne Rückenlehne waren zu sehen. Hier sollten viele Menschen Platz finden und auf futuristische Wasserspiele schauen. Mein Geschmack war das nicht. Wer vom Land kommt, der muss sich erst daran gewöhnen. In Königsbrück sahen alle Häuser individueller aus.

Der Herr Geyer wohnte in so einem Neubau, worauf der Sozialismus stolz war. Wir mussten in die zweite Etage. Angeblich wegen mir nahmen wir den Fahrstuhl. Der Weg führte durch einen langen Flur ohne Fenster. Er konnte nur mit eingeschaltetem Deckenlicht betreten werden. Jede Wohnungstür hatte einen Spion. Ich dachte gleich, viele Mieter gucken jetzt zu, wie wir Neuankömmlinge laufen und wo wir hingehören.

Als Herr Geyer seine Wohnung aufschloss, sagte meine Mutter, wir könnten da nur hintereinander und mit Abstand rein. Als die Erwachsenen schon in der Wohnstube waren, fand ich im Flur Platz. Ich fragte mich, wie man so etwas Beengtes bauen kann. Der Flur war nur so groß wie ein Doppelbett. Das Bad hatte die Größe einer Liege. Wie die hier das WC, die Dusche und Waschbecken nebst Waschmaschine einzwängten, wirkte beängstigend. Ein Schritt vom Flur und ich befand mich schon in der Stube. In ihr war gleichzeitig die Küche integriert. Meine Mutter schwärmte, dass diese eingebaute Küchenzeile sehr vorteilhaft wäre. Mit so einem modernen Abzug über dem Herd würde man glatt die separate Küche sparen. Im Zimmer zwängten sich ein ausklappbares Sofa, ein ausziehbarer Esstisch, vier Stühle, ein kleiner Wohnzimmerschrank mit Fernseher und zwei kleine Minisessel aneinander.

Das einzig Schöne war die breite Fensterfront. Sie zog sich entlang des gesamten Raumes, alles wirkte dadurch hell. Von der Küchenzeile ging eine schmale Tür ab. Mit dem Öffnen stand ich bereits am Fußende eines Doppelbettes. Links davon waren ein Kleiderschrank, ein Kinderbett und rechtsseitig ging es sofort auf einen Balkon, der eigentlich nur ein Austritt war.

Ich war froh, als ich auf dem Sofa saß und keiner mit mir über meine Bestürzung reden wollte. Von außen sah der Plattenbau relativ gut aus, innen war alles eine Katastrophe. Die Wohnungen kamen maximal auf 35 Quadratmeter. Jetzt wusste ich, warum es am Eingang so viele Klingelknöpfe gab. Das konnte nicht der Fortschritt des Sozialismus sein. Da hatten es ja die Gräfenhainer Kaninchen in ihren Boxen besser. Hier möchte ich nicht wohnen. Meiner Mutter hatte es nicht die Sprache verschlagen. Sie zwitscherte im Tonfall erleichterter Fröhlichkeit und klatschte dazu in ihre Hände: »Ach wie schön, eine Zentralheizung, herrlicher Komfort, man muss im Leben nicht viel haben, wichtig sind Sauberkeit, Ordnung und dass man sich versteht.« Als sie dann noch sagte, das hier wäre eine normale 1,5-Raum-Wohnung, und wenn wir nach Dresden ziehen, dann würde unsere Wohnung natürlich größer sein, war mir klar, der Umzug war schon definitiv beschlossen und Kristin längst eingeweiht.

Danach wurde der Ablauf für den Tag besprochen: Mittagessen im Kulturpalast, kleiner Stadtbummel und nachmittags wären wir bei den Zolkes, der Schwester vom Herrn Geyer. Die Zolkes sind beide Friseurmeister und wenn ich ganz lieb wäre, würde man mir noch die Haare schneiden. Hier würde ich auch seine Eltern treffen, die ich mit Omi und Opi ansprechen sollte.

Alles machte mich sehr traurig. Nach dem Stadtrundgang hatte ich vom Zentrum genug gesehen. Rings um den Altmarkt hatte sich der Sozialismus mehr Mühe gegeben. Es hieß, das wären alles Stalinbauten der 50er Jahre. Die Fassaden waren abwechslungsreich aufgelockert und die Innenräume großzügiger. Auch der Kulturpalast war gelungen. Die Hauptansichten waren aus getöntem und verspiegeltem Glas. Die Westfront überzog ein ornamentales Wandbild, das den Weg der roten Fahne der Arbeiterklasse beschrieb. Die Politik interessierte mich nicht, aber das Kunstwerk war gelungen. Dem spiegelblanken Kupferdach fehlte es noch an Patina.

Nach dem Mittagessen bekam ich einen Becher mit drei Kugeln gemischtem Eis, Sahne und Schokostreuseln. Danach sollte ich meiner Mutter zuliebe so tun, als hätte ich noch nie im Leben ein so gutes Eis gegessen und in der Stadt wäre alles viel besser. Auch sollte ich mich wieder mal bedanken, wo ich eigentlich dachte, in der DDR haben die Kinder ein Recht auf ordentliches Mittagessen.

Als wir von der barocken Anlage des Zwingers zur Hofkirche kamen, nahmen auf der Elbe Schiffe der Weißen Flotte Fahrt auf. Über die Brühlsche Terrasse gelangten wir zur Ruine der Frauenkirche. Eine bebilderte Mahntafel erklärte Details der ehemals internationalen Berühmtheit. Die Erwachsenen erklärten, die Trümmer des Barockbaus würden als Mahnmal gegen das Vergessen des Krieges dienen. Diesen Unsinn glaubte ich nicht. Das war nur eine Ausrede, denn die DDR hatte erstens für den Wiederaufbau kein Geld und zweitens garantiert nicht die Absicht, Arbeiterschweiß für die Christenheit zu opfern.

Mit der Straßenbahn fuhren wir über den Pirnaischen Platz Richtung Großer Garten. Pünktlich trafen wir bei den Zolkes ein. Sie wohnten in einer Dreiraumwohnung der Genossenschaft. Auch hier sah von außen alles besser aus, innen waren die Zimmer zu klein.

Die Zolkes waren Mitte dreißig, schick angezogen und mit einer Haarstruktur gesegnet, mit der sie für jedes Shampoo Werbung machen konnten. Die Frau war im klassischen Schick der 60er Jahre hoch auffrisiert. Auch der Mann trug seine kräftigen schwarzen Haare sehr gepflegt. Den Friseurabschluss nahm ich beiden sofort ab.

Die Eltern von dem Herrn Geyer waren Rentner. Sie wirkten auf mich wie Erscheinungen aus der Vorkriegszeit, wo die Marlene Dietrich noch mit Hauptrollen die Kinos füllte. Ihre Frisuren waren gerade erneuert worden und dufteten noch nach handelsüblicher Kosmetik.

Wir waren beim Kaffeetrinken, als die Letzten erschienen. Es wurde sofort ausgeschenkt. Alle haben mich immerzu taxiert. Das missfiel mir, aber dagegen war nichts zu unternehmen. Die Anrede Omi und Opi habe ich mir aber verkniffen. Ich kannte die doch gar nicht.

Die Zolkes waren mit ihrer Rolle als Gastgeber ausgelastet. Das kleine Mädchen, das sich zu uns setzte, hatte die schönen

Haare von den Eltern geerbt. Sie hieß Konstanze und war total verschüchtert. Weil sie sich nicht getraute, den Mund aufzumachen, wurde sie ab und an dafür gelobt. Demnach war die Konstanze so befangen, dass sie sich wohl noch nie im Leben beim Kaffeetrinken getraut hatte, von sich aus nach einem zweiten Stück Torte zu verlangen. Da habe ich mir das auch untersagt.

Mir war diese Gesellschaft unangenehm. Mich haben noch nie so viele Leute so wenig gefragt und demzufolge habe ich auch noch nie so wenig unter so vielen Menschen geredet. In diesem Raum schienen parallele Universen zu existieren, die alle Erwachsenen automatisch von Kindern trennte. Ich habe mich gefragt, wieso sich hier meine Schwester wohl gefühlt haben soll.

Die Eheleute Zolke haben nach dem Abwasch bei mir festgestellt, mit meinen Haaren wäre es sehr kompliziert, alles sei zu dünn und überall gebe es Wirbel. Viel Vernünftiges würde daraus nicht zu machen sein. Das verwunderte mich, denn mein Königsbrücker Friseur hatte sich nie beschwert. Ich wusste gar nicht, dass bei mir auf dem Kopf so ein Elend herrschte.

Meine Mutter hat den Zolkes schnell alle Mängel bestätigt. Danach erhielt ich in der Küche einen Trockenschnitt verpasst. Als ich fertig war, wartete meine Mutter, bis ich mein Dankeschön runterspulte. Dann führte sie mich wie ein Baby zur Toilette und brauste mir mit der Dusche die Haare. Hinterher kontrollierte sie das Porzellan auf Oberflächenglanz. Ich fragte mich, ob ich das in Zukunft auch machen müsste.

Gott sei Dank sind wir schon vor dem Abendbrot gegangen. Es hieß, ich müsste mich ausruhen, weil die Großstadt anstrengend wäre. Als ich abends im Bett lag, rumpelte alle paar Minuten eine Straßenbahn vorbei. Das Gefährt quietschte jammervoll in den Kurven.

So eine unruhige Nacht hatte ich noch nie erlebt. Zum Glück fuhr morgen früh bereits zeitig unsere Eisenbahn nach Königsbrück. Ich ahnte bereits, dass die Zolkes nun öfters meine Haare schneiden würden. Hiermit gebe ich zu, dass meine Hornfäden im unteren Bereich der Möglichkeiten lagen, aber das kann man mir auch netter sagen.

13. Die Entweihung Königsbrücks

In Königsbrück angekommen, ist meine Mutter der Kristin gleich um den Hals gefallen. Danach gab sie eine ausführliche Schilderung, alles wäre bestens. Darauf zog mich meine Schwester zur Seite und sagte, dass ich nicht alles versauen solle. Ich fand das gemein, denn erstens hatte ich nie vor, bewusst etwas zu versauen, und zweitens war schon alles versaut.

Wenige Tage später erfuhr ich, dass der Herr Geyer bei uns Urlaub macht. Das war für die Schulferien geplant. Dieser Besuch würde dem näheren Kennenlernen dienen und dazu dürfte ich nicht in die Ferienspiele. Bevor Herr Geyer kam, erhielt ich noch einige Instruktionen. Es hieß, er wäre momentan wegen seiner anstrengenden Arbeit im Dreischichtsystem sehr müde. Sein Arbeitsplatz befand sich im VEB Grafischer Großbetrieb Völkerfreundschaft. Hier wurde die »Sächsische Zeitung« gedruckt. Der Herr Geyer wäre ein äußerst fleißiger Buchdrucker und schon als Aktivist gewürdigt.

Die Bewegung der Aktivisten begann in der DDR mit dem Bergarbeiter Adolf Hennecke. In einer Propagandaaktion überhöhte er am 13. Oktober der Nachkriegszeit in seiner Schicht ein Mal die Tagesnorm um 387 Prozent. Adolf Hennecke wurde danach zu einer zweifelhaften Berühmtheit. Ich fragte mich, ob der Bergarbeiter vielleicht vorher einen größeren Urlaub genommen hat, und stellte mir vor, dass er hinterher drei Tage zum Ausruhen gebraucht hat. So etwas kann nicht gesund sein.

Der Tag der Aktivisten wurde in der DDR stets am 13. Oktober mit besonderen Ehrungen gewürdigt. Dazu gehörten Prämien, Urkunden für hervorragende Arbeit im sozialistischen Kollektiv und die Vergabe von Aufenthalten in Ferienheimen des FDGB (Freier Deutscher Gewerkschaftsbund). Besonders verdienstvolle Genossen erhielten eine Kreuzschifffahrt spendiert. Das Datum des 13. steht seit längerem als Synonym für Unglück. Am 13.

Oktober 1307 wurden alle Kommandeure der Tempelritter verhaftet und es war der 13. August 1961, der zum Bau der Berliner Mauer führte.

Dass der Herr Geyer zu den Aktivisten gehörte, konnte ich mir gut vorstellen. Meine Mutter war sehr stolz auf ihn. Sie meinte, die Genossen der Partei würden sich bereits erkenntlich zeigen. Darum würde er künftig eine Leitungsposition im Tagdienst erhalten, eine Delegierung zum Studium der Ingenieurökonomie und zudem Unterstützung bei der anstehenden Wohnungssuche.

Als der Herr Geyer seine ersten Tage bei uns verbrachte, schlief er viel. Er zeigte sich erst, als der Dienstschluss meiner Mutter näher rückte. Pünktlich stand er an ihrem Schalter der Sparkasse. Gemeinsam sind sie Arm in Arm nach Hause geschlendert.

Nach drei Tagen wurde mir langweilig. Ich sagte dem Herrn Geyer, wenn er mit mir nichts anzufangen weiß, wäre ich im Schulhort besser aufgehoben und ob er nicht bei meiner Mutter ein gutes Wort einlegen könnte. Weiter kam ich nicht, denn ich hatte gleich so eine Breitseite im Gesicht, dass ich die gesamte Länge unserer Wohnstube benötigte. Diese Wuchtigkeit war keine Ohrfeige. Das war die Schlagkraft eines Handrückens mit einer ausgefeilten Technik. Niemals spontan, sondern geplant, als ob man mit einer Fliegenklatsche am Küchentisch sitzt und wartet, bis das lästige Objekt kommt.

Vor Entsetzen wusste ich nicht, ob das die Realität war oder nur ein böser Traum. Der Aktivist ging nun wortlos zu seinen Zigaretten und dann außer Haus. Er holte meine Mutter ab. Die Kristin schaute nur kurz von ihren Heften auf. Sie meinte, der Herr Geyer hätte allen Grund zu so einem Handeln. In Zukunft solle ich besser aufpassen, was ich Erwachsenen sage, und jetzt hätte ich endlich einmal die richtige Antwort erhalten.

Weil meine Wange zum Beweis noch abends im Rot der Kardinäle glühte, schilderte ich im Bett den Vorfall zögerlich meiner Mutter. Sie wusste schon alles und fand, eine kleine Ohrfeige könne nicht schaden. Um mich hätte sich eben zuletzt keiner gekümmert. Sie hoffe, dass ich in Zukunft kein Provokateur werde, und wenn ich mich ordentlich benehme, dann passiert so etwas auch nicht wieder. Dann erklärte sie mir die schwere Kindheit des Herrn Geyer. Ich hätte ja die Dresdener Omi und den Opi bei den Zolkes erlebt. In seinem Zuhause sei es viel härter zugegangen, denn zu seinen Tagesaufgaben gehörte es früher, sich um die Teppichkordeln zu kümmern. Die gedrillten Fäden an den Abschlusskanten mussten jeden Tag exakt ausgerichtet werden und so etwas müsste ich nicht machen. Ich sagte, dass ich so eine sinnlose Beschäftigung verweigern würde, man würde davon krank im Kopf werden, und wer sich so etwas ausdenkt, sei noch kränker. Meine Mutter antwortete, ich solle nicht schon wieder frech werden und mir würde der Respekt vor der älteren Generation fehlen.

Als meine Mutter gegangen war, dachte ich noch lange an die Teppichfransen. Ich fand, dass die Dinger es nicht rechtfertigten, mich so gezielt zu schlagen. Ab diesem Zeitpunkt wusste ich, der Herr Geyer kann ein gefährlicher Mensch werden. Ich nahm mir vor, wachsam zu sein, denn das Sortieren der Teppichfransen hatte ihm garantiert mehr geschadet, als meine Mutter dachte.

Seit der Herr Geyer mir seine erste Lektion erteilt hatte, strotzte er vor Selbstbewusstsein. Am Küchentisch wurde er sehr gesprächig. So berichtete er auch von der Zeit zwischen seiner gescheiterten Ehe und dem Kennenlernen meiner Mutter.

Er kaufte sich einen Welpen. In seiner Miniwohnung lebten beide fortan glücklich. Als der Welpe größer wurde und ein Schäferhund werden wollte, beschloss Herr Geyer, den Rüden vom Fahrstuhl zu entwöhnen. Dazu bedurfte es einer durchdachten Erziehungsmethodik, deren Mittel er sich sicher war. Der Hund wurde dazu in der zweiten Etage vor die herabführende Treppe gesetzt. Jetzt erklärte ihm Herr Geyer sachlich, dass es hier runtergeht. Danach bekam das Tier ein Ultimatum. Weil der Hund nicht wusste, was ein Ultimatum ist und dass ein Ultimatum abläuft, erhielt das Tier so einen Tritt in den Hintern, dass der kleine Kerl sofort das halbe Treppenhaus hinter sich hatte. Der Rüde überschlug sich ein paarmal und erst die Wand vom Treppenpodest stoppte ihn. Nun jaulte das Tier vor Schmerzen. Es schallte im gesamten Wohnblock. Damit kein neugieriger Zeuge kommt und weil eine angefangene Erziehungsmaßnahme konsequent beendet werden muss, kamen die Tritte jetzt schneller. So wurde die erste Etage erreicht. Im Erdgeschoss hatte sich der Schäferhund bereits vor Schreck mehrmals die Blase entleert. Damit war Herr Geyer erst recht nicht einverstanden. Seine Berichterstattung endete jedenfalls damit, dass der Rüde zukünftig von ganz allein jede beliebige Treppe ohne Probleme gelaufen ist.

Als die Geschichte erzählt war, herrschte betretenes Schweigen am Küchentisch. Dann hörte ich die Kristin sagen, dass eben vieles im Leben leider nicht anders zu regeln sei, und wer nicht hören wolle, müsse eben fühlen. Meine Mutter meinte, es sei ein großes Glück, im Haushalt keinen Hund zu haben und mit so einem starken Mann an ihrer Seite könne nie etwas schiefgehen. Der Herr Geyer bedauerte dann, dass er die Entwicklung des Hundes nicht weiter begleiten konnte. Er habe das Tier der Deutschen Volkspolizei für eine Ausbildung zum Fährtenhund überlassen. Ihm sei versichert worden, dass er eine vorbildliche Früherziehung geleistet habe. Daran erfreuten sich Mutter und Kristin. Ich verspürte eine Angst in mir hochkommen, wie ich sie vorher nicht kannte.

Die folgende Zeit war von den Vorbereitungen für unseren Umzug nach Dresden geprägt. Es hieß, Abschied von meinem bisherigen Leben zu nehmen. Die Gräfenhainer würden mir fehlen und die Kahles. Zuerst hatte ich meinen Vater verloren und nun bindungsmäßig auch meine Schwester. Meine Mutter hatte sich die Lebensphilosophie vom Herrn Geyer so übergestülpt, dass sie nicht mehr wiederzuerkennen war. Ich konnte nichts dagegen machen. Während mir das Herz schwer wurde, begann meine Mutter aufzublühen. Sie konnte es kaum erwarten. Meine Schwester war schon lange mit ihren Gedanken in der Stadt.

Ich verfiel in Resignation. Resignation kommt aus dem Lateinischen, »re-signare«, und bedeutet, dass man eine Schlacht verloren hat. Zur Anerkennung muss der Unterlegene seine Standarte abgeben, sein Wappen niederlegen und die Fahne senken. Eine Resignation bedeutet aber auch, dass man klug genug war, lieber ehrenvoll zu kapitulieren, als sich abschlachten zu lassen. Die Resignation ist demnach ein Mittel, um aus einer aussichtslosen Lage das Beste zu machen. Wenn man zeitig genug resigniert, spart man seine Kräfte für später.

Auch ein guter Schachspieler weiß, dass man eine verlorene Partie nicht bis zum Matt spielt. Dadurch enden die meisten Turnierspiele durch Aufgabe. Auch beim Boxsport wird das Handtuch als Zeichen der Resignation in den Ring geworfen und im Kampfsport schlägt der Unterlegene auf der Matte ab oder sagt Stopp. So kam es, dass wir ohne größere Zwischenfälle mit den letzten Tagen des Sommers 1969 nach Dresden-Löbtau zogen.

14. Unsere Schulstruktur

Mit unserer Ankunft in Dresden heiratete meine Mutter. Seitdem hatte ich einen Stiefvater. Ab diesem Zeitpunkt hieß ich nicht mehr Jendryschik, sondern Geyer. Ich ging in die zweite Klasse der 38. POS Dresden-Naußlitz. Wenn in der neuen Schule die Lehrer mich ansprachen, der Falk Geyer solle mal an der Tafel zeigen, was er für theoretische Grundlagen mitgebracht hat, stand ich zuerst überhaupt nicht auf. Da haben mich alle angesehen, als wäre ich etwas bedeppert. Woher sollen sie wissen, dass ich mein Leben lang anders hieß. Zudem mochte ich diesen Namen nicht. So konnte nun jeder auch von mir sagen: »Hol ihn der Geier!«

In der neuen Schule war das Pionierleben auch nicht anders, als ich es von Königsbrück kannte. Wenn die Lehrer in den Unterricht kamen, standen alle brav auf. Manchmal dauerte es eine Weile, bis sich alle fanden. Wenn es ruhiger wurde, eröffnete vorn ein Meldeschüler mit erhobener Hand zum Kopf, ähnlich wie beim Militär, den Eingangsdialog: »Frau Louke, ich melde, die Klasse 2 b ist zum Unterricht bereit. Es fehlen Mia Mayer, Silke Schulze und Lutz Lehmann!«

Unsere Lehrerin sagte dann: »Seid bereit!«

Die Klasse erwiderte: »Immer bereit!«

Frau Louke sagte »Setzen!« und dann begann der Unterricht.

Wir waren das so gewohnt. Das war ein Zeichen, dass jetzt Schluss mit lustig ist und der Ernst des Lernens beginnt. Niemand störte sich daran. Die Christen pflegten ja vor dem Essen auch ihre Tischgebete und die amerikanischen GIs trabten singend in der Rekrutenausbildung mit ihrem ritualen Singsang, wo der Offizier vorne ein paar kurze Wortgruppen anstimmt und hinten der Trupp im Satzgesang die Strophe vollendet.

Obwohl ich keine engen Freundschaften pflegte, wurde ich später in den Gruppenrat gewählt. Der Gruppenrat bestand aus dem Gruppenratsvorsitzenden, seinem Stellvertreter, dem

Kassierer und dem Agitator. Die Kassiererin wurde benötigt, um wöchentlich das Essensgeld einzusammeln. Ein Mal im Monat waren der Beitrag für die Frühstücksmilch und die Sammelmarke von der Deutsch-Sowjetischen Freundschaft fällig. Der Agitator hatte eigentlich nur die Aufgabe eines Wandzeitungsredakteurs. Zu dem wurde ich gewählt.

Als Wandzeitungsredakteur habe ich ein paar schockierende Bilder vom Vietnamkrieg aus den Zeitungen geschnitten und alles optisch mit wertvollen Materialien, die mir mein Stiefvater aus seinem Parteibetrieb mitbrachte, aufgepeppt. Unser Gruppenrat traf sich unter der Aufsicht der Klassenleiterin immer zum Halbjahr. Hier debattierten wir, was es für Schwierigkeiten zu bewältigen gab. Da waren mal Lernpatenschaften zu bilden, vielleicht stand mal ein Arbeitseinsatz an, nach dem Motto »Schöner unsere Städte und Gemeinden!«, und ein Mal pro Jahr sammelten wir in unserem Schulbezirk Altstoffe.

Die Altstoffsammlungen waren freiwillig. Bis auf zwei, drei Schüler waren in der Regel alle da. Wir schnappten uns den Leiterwagen, der in jedem Haushalt Standard war, und teilten uns in kleine Grüppchen. Wenn wir an den Türen klingelten, sagten wir unseren Spruch: »Haben Sie Flaschen, Gläser, Altpapier?« Die Altstoffe standen zumeist schon im Keller bereit. Ich war immer neugierig, bei solchen Gelegenheiten den Leuten in die Flure zu schauen. Mich interessierte, wie die Städter eingerichtet waren, welche Gerüche herrschten und wie sie sich kleideten. Bei den Rentnern war ich nicht so gern. Dort sah es teilweise aus, als würde sich keiner um sie kümmern. Viel Geld schienen sie nicht zu haben. Da war ich von Gräfenhain und Königsbrück eine höhere Lebensqualität gewohnt. Auf dem Ländlichen lebten die Alten zumeist in Mehrgenerationenhäusern, alias bei den Gräfenhainern und den Kahles.

Da klopfte ich lieber an die Tür des ABV (des Abschnittsbevollmächtigten). Der ABV war ein Volkspolizist, der für ein ganz bestimmtes Stadtviertel zuständig war. Seine Aufgabe bestand darin, überall Bescheid zu wissen und auf besondere Spezies zu achten. Unser ABV hatte einen der vielen Krämerläden bezogen, die geschlossen worden waren, weil es nicht mehr so viele private Einzelhändler wie in der Vorkriegszeit gab. An der einstigen Schaufensterfläche präsentierten sich das Logo der Polizei, die Öffnungszeiten und vielleicht mal ein Fahndungsplakat. In der Regel war das ein sehr gemächlicher Posten. Wenn unsere Aktion auf dem Schulhof beendet war, wurde ausgewertet, welche Klasse das meiste Geld eingefahren hat. Der Erlös ging auf ein Spendenkonto. Es wurden solche Staaten unterstützt wie Vietnam, Nikaragua, Chile, Angola und Mosambik. Jährlich kam zu uns der Amtsarzt. Seine Aufgabe bestand darin, Tetanus und andere Impfungen vorzunehmen. Dabei erfasste er gleich unsere Volksgesundheit. Dazu wurden unsere Größe und das Gewicht gemessen. Bei Abnormitäten machte er sich Notizen und beauftragte die Lehrer mit Elterninformationen, damit ein Facharztbesuch erfolgte.

Die Schule hatte auch die Aufgabe, musikalisch begabte Schüler auf eine Musikschule zu delegieren. Ebenso füllten sich die Russischschulen zur Sprachförderung. Ich war für die Lehrer interessant, wenn es um die Sichtung für die Sportschulen ging. So wurde ich im Sommer ein Medaillengewinner beim Crosslauf und im Winter beim Lang- und Abfahrtslauf. Nachdem die Schulbezirke selektiert hatten, ging es zum Stadtausscheid und danach überregional weiter. Die Sieger kamen zum Endausscheid. Ich blieb im System hängen, aber zu einem guten Fußballer im Freizeitsport reichte es allemal.

15. Anomalie

Wir standen umgezogen für den Sportunterricht im Klassenzimmer und warteten, dass der Lehrer uns abholt. Obwohl das Klingelzeichen längst ertönt war, kam kein Pädagoge. In der Wartezeit verhielten sich alle diszipliniert, bis auf den Sven. Mit ihm geschah etwas, was er nicht mehr unter Kontrolle bekam. Kürzlich lief im Fernsehen der Indianerfilm »Chingachgook, die große Schlange«. Dieser handelte um 1740 in Nordamerika und basierte auf den Motiven des Lederstrumpfromans »Wildtöter« von J. F. Cooper. Der Chingachgook war ein Mohikaner und sollte die Häuptlingstochter Wahtawah zur Frau bekommen. Sie wird ihm von feindlichen Huronen geraubt. Auf der Suche nach ihr müssen Chingachgook und sein weißer Freund Wildtöter viele Abenteuer bestehen. Chingachgook wird von befeindeten Huronen gefangen genommen und zum Tode am Marterpfahl verurteilt. Während des Marterns führten die Huronen einen wilden Kriegstanz auf.

Diesen Kriegstanz kopierte der Sven. Zuerst dachten wir, es wäre eine gelungene Unterhaltung. Dann entgleiste die Situation. Der Sveni steigerte sich hinein, tanzte auf den Schulbänken und kam ins Schwitzen, wie die Rothäute, wenn sie sich in Trance befinden. Dabei schrie er nach Blut und ein Weib müsse her. Mit der quietschenden Ines wurde der Indianertanz imitiert. Der Charakter wandelte sich zu einer sexuellen Animation, zuerst im Stehen und zuletzt im Liegen auf der Schulbank. Dazu hat er abwechselnd gestöhnt, gehechelt, gejault und gequiekt. Die Ines schrie laut um Hilfe, aber mit lachendem Gesicht und so glaubte ihr keiner. Der Sveni hielt öfters still, als wäre sein Lendensaft gekommen, und spreizte ihre Beine so, dass ich dachte, das tut bestimmt weh. Seine hellblauen Augen waren wässrig verquollen, seine Zunge hing schlaff, er stöhnte mit hochrotem Kopf, als stehe er vor einem Schlaganfall.

Wir sahen dem Treiben regungslos und mit offenem Mund zu, bis mit einem lauten Schlag die Tür des Klassenzimmers verriet, der Sportlehrer war da. Die Schülertraube zerfiel, als ob man zart in eine Pusteblume pustet und der weiße Blütenstaub danach an kleinen Fallschirmen nach unten schwebt. Paralysiert verlief die Sportstunde ruhig wie nie, es war, als hätte ein hochsommerlicher Gewitterblitz für eine elektrische Entladung gesorgt. Wer nicht unter Schock stand, das waren Sven und Ines. Beide wirkten, als wäre nie etwas gewesen. Eigenartigerweise hat niemand ein Wort darüber verloren. Einige Tage darauf kam Sven nicht mehr in die Schule. Er wurde nicht vermisst.

Der Sven war der erste Psychopath, den ich persönlich kennen gelernt habe. Bei einem Psychopathen können verschiedene Störungen vorliegen, im Bereich des Fühlens, des Wollens und im sexuellen Triebleben. Auch können äußerliche Einflüsse eine Rolle spielen, wie soziale Bedingungen und konstitutionelle Faktoren. Die Intelligenten überdecken ihre Defizite sehr geschickt. So ahmen sie Gefühlsregungen nach, zu denen sie gar nicht fähig sind, und täuschen damit selbst trainierte Psychoanalytiker. Unser Sven war nicht intelligent genug, um sich zu verstecken.

16. Auszeit beim Fußball

Unser Treffpunkt zum Fußballspielen lag im Stadtviertel Dresden-Naußlitz. Der hiesige Verein spielte in der Kreisklasse eine unbedeutende Rolle. Es gab zwei Mannschaften im Männerbereich. Die haben in der Kneipe nebenan mehr Bier getrunken, als sie am Wochenende Punkte sammelten. Wir Kinder holten uns im Sommer hier unsere Fassbrause. Der Bolzplatz war schön ruhig gelegen. Eine lange Reihe von mausgrauen Garagenrückwänden diente uns zum Doppelpass. Das Betonmaterial war einer Dauerbelastung unterzogen. Dass die Fertigteile nicht zerbröselten, war ein Wunder. Auf dem Innenhof der Garagengemeinschaft, den wir nicht einsehen konnten, musste entweder viel Toleranz herrschen oder die armen Bürger hatten schon lange kapituliert. Darum lebten wir alle sehr friedlich miteinander, bis auf eine Ausnahme.

Wir Kinder spielten mit den Jugendlichen, bis die Großen eine Zigarette rauchten. In der Pause wurde neu gewählt. Dann begann alles bei null. Gegen Ende eines Spiels, wenn der Nikotinspiegel der Großen gesunken war, stiegen bei uns die Chancen, den einen oder anderen Trick erfolgreich anzuwenden. Viel länger spielten wir nicht, denn mit dem Entzug wurde manches Nervenkostüm instabil.

In einer Situation, wo das Spiel so spannend hin und her ging, dass die Pausenzeit schon überfällig war, erschien auf der gegenüberliegenden Seite ein Herr im betagten Alter. Er lief gemächlich und leicht gebückt, wirkte unruhig und schaute abwechselnd hinter sich. Wie sich herausstellte, war der Mann ursprünglich nicht allein. Er hatte in der Hand eine herrenlose Leine. Von uns wollte er wissen, ob wir seinen abhandengekommenen Hund gesehen haben. Wir gaben eine verneinende Auskunft.

Weil der Großvater schlecht hörte, mussten wir unsere Information mehrmals wiederholen. Dadurch machten wir bereits Fehler. Der Mann verstand immer noch nicht und ihm fiel auch nicht auf, welchen Schaden er unserer Spielkultur zufügte. Die tragische Folge war, dass ein Gegentor fiel, was sonst nicht gefallen wäre. Die Einen jubelten, die Betroffenen nicht. Gereiztheit war die Folge. Der Alte sagte noch dreimal, dass er jetzt geht und er bedanke sich. Mir tat er leid.

Als er wieder auf dem Weg war, einigten wir uns, das Tor würde nicht zählen. Da es Hunde an sich haben, mit ihrer Schnüffelnase ihr Herrchen zu finden, tauchte kurz darauf in einem Höllentempo der Vierbeiner auf. Wie sich zeigte, handelte es sich um einen Dackel. Der rannte wie ein geölter Blitz, dass man es ihm, der kurzen Beine wegen, gar nicht zugetraut hätte. Mit fliegenden Ohren und glücklich jaulend erreichte er seinen Herrn. Dieser konnte in seiner Betagtheit nicht so schnell reagieren. Das Anleinen misslang, weil Hunde gerne noch einige Ehrenrunden drehen. Hierbei entdeckte der Dackel, dass unser Ball gerade an der gedachten Außenlinie zugespielt wurde. Da haben sich bei ihm die Gene des Jagdtriebes gemeldet. Wie ein Besessener nahm er Fahrt auf. Wir konnten das Leder gerade noch wegspitzeln. Der Dackel machte die Wendung mit und hätte den Ball fast gehabt. Weil der Nächste von uns wieder abspielte, setzte das überaktive Geschoss hinterher. Immer wenn der Ball seine Richtung änderte, war das behaarte Vieh im Sturmlauf dabei. Geschickt wie ein Hase schlug er ständig Haken und wirbelte viel Staub auf. Das war ihm eine helle Freude. Uns nicht. Wir mussten das Spiel unterbrechen. Letztendlich hatte er das Leder in seinem Besitz. Er schlug davor an, als hätte er gerade Trüffel gefunden. Unsere Leute zogen sich zurück. Die ersten Zigaretten wurden angezündet. Wir hatten aufgegeben. Das Spielgerät gehörte ihm.

Weil Dackel keine große Schnauze haben, bekam er die Kugel nicht gut zu fassen. Immer wenn er zuschnappte, rollte sie ein Stück weg. Das sah lustig aus. Sein Herrchen rief die ganze Zeit nach ihm. Das störte den Hund nicht. Der Alte gab auf, stand da und tat nichts mehr. Der Dackel fand, dass wir jetzt weiterspielen sollten, und machte einen Höllenlärm. Das nervte uns. Weil beim Bellen der Ball auch mal längere Zeit frei war, zirkelten wir ihn weg. Dem Dackel gefiel das. Kurz darauf hatte er ihn wieder. Wir hatten keine Lust mehr. Der Köder legte sich neben seine Beute und wackelte mit dem Schwanz. Bei uns waren die Ersten gegangen. Das Herrchen wartete auf ihn, wir warteten auf den Ball, der Hund wartete auf uns.

Nachdem das Nikotin eine zentrale Ordnung in den Gehirnwindungen der Großen hergestellt hatte, berieten sie, wie die Situation zu meistern wäre. Es drohte ein Patt. Die ersten Kinder fingen an, an den Garagen mit Kreide Striche zu malen. Der Dackel begann sich dafür zu interessieren. Er stupste den Ball mit der Schnauze in Richtung der Garagen. Zum Schluss standen wir alle im Schatten der Fertigteile um den Köder. Einer sagte, dass er dem Vieh ein Ende bereiten würde. Das sahen alle ein. Wie das aussehen sollte, wusste keiner.

Weil ich kurz abgelenkt war, verpasste ich, warum plötzlich ein durch Mark und Knochen gehender Hundeschrei ertönte. Zuerst dachte ich, dass einer der rabiaten Jungs dem Dackel in den Hintern getreten hatte. Als ich mich umsah, war aber kein Dackel zu sehen. Dafür unser Ball. Der lag einsam, keiner kümmerte sich mehr um ihn. Das tierische Geschrei hielt an. Ein panikartig hin und her hetzender Schatten verriet, der Dackel war auf den Garagendächern. Da wusste ich gar nicht, ob ich lachen oder Mitleid haben sollte. Das Dach mobilisierte bei dem Tier die letzten Kräfte. Seine Stimmbänder waren schon heiser. Von der anderen Garagenseite hörten wir bereits aufgeregte Stimmen. So eine größere Aufmerksamkeit konnte nicht jeder von uns vertragen. Einige verdufteten schleunigst. Der Dackel hatte zuletzt keine große Schnauze mehr. Er wimmerte und zog den Schwanz ein. Er war froh, als sich die ersten Erwachsenen auf dem Garagendach zeigten. Sie brachten den Hund heil herunter. Der war inzwischen nur noch ein zitterndes Bündel. Das kam an die Leine des alten Herrn. Wenn dieser Dackel in Zukunft mal wieder einen Ball sieht, wird er sich bestimmt misstrauisch nach Garagen umschauen.

In den darauffolgenden Tagen, als ich einige Fußballer traf, erfuhr ich, wie der Hund auf die Garagen gekommen war. Wie jeder weiß, haben Dackel einen sehr langgezogenen Rumpf. Manchmal sieht das so lustig aus, als hätte eine Gurke vier Beine. Die Tiere können ja nichts dafür, dass sie so degeneriert sind. Diesen Umstand hat sich aber einer von den größeren Jungen zunutze gemacht. Der hatte schon solche technischen Fähigkeiten, dass er mit seinem Fuß richtig gut unter die Gurke kam und dann hat er den Dackel mit einem kleinen Heber elegant auf das Garagendach gelupft. Das muss man erst mal machen. Meine Bewunderung hatte er.

17. Totenschändung

Als meine Großeltern aus Dresden so weit waren, sich dieser Welt zu entsagen, erlebte ich meine erste Beerdigung. Zuerst meldete sich der Opi, der das mit den Teppichfransen meinem Stiefvater angetan hatte, beim lieben Gott. Wie er dem erklären will, dass er dafür verantwortlich ist, dass ich einen geschädigten Ersatzvater habe, weiß ich auch nicht. Ehrlich gesagt war ich echt froh, dass er jetzt weg war, weil er zu mir auch nur kalt und unnahbar war. Damit war die Zahl derer geschrumpft, denen Kinder nichts recht machen konnten.

Der Kreis der Trauernden war überschaubar. Zu ihnen gehörten die Omi, wir mit dem Stiefvater sowie die Zolkes mit ihrer Konstanze. Die Omi war von oben bis unten in schwarzen Stoffbahnen gekleidet. Das enganliegende Kostüm ließ ihre spindeldürre Figur noch schlanker wirken. Ihre knorrigen Spaghettifinger, die immer blutleer und ohne Druck gereicht wurden, waren in hauchdünnen Spitzenhandschuhen versteckt. Auf ihrem Kopf trug sie ein schwarzes Hütchen mit weichen Federn, die bei geringfügigsten Bewegungen ins Schwingen gerieten. Ich fragte mich, woher sie diese komplette Kleiderordnung hatte, weil man das Zeug ja ansonsten nicht benötigt. Schwarz kann sehr edel wirken. Zu meiner Verwunderung sah sie echt gut darin aus. So attraktiv hätte sie sich eher kleiden können. Nun müsste sich der liebe Opi noch im Grabe umdrehen, um besser zu sehen, wie schick sie jetzt rüberkommt.

An diesem Beerdigungstag war meine Verwandtschaft noch steifer als sonst. Wir saßen auch nicht, sondern standen. Alle hatten wir uns auf dem Friedhofsgelände an der vorbereiteten Grabstelle versammelt. Hier sollten wir uns in Ruhe auf eine entsprechende, dem Gedächtnis des Toten würdigende Stimmung einlassen. Das war durch den Herr Pfarrer so empfohlen worden. Danach würde er uns zur Festrede in die Kapelle führen, die Urne beisetzen und danach hätten wir ja einen Termin im Restaurant.

Weil unser Gedenken ein sehr inniges werden sollte, verblieb uns mehr Zeit, als gut zu vertragen war. Steif standen wir in perfektionierter Vornehmheit herum. Ohne Worte, aber von jedem verstanden, überwachte die Omi, dass wir diese drakonische Disziplin hielten. Sie blickte nur scheinbar einer Fata Morgana nach, die sich ihr irgendwo im Niemandsland zeigte, und presste ihre schmalen Lippen so fest aufeinander, dass es mir schon beim Zusehen schmerzhaft war. Zum Glück meinte es das Wetter gütlich. Die Sonne schien und die Vögel trällerten ihr Lied. Die letzte Ruhestätte vom Opi war mit Blumen und festlichen Gebinden geschmückt. Mittig war ein tiefes Loch ausgehoben. Hier würde seine Asche beigesetzt werden. Links und rechts, immer sehr eng daneben, befanden sich die Überbleibsel von bereits früher Gestorbenen. Auch hier war eine floristische Hand gewesen. Der schmale Weg, der die Reihen gliederte, beengte uns. Viel Platz stand nicht zur Verfügung.

Wir standen wie bestellt und nicht abgeholt, wie die Litfasssäulen, und ein geübter Plakatkleber hätte uns ohne weiteres mit Leim einpinseln können. Die Zolkes hatten unsere Frisuren vorher komplett durch Sprays versteift. Zum Beweis hätte ich gerne einen Kopfstand gemacht. Das hätte meine Muskeln entspannt, aber das ging nicht. Dann entwickelte sich ein drastisches Ereignis. Als es meiner Mutter darum ging, unauffällig ihre Glieder zu lockern, erinnerte sie sich an ihr Taschentuch. Weil sie keinen Schnupfen hatte oder Tränen in den Augen, ahnte ich, das weiße Quadrat würde für mich bestimmt sein. Das kannte ich noch von früher, wo ich mich als Kleinkind nicht dagegen wehren konnte. Erwartungsgemäß wickelte sie den Stoff um ihren Zeigefinger. Mit ihrer Zunge schob sie bereits in ihrem Mund Speichel zusammen. Dann führte sie sich das Taschentuch zu. Als sie meinte, es wäre genug mit Spucke durchtränkt, wollte sie an mir damit etwas reinigen. Als sich ihr Zeigefinger in Höhe meines Gesichts näherte, wich ich nach hinten aus. Weil meine Mutter meinte, ein vernünftiger Junge müsse sich ihre Prozedur gefallen lassen, setzte sie nach. Als sie sich mit einem Schritt nach vorn beugte und ich nach hinten, verheddertte sich mein Absatz am Kantenstein des Nachbargrabes. Dadurch verlor ich das Gleichgewicht. Weil ich mit den Armen ruderte und Halt suchte, schlug ich der Kristin die Blumen aus der Hand. Ich fiel rücklings am Nachbargrab neben den Granitblock mit der Gravur des hier Ruhenden. Mein bester Anzug war besudelt. Beim Versuch des Aufstehens irritierten mich die entsetzten Gesichter meiner Verwandtschaft so, dass ich mich an dem fremden Grabstein hochzog, der daraufhin vom Sockel kam. Zusammen deckten wir die Totenstädte ab. Das Ensemble war großflächig zerstört. Ich brauchte eine Weile, bis ich meine Schuhe so in das weiche Erdreich setzte, dass mir das Aufstehen gelang. Meine Mutter machte mit großen Augen diese weibliche Geste mit der Hand vor dem Mund, wo sich ein Aufschrei verhindern lässt. Die Frau Zolke machte es ihr nach. Die Omi wendete sich um Haltung bemüht ab.

Als ich wieder stand, hatte mir mein Stiefvater bereits eine Vorhand verpasst, dass ich gleich wieder auf dem Grab rumtrampelte. Zum Glück bemerkte unsere Gesellschaft den hinzukommenden Pfarrer. Ungläubig schaute er mich an. Seine Hände trugen vor dem Bauchspeck ein Buch, was nur die Bibel sein konnte. Die Totenruhe sollte nun nicht weiter gestört werden. Damit stand ich unter göttlichem Schutz. Das hätte mein Stiefvater gerne etwas später gehabt. So übernahm der Geistliche die Regie. Zur Festrede verwies mich meine Mutter mit den Worten, das würde noch ein Nachspiel haben, hinter die letzte Bankreihe, wo an der Wand klappbare Notsitze waren.

Ich war heilfroh, dass ich ganze Arbeit geleistet hatte und nicht nur ein bisschen verschmutzt war. So brauchte ich beim Leichenschmaus nicht anwesend zu sein. Im Umdrehen sah ich noch, wie die Omi sich beidseitig von den Frauen stützen ließ. Offensichtlich war sie durch mich noch geschwächt worden.

Danach musste ich vier Wochen mit einer schwarzen Trauerbinde am Oberarm mein öffentliches Leben meistern. Das wäre das Mindeste, was ich im Gedenken dem Opi schuldig wäre. Es könne jeder wissen, dass ein wertvoller Mensch von uns gegangen sei. Als kurz darauf die Omi unserer Welt enteilte, brauchte ich keinen Trauerflor. Das lag nicht an der höheren Einsicht meiner Eltern, sondern es war keiner mehr da, dem sie was vormachen mussten.

Die Konsequenz meiner Totenschändung fiel gnädig aus. Ich hatte keine Ausgangssperre erhalten. Die üblichen Tagesaufgaben wurden nur ein bisschen gestrafft. Dazu kam einiges, was sonst meine Schwester übernommen hätte. Der Kristin hat das geholfen, da sie nach der 8. Klasse auf die EOS (Erweitere Oberschule) delegiert wurde. Weil sie hier einen längeren Schulweg hatte und auch nicht mehr so gute Zensuren schaffte, war sie froh, entlastet zu werden.

18. Der Wolf im Schafspelz

Die Mittelstufe sorgte für Begleitumstände, auf die ich gern verzichtet hätte. Die nette Frau Louke übergab uns an den Herrn Wolf. Das war ein Oberstufenlehrer, der die Fächer Mathematik, Physik und Astronomie lehrte. Er war im mittleren Alter. Genau konnte ich ihn nicht schätzen, denn er hatte sich eine stämmige Gestalt angefuttert. Das machte ihn älter. Sein Geruch verriet, dass er Zigaretten rauchte. Seine Haut war von Alkohol großporig geworden. Aus seinem aufgedunsenen Knollengesicht ragte eine Kartoffelnase hervor. Dichtes Rosshaar bedeckte sein Haupt. Sein Äußeres brachte ihm den Spitznamen Mecki ein.

Ein Mecki war die in Gummi modellierte Figur eines aufrechtstehenden Igels, den es überall in verschiedenen Ausführungen in den Spielzeugläden zu kaufen gab. Alle sahen sie lustig aus, mit ihren Händen in den Taschen, einer Bauschaufel in der Hand oder als Schrebergärtner mit Latzhose. Ich fand, dass sich unser Mecki diese Verniedlichung nicht verdient hatte.

Herr Wolf war ein schadenfroher Mensch. Er begann seinen Unterricht, provozierend sich die Hände reibend, grinste mich an und fragte, ob ich wieder ein Karl-May-Buch mitgebracht hätte, was er mir wegnehmen könne, oder ob mein Vater mir das Mitbringen von Büchern mit einer Tracht Prügel aus dem Kopf geschlagen hätte. Weil er dabei immer so tat, als wäre alles nur ein kleiner Scherz, lachten viele der ungefestigten Schüler. Ich fand mich aber lächerlich gemacht und konterte, er solle sich erst einmal gepflegter anziehen und mit so einem schmuddeligen Kittel würde ich nicht mal im Dunkeln herumlaufen. Darüber lachten nun noch mehrere Schüler und Herr Wolf bekam einen knallroten Kopf. Das war kein gutes Zeichen. Er rächte sich immer auf eine ganz besondere Art. Dazu reckte er seinen roten Kulischreiber in die Luft, den er immer benutzte, wenn er einen Elterneintrag in die Hausaufgabenhefte eintrug. Mit diesem Kulischreiber stellte er die scheinheilige Frage, was er da in seiner Hand halte. Weil so eine simple Frage den intelligenteren Schülern zu doof war, forderte er unsere Minderbegabten zur Beantwortung auf. Der Sigi war unser Sitzenbleiber. Er erkannte das Objekt und sagte, das sei ein Kugelschreiber. Diese Antwort gefiel meinem Klassenleiter. Er sah jetzt so glücklich aus, als wäre er ein Pädophiler und würde den Sigi gleich zärtlich umarmen. Zufrieden reckte er seinen Zeigefinger noch höher und wollte wissen, was man mit diesem Schreibgerät machen kann. Nachdem der Sigi nun auch grinste, weil er diese Frage wieder beantworten konnte und zudem ahnte, der Mecki habe es auf mich abgesehen, meldete er sich wieder. Der Herr Wolf nahm aber den Tino dran. Dieser antwortete: »Damit kann man schreiben.«

Die Klasse lächelte mild darüber. Ich nicht, denn schließlich drohte mir ein Eintrag im Hausaufgabenheft. Unser Klassenleiter lobte mittlerweile den Tino mit übertriebener Gestik: »Bingo, Tino, weiter so, bei mir muss keiner sitzen bleiben, auch der Sigi nicht, denn jeder Schüler bekommt die richtigen Fragen gestellt.«

Weil der Herr Wolf es aber auf mich abgesehen hatte und nicht auf die beiden Nichtsmerker, war er bei ihnen um Diplomatie bemüht: »Lieber Herr Sigi und lieber Herr Tino, ihr werdet euch beide in Zukunft öfters melden! Schon alleine der gute Wille zählt, mitmachen kommt nämlich nicht immer von mitdenken, sondern auch von der olympischen Idee und die besagt: Dabei sein ist alles.«

Auch diese Sätze erheiterten. Als Herr Wolf merkte, dass es Zeit ist, mit seinen verdeckten Sticheleien aufzuhören, schaltete er um: »Wo waren wir stehen geblieben? Alle schlagen im Buch die Seite 112 auf, da haben wir mit der Nummer 23 eine schöne Textaufgabe, doch der Falk reiche mir vorab sein Hausaufgabenheft, da freuen sich bestimmt heute Abend die liebe Mutti und der liebe Vati, denn mein schöner roter Stift wird sie über das gesamte Wochenende beschäftigen. Montag kontrolliere ich die Unterschrift und dann will ich mal sehen, ob der Falk Geyer dann ganz blau und grün verprügelt worden ist.«

Zu solchen Sätzen grinste er wieder schelmisch in die Klasse und prüfte, wie sein Witzchen bei welchem Schüler aufgenommen wurde. Der Sigi lachte gleich laut los, denn der wusste, was Prügel bedeutet. Andere Kinder stimmten mit ein, denn schließlich war das ja alles nicht ganz ernst gemeint. So war er eben, Mecki, Herr Wolf, unser lustiger Klassenleiter, immer zu einem aufmunternden Späßchen bereit.

Mein Wochenende war dadurch verdorben. Meine Mutter übte sich gleich im großen Jammern, womit sie das verdient hätte. Mein Stiefvater wusste dafür, was ich verdiene, denn er zog mir gleich mal seine Gürtelschnalle über, das hätte sein Vater bei ihm auch gemacht. Meine Schwester fand, dass sie wegen mir zu wenig Aufmerksamkeit erhielt.

Am Montag eröffnete Mecki seinen Unterricht theatralisch: »Ach, was haben wir denn heute, Montag, natürlich, und was müssen wir da machen, Falk Geyer?«

Als ich unwillig nach vorn musste, um mein Hausaufgabenheft vorzulegen, konnte ich mir einen kleinen lässigen Wurf auf den Schreibtisch nicht verkneifen. Weil mein Hausaufgabenheft leider an der gegenüberliegenden Tischkannte keinen Halt fand und wieder runterfiel, zückte Herr Wolf gleich noch einmal seinen Rotstift. Dazu ließ er die Schülerschaft alias Selbstgespräch an seinen Gedankengängen teilhaben: »Herrschaften, Herrschaften, ihr habt alle zu tun, wir waren bei Nummer 23, also kommt jetzt die 24, zackig, zackig, aber ich schreibe dazwischen dem Falk noch schnell was ein, wartet mal, wartet mal, was schreibe ich heute, ja, genau, so machen wir es, heute schreibe ich den Eltern, der Falk muss sich einsichtiger zeigen und aus seinen Fehlern lernen.«

Meine Eltern reagierten abends entsetzt und sie würden sich bodenlos schämen. Recht habe der Lehrer, zu Hause zeige ich auch keine Einsicht und sie wüssten bald nicht mehr, wie sie meiner Herr werden könnten. Das traf aber nur auf meine Mutter zu, denn mein Stiefvater hatte ja seinen Lederriemen.

Unser Herr Wolf benutzte für seine Stichelei auch die Politik. Das war ein Betätigungsfeld, in dem er bei den meisten Schülern eine gute Resonanz fand. Er formulierte: »Wenn jemand denkt, er wird von mir fachlich bevorteilt, so irrt er sich, wir leben im real existierenden Sozialismus, da wird jeder gleich behandelt, nicht wahr, Herr Falk Geyer, da nützt es auch nichts, dass du früher schöne Wandzeitungen gemacht hast, bei mir sind alle Schüler gleich!« Dafür erhielt er von der Klasse Zustimmung.

Wenn der Mecki Gefallen an sich gefunden hatte, redete er sich in einen kleinen Rausch: »Eins plus eins ist nach Adam Riese zwei, Vati und Mutti sind ein Paar und ein Paar ist auch ein Duo, also Renate Heckel, was ist der Unterschied zwischen einem Duo und einem Paar oder demselben und dem Gleichen?«

Das wusste die Renate natürlich nicht, sonst hätte er sie nämlich nicht gefragt.

Kleinere Anzüglichkeiten bei unseren hübscheren Mädchen kamen dazu: »Fräulein Rommy Peppel, den Satz des Pythagoras brauchst du noch, wenn du deinen Schminkkasten gegen eine Zahnprothese getauscht hast!«

Alles schüttelte sich vor Lachen!

»Anke Engelhart und Susi Edel, die Naturwissenschaften können mit Powackeln nichts anfangen!«

Da mussten die beiden selber schmunzeln. Damit konnten sie gut leben. Sie sahen die Bemerkung als eine Art Huldigung ihrer Schönheit.

Der Herr Wolf analysierte jede Situationen exakt, er spaltete die Klasse mit seinen Reden in Gut und Böse, Schlau und Dumm, und er schuf Reaktionen von Lachen, Stress, Häme, Spott und Schadenfreude. Er war ein Dirigent auf hohem Niveau. Zufrieden schnalzte er mit seiner Zunge, wenn seine Wörter sicher ins Ziel gelangten: »Das war jetzt wieder mal eine kleine Motivationshilfe von mir! Nicht wahr, Henriette Trocken?« Die Henriette hieß aber in Wirklichkeit Saftig und aus Tatjana Hartmann wurde ebenso eine Tatjana Weicher wie aus dem Dirk Ruhe ein Dirk

Unruhe. Nur bei mir getraute er sich das nicht und bei unserer Heidi Hübscher.

Alles, was er machte, hatte System, Strategie und Taktik. Nichts überließ er dem Zufall. Er lotete die psychischen Grenzen aus, nutzte individuelle Schwächen und steuerte subversiv mit Humor:»Falk Geyer, Elternbesuche sind auch für die anderen da, die wollen mich auch mal sehen!«

Der Wolf brauchte den Kick, weil er bei sich nur innerliche Leere fand. Der wusste genau von seinem emotionalen Mangel. Darum auch seine übertriebe Gestik und Mimik. Alles nur schemenhafte Maskerade! Ich war einer, der das erkannte und darum zu seinem Widerpart geworden. Es entwickelte sich wie beim Schachspiel. Er eröffnete die Partie und ich reagierte. Er hatte die Macht, ich wehrte mich. Er plante, ich tapste in die Falle. Ich hatte kurzen Erfolg und er erreichte die nächsthöhere Spielstufe.

Auf meinem Schuljahreszeugnis entdeckte ich in Betragen die Note 4. Auf der rechten Seite hatte ich einen Durchschnitt von 2,0. In meiner schriftlichen Beurteilung hieß es dazu:»Falks schnelle Auffassungsgabe und sein Blick für Zusammenhänge bilden die Grundlage für das Erreichen der guten Leistungen. Innerhalb des Klassenkollektives fällt er jedoch durch unbeherrschtes Verhalten auf. Er beeinflusst seine Mitschüler oft negativ und zeigt nicht immer das nötige Kollektivbewusstsein. Die Ratschläge zur Veränderung seines Verhaltens befolgt er nur kurze Zeit. Durch ein offenes und selbstkritisches Verhalten würde Falk im Ansehen des Kollektives steigen. Stets interessiert trat er in Politinformationen auf und bewies dadurch, dass er das Pionierleben in positiver Weise beleben kann. Falk wird versetzt in Klasse 6.«

19. Brandbekämpfungsmaßnahmen

Als es im sechsten Schuljahr hieß, die Feuerwehr suche dringend Nachwuchs, haben alle weggeschaut. Keiner wollte mit Brandschutzklamotten und Wasserschlauch rumlaufen. Auch lag das Ausbildungsobjekt außerhalb unseres Schulbezirkes, was bedeutete, es würde viel Zeit vergehen, die man anderweitig besser nutzen konnte. Da meine Eltern entschlossen waren, die Zügel bei mir strenger anzuziehen, war meine Freizeit limitiert. Weil ich mir so etwas schlecht gefallen ließ, kam ich auf eine gute Idee.

Dem Herrn Wolf antwortete ich, statt Feuerwehr könne man lieber Fußball spielen, und meinen Eltern erzählte ich, der Herr Klassenleiter sei in einer Zwickmühle, unsere Schule finde niemanden, der sich zum Lehrgang der Brandschutzbekämpfer meldete. Er würde beim nächsten Elternabend dieses Thema sicherlich ansprechen. Darauf argumentierte meine Mutter, dass ich wegen meiner Vier in Betragen was gutzumachen hätte und es könne mir nicht schaden, einen Beitrag für das gesellschaftliche Gemeinwohl zu leisten.

Als der Herr Wolf von mir erfuhr, dass ich auf Fußball demnächst verzichten müsste, um ein Feuerbekämpfer zu werden, wusste er gleich, dass hinter dieser guten Tat meine Eltern steckten. Er vergaß gleich ein bisschen, dass wir keine Freunde waren, denn er konnte der Schulaufsichtsbehörde melden, dass ich seiner Werbeaktion auf den Leim gegangen bin.

Weil der Tino durch den Herrn Wolf zu Hause auch Probleme mit der Freizeit bekam, erzählte ich ihm, dass wir beide durch den kleinen Trick der häuslichen Enge entfliehen könnten. Das leuchtete ihm ein. Jetzt konnte der Herr Wolf noch den Tino als Feuerwehrmann vermerken. Weil wir beide keine begeisterten Gesichter machten, begeisterte sich der Mecki doppelt. Wir wurden vor der gesamten Klasse in einer überschwänglichen Rede als würdige Vorbilder bezeichnet.

Damit der Tino und ich genügend Informationen hatten, was bei den jungen Brandschützern ablief, sind wir die ersten Male hingegangen. In dieser Arbeitsgemeinschaft haben wir an ein paar verblichenen Rollbildern trockene Theorie geschluckt. Es hieß, an die Technik würden wir noch früh genug kommen. Unseren Eltern erzählten wir, wegen der Ausbildung könnten wir nicht vor halb acht zurück sein. An diesen Tagen hatte ich meine Ruhe. Auch der Mecki ließ uns in Ruhe, schließlich retteten wir die Ehre der Schule.

Mit dem Herbst brach frühzeitig die Dämmerung ein. Es war nett anzusehen, wenn bei den alten Gaslaternen die ersten kleinen Lämpchen brannten. Oben am Glasgehäuse befand sich eine Lasche. Wenn ich am Gusseisensockel hochkletterte und daran zog, erlosch das Licht. So ergab es sich, dass wir in ganzen Straßenabschnitten alle Leuchten abschalteten.

Weil der Tino und ich bisher kaum miteinander Zeit außerhalb der Schule verbrachten und er kein guter Fußballer war, hatten wir uns anfangs einiges zu erzählen. Dabei kamen wir auf die Idee, eine Zigarette zu rauchen. Dazu benötigten wir nur eine Mark und schon konnten wir uns aus den vereinzelnd angebrachten Zigarettenautomaten bedienen. Leicht geduckt und etwas versteckt in einer unbeleuchteten Ecke, brannten wir uns die erste Zigarette an. Sie schmeckte eklig und schwindelig wurde uns auch. An diesem Abend fiel zum ersten Mal unsere Feuerwehrausbildung komplett aus. Wir stromerten durch die Gegend und versuchten es alsbald mit der zweiten Zigarette. Die wollte immer noch nicht schmecken, aber das mit dem Schwindligwerden hatte sich gelegt.

Mit den vergehenden Wochen wurde das Rauchen für den Tino und für mich zu einem festen Bestandteil. Unsere Arbeitsgemeinschaft blieb links liegen. Keiner von uns bemerkte, dass wir dem Nikotin verfallen waren. Schon nach kurzer Zeit mussten wir ständig Zigaretten bei uns haben. Das brachte Probleme. Es begann sich bei uns Beschaffungskriminalität zu entwickeln. Zuerst zog ich bei meinem Stiefvater ein paar Stäbchen aus der Schachtel, dann sah ich mich nach dem Geldbeutel meiner Eltern um und bei Tino verhielt es sich ebenso. Wenn mal gar nichts ging, klauten wir uns eine Schachtel in einer günstig gelegenen Kaufhalle. Keiner vermutete, dass schon Pioniere süchtig sein können.

Weil es jetzt draußen kälter wurde, gingen wir getrennte Wege. Tino fand bei Sigi einen Unterschlupf und ich trieb mich beim Fußballplatz herum. Hier waren um diese dämmrige Stunde nur die Älteren mit ihrer ersten Freundin. Da ich ein guter Fußballer war, schickte mich niemand weg. Es fielen aber harte Worte wegen meines Zigarettenkonsums wie:»Du spinnst wohl, in deinem Alter haben wir noch nicht geraucht und geh gefälligst zur Seite.« Nachdem sich alle daran gewöhnt hatten, wurde meine Sucht akzeptiert, und bevor sie es zugelassen hätten, dass ich in einer Kaufhalle Zigaretten klaue, durfte ich eine von den ihrigen probieren.

Hier erfuhr ich, dass sie sich abseits in einem verwahrlosten Areal eine Holzhütte zusammengenagelt hatten und wo die Hütte zu finden ist. Die Bretterbude war ein ehemaliger Bauwagen, hatte aber keine Räder mehr. Für die Standfestigkeit und den Schutz vor Nässe war diese Unterkunft auf mehreren Ziegelsteinen gelagert. Über ein paar Metallstufen erreichte man eine gut erhaltene Tür, die sich ohne Probleme öffnen ließ. Im Inneren stand ein alter Kanonenofen, der wohlige Wärme ausstrahlte.

In drei älteren Armlehnensesseln saßen die, die am meisten zu sagen hatten. Auf dem Schoß platzierten sich gern die Freundinnen. Wenn es mal nichts Interessantes zu besprechen gab, übten sich alle ein bisschen im Schmusen. Von der Decke flackerte das Licht einer alten Petroleumlampe.

Weil ich meinte, wegen des Geruches vom Ofen und der Funzel öfter mal lüften zu müssen, war ich alsbald dafür der Verantwortliche. Danach durfte ich das Nachlegen im Kanonenofen erledigen und für das Brennholz erhielt ich eine Axt. Die Axt erhob mich in den Rang eines vollwertigen Mitglieds. Als Dank sorgte ich für genügend Reserven. Das Abzugsrohr des Kanonenofens glühte.

Wenn ich abends etwas angeräuchert nach Hause kam, erzählte ich meiner Mutter, dass wir jetzt in der berufspraktischen Erprobung wären und es dabei zum Abschluss immer ein kleines Feuer zu löschen gab. Das nahm sie mir ab. So wurde der Bauwagen für mich fast ein Zuhause.

Die Ära im Bauwagen bekam ein vorzeitiges Ende. Der ständig unter Dampf stehende Kanonenofen hatte wohl zu viele Rauchzeichen in den winterlichen Himmel geblasen. Das musste einigen Bewohnern aufgefallen sein. Eines Tages war die Bude abgerissen. Da waren Profis am Werk. Davon zeugten dicke Reifenspuren. Hier war schwere Technik zum Einsatz gekommen. Nichts deutete mehr auf unser Versteck. Sämtliche Erinnerungsstücke waren abgefahren. Keiner regte sich darüber auf, besser so als unlösbare Probleme.

Wenn es im Leben nicht gut läuft, kommt es meistens doppelt. Der Tino ist nämlich vom Klassenleiter gesichtet worden, wo er sich eigentlich mit dem Brandschutz beschäftigen sollte. Weil der Herr Wolf ihn dazu noch mit Zigarette erwischte und sich gleich erkundigte, ob ich auch von der Feuerwehr abgerückt wäre, traf das bei dem verunsicherten Tino so ins Mark, dass er rumstotterte. Mecki zählte Eins und Eins zusammen und meldete sich gleich wieder bei unseren Eltern.

Danach waren die üblichen Standardreden fällig: »Warum tust du uns das an? Kannst du dich nicht besser benehmen! Ohne dich hätten wir es viel leichter! Du bringst uns nur Unglück! Das haben wir uns nicht verdient! Du bist die Schande der Familie.«

Weil es meinem Stiefvater bei Prügelattacken mittlerweile zu umständlich geworden war, sich jedes Mal den Hosengürtel abzuschnallen, übte er sich jetzt im Faustkampf. Da ich auf meine Deckung zu achten hatte, nahm ich nicht allzu viel ringsum wahr. Als er da mal wieder an mir zu tun hatte, übersah er, dass ich schon halb ohnmächtig an der Küchentür zusammengerutscht war. Mein Stiefvater konnte das nicht so schnell begreifen. Darum hat meine Mutter jetzt ein paar Mal geschrien. Mir war sie aber schon weit weg, denn die Ohnmacht hatte mich umhüllt. Das ist eine sinnvolle Schutzfunktion des Körpers und fühlte sich an wie ein schönes Erlebnis.

Beim Aufwachen befand ich mich in einem zarten Schleier und grübelte, wieso ich zu Boden gegangen war. Ein langsam hochkommender Schmerz erklärte mir, dass ich mit dem Rücken zur Wand gestanden hatte, eben genau dort, wo sich die schmale Tür zu unserer Vorratskammer befand. Unsere Vorratskammer war eine Wandeinlassung, gleich neben dem Schornstein. Das wurde früher vielerorts so gebaut, da es noch keine Kühlschränke gab. Hier war auch im Sommer garantiert, dass die Wärme nicht reinkam. An dieser Tür steckte ein altmodisch großer, weit aus dem Schloss herausragender Bartschlüssel, eine grobe Anfertigung mit verdrilltem Eisenring, der beim Schließen den halben Handteller ausfüllte. Mit dem hatte meine Wirbelsäule eine Kollision. Weil der Schlüssel sich auch nur seinen Weg suchen wollte und nicht genau wusste, wohin, geriet er bei mir in die Spalte zwischen den Wirbeln. Das war wohl einigen Nervensträngen vom Rückenmark zu viel. Sie reagierten mit einem Blitzschmerz, so dass mir schwarz vor Augen wurde, und ich schwebte mal wieder in grenzenloser Freiheit, abgekoppelt von der alten Welt.

Als ich wieder zu mir gekommen bin, wankte ich benommen zuerst ins Bad, weil ich wissen wollte, ob ich geschwollene Augen bekommen würde, aber da war zum Glück nichts. Dann bin ich ins Kinderzimmer. Meine Schwester folgte mir und tat, als wäre nichts gewesen. Das kannte ich bereits von ihr. Die Kristin räumte leise etwas zusammen, sah mich wortlos an und huschte gleich wieder weg.

Meine Mutter hatte sich mittlerweile von meinem Stiefvater den Unfug mit der Klopperei abgeschaut. Wegen ihrer Konstitution versuchte sie, den Nachteil auszugleichen, indem sie verschiedene Gegenstände aus der Küche probierte. Sie zielte auf meinen Kopf und wenn ich den schützte, gefielen ihr meine Fingerkuppen. Zu meinem Glück sind ihr an mir selbst die größten Kochlöffel zerbrochen und weil sie vergaß, genügend Nachschub zu kaufen, suchte sie dann so lange, dass ich mich verdünnisieren konnte. Die letzten Ereignisse erzeugten bei mir Gleichgültigkeit und so wurde ich ein Vagabund. Für meinen Stiefvater wäre die Öffentlichmachung der Probleme ein Offenbarungseid, denn wer unfähig ist, bei seinen Kindern für Ordnung zu sorgen, der kann keine hohe Leitungsaufgabe im Betrieb übernehmen. Da ich Angst vor dem Jugendwerkhof hatte, kam ich abends dann wieder pünktlicher nach Hause.

Auch für meine schulischen Probleme fand ich eine Lösung. Weil ich nämlich keine Lust mehr hatte, mir ständig wegen Herrn Wolfs Eintragungen Konflikte aufzuladen, begann ich mich im Kopieren der Unterschrift meines Stiefvaters zu üben. Zum Schluss benötigte ich nur einen konzentrierten Moment und schon fügte ich mit vollem Schwung seine typische Art von Schriftzug dort ein, wo es mir wert war, ein friedliches Nebeneinander zu gewährleisten.

Das beruhigte alle Gemüter. Im Zeugnis der 6. Klasse hatte ich wieder die Drei in Betragen. Das erfreute meine Mutter. Stutzig wurde sie, als sie lesen musste, das ich 27 Tage entschuldigt versäumt hätte. Dieser Sache ging sie aber nicht nach, denn auch Lehrer können sich irren.

20. Wie ich einer Familie Glück schenkte

In der siebenten Klasse stellten sich bei mir ungeahnte Weichen. Alles begann damit, dass ich mit dem Frank Riedel nach der großen Mittagspause vorzeitig die Schule verließ. Die Herbststürme kündigten bereits an, dass demnächst der erste Schnee fallen würde. Der Winter stand vor der Tür. Frank wohnte nicht weit von der Schule, wir gingen zu ihm. Während er sich mit dem Inhalt des Kühlschranks beschäftigte, schaute ich mich in seinem Zuhause um.

Die Mutter war alleinerziehend und arbeitete in drei Schichten. Sie bemühte sich redlich, ihre zwei Söhne gut zu versorgen. Die Wohnungseinrichtung stammte aus den Fünfzigern, alles noch aus echtem Holz, aber mit sichtbarem Verschleiß. Es sah überall ärmlich aus und antiquiert. Man sah, es fehlte an Geld, und ich ahnte, es würde auch zukünftig keine Neuanschaffungen geben.

Der Frank hatte im Kinderzimmer, das er sich mit seinem Bruder teilte, eine große Eisenbahnplatte auf Holzböcken. Die Anlage sah recht traurig aus und wie lange nicht benutzt. Der Trafo, die kleinen Häuschen, die Streckenführung, alles war verstaubt und das Grün der Rasenimitation mehr als verblichen. Hier und da lagen verschiedene Züge, Anhänger und diverse Einzelteile, mit denen ich mich nicht auskannte. Die goldenen Zeiten waren aber längst vorbei, wo ein Vater mit seinen Söhnen hier viele gemeinsame Stunden mit Basteleien verbrachte und zum Dank leuchtende Kinderaugen erntete. Diese Fahrten der Lokomotiven würde es auch zukünftig nicht mehr geben. Der maßstabsgerechte Landschaftsbau, ehemals alles mit viel Liebe gemacht und noch in der Fantasie niedlich anzusehen, benötigte eine gründliche Generalüberholung und vor allem fahrtüchtiges Material.

Als mir diese Bilder zukamen, gesellte sich der Frank zu mir. Er sah traurig auf die Reste seiner Eisenbahnplatte. Seine Vorstellungskraft war bestimmt viel intensiver, denn ich hatte mich nie für so eine Fummelei interessiert. Da ich aber ein begeisterter Fußballer war, ahnte ich, wie es mir ergehen würde, wenn sämtliche Bälle in unserem Stadtviertel kaputt gewesen wären. Diese Eingebung entsetzte mich. Dann kam mir eine zündende Idee. Bei unserem Nachbarn auf dem Dachboden hatte ich massenweise Modelleisenbahnen gesehen. Das Zeug stapelte sich seit Jahren unberührt. Der Besitzer war längst aus dem Spielalter heraus, hatte die dreißig weit überschritten, wohnte aber immer noch im Elternhaus. Dieses Eisenbahnzeug könnte der Frank doch mal durchsehen. Ein paar Loks und Kleinigkeiten würde er unbedingt brauchen, was garantiert niemandem auffallen wird. Damit ausgerüstet, könnte er jetzt, wo Weihnachten näher rückte, seine Eisenbahn wieder zum Leben erwachen. Der Frank nickte sehr versonnen, ich hatte ihn mit meinen Worten wohl in seinen liebsten und gleichzeitig unerfüllbarsten Träumen berührt.

Bevor uns dazu ein näherer Austausch gestattet war, klingelte es an der Wohnungstür. Durch den Spion erkannte Frank unseren Gruppenratsvorsitzenden, den Stefan. Wir verhielten uns ganz still. Der Stefan rief jetzt, er wüsste, wir stehen hinter der Tür und er sei von unserem Geografielehrer Herrn Frey beauftragt worden, uns Bescheid zu geben, dass wir sofort in die Schule zurücksollten. Weil der Frank nicht die Aufmerksamkeit des Hauses riskieren wollte, machte er auf und sagte, wir würden schon unterwegs sein.

Der Stefan war bereits vorgegangen und nicht mehr zu sehen. Wir schlichen zur Schule und malten uns aus, welche Konsequenzen uns erwarteten. Als wir eintrafen, war die Klasse still, jeder lernte eifrig. Unser Herr Frey lenkte die unterschwellige Aufmerksamkeit der Schüler sofort auf sich. Dazu benutzte er eine allgemeine Formulierung: »Wer von euch kommt jetzt nach vorn und benennt alle Weltmeere und versucht, so viele angrenzende Staaten aufzuzählen wie möglich?«

Herr Frey war einer unserer besten Lehrer. Er saß wie stets locker mit einer Pobacke auf dem Schreibtisch und winkte uns nur lässig mit der Hand, wir sollten uns setzen. Bei seinen

Doppelstunden verflog die Zeit immer schneller als in anderen Fächern. Er hatte eine sehr gute Unterrichtsführung. Im Gegensatz zu unserem Klassenleiter war er eine echte Spitzenkraft. Dass wir bei ihm schwänzten, war überhaupt nichts Persönliches. Schade, dachte ich, das wäre nicht notwendig gewesen. Jetzt bekommen wir ausgerechnet von dem Mann eine Strafe, der uns mit am sympathischsten von allen Lehrern ist.

Wir konnten ihm zuerst einmal dankbar sein, dass er uns nicht vor der gesamten Klasse niedergemetzelt hat. In der Pause passierte auch nichts. In der zweiten Stunde habe ich mich dann gemeldet. Er trug mir dafür eine Zwei ins Klassenbuch ein. Dazu wäre er nicht verpflichtet gewesen. Ich fand jetzt noch mehr, wir hätten echten Mist gebaut, die Schwänzerei war dumm und das hätte dieser Lehrer wirklich nicht verdient.

Das bestätigte sich mir auch mit Unterrichtsschluss. Es gab keine öffentliche Demütigung, wie das bei unserem Herrn Wolf garantiert der Fall gewesen wäre. Wir packten routinemäßig ein und machten uns auf den Heimweg. Unterwegs grübelte ich, inwieweit sich der Mecki morgen vor Schadenfreude wieder seine Hände wundrieb und ob ich meiner Mutter lieber beichte, damit sie morgen nicht sagen kann, es würde mir an Informationspflicht mangeln. Ich entschloss mich, ihre Nerven so lange zu schonen wie möglich.

Am nächsten Tag spekulierten meine Klassenkameraden, ob gegen uns ein Klassenleitertadel in Vorbereitung wäre. Wenn der Herr Wolf bei uns normal mit Hast und Hektik in seinem versauten Kittel zur Mathestunde einrückte, erwartete jeder, dass er gleich loslegen würde und der Garaus beginnt. Seltsamerweise unterblieb das. Er machte auch keine besonderen Andeutungen oder doppelzüngige Sprüche, sondern lieferte normalen Unterricht.

Als er weg war, verdichtete sich das Gerücht, wir müssten dieses Mal sogar mit einem Direktorenverweis rechnen. Wir warteten unruhig ab. Der folgende Tag verging auch ohne Besonderheiten und so setzte sich das fort. Der Herr Frey war so kulant, dass er unsere Schulbummelei einfach mal aus Versehen vergessen hatte.

Der Frank und ich, wir waren uns einig, zukünftig keine einzige Minute seines Unterrichts jemals wieder zu versäumen. Dieses Erlebnis schweißte uns freundschaftlich zusammen. Zudem spukte es in meinem Kopf, wann ich dem Frank bei der Wiederbelebung seiner Eisenbahnplatte helfen könnte.

An einem günstigen Nachmittag sind wir auf unseren Dachboden. Die einzelnen Dachkammern waren nicht dicht verkleidet. Zwischen den schmalen Latten konnte jeder durchgreifen. Viele unterschiedlich große Schachteln mit Eisenbahnspielzeug türmten sich in freien Nischen. Der Frank meinte, es wäre dieselbe Spurbreite. Ich kletterte zugleich mit Freude und Bangen in den Verschlag und reichte ihm die originalen Verpackungen, bis er meinte, es würde genügen. Diese Aktion dauerte nicht länger als ein paar Minuten.

Wir machten aus, dass er seiner Mutter sagen soll, er habe das Zeug von mir, ich lese lieber Bücher und als Gegenleistung hilft er mir zweimal die Woche bis zum Schuljahresabschluss, um den Einkauf bei meiner Oma zu erledigen, die im Rollstuhl sitzt, nur meckert, kein Taschengeld rausrückt und immer neue Extrawünsche hätte.

Als die Frau Riedel fragte, ob meine Eltern davon wüssten, es wäre ihr wie ein Wunder, bejahte ich: »Die sind froh, dass der Kram eine anständige Verwendung bekommt! Das lohnte sich bei mir nicht, denn ich bin ein Fußballer und ich sollte mir am Frank ein Beispiel nehmen.«

Die Frau Riedel war nun so glücklich wie lange zuvor nicht. Ihre Söhne bastelten in Dankbarkeit jede freie Minute. Es entstand ein wunderschönes Gesamtsystem, wie ich es in Komplexität und Ausdehnung dem Frank gar nicht zugetraut hätte. In diesem Dezember des Jahres 1974 brauchte sich kein Weihnachtsengel, kein Nikolaus, kein Knecht Ruprecht, kein Santa Claus und kein Weihnachtsmann noch großartig bemühen, die Riedels waren bestens versorgt.

Unter meinem Weihnachtsbaum lag wie immer nichts, worauf ich mich freuen konnte. Das Übliche: ein Süßigkeitenteller, wo das Tannengrün und die Apfelsinen mehr Platz einnahmen als die Schokolade. Dazu ein Trainingsanzug, schwer wie ein nasser Sack, viele Nummern zu groß, und ich wusste, es würde Jahre dauern, bis er mir passt, wenn überhaupt.

Nach Silvester und den Drei Königen lief der Schulbetrieb wieder an. Der Frank hatte zu Weihnachten noch ein paar kleine Ergänzungsstücke für die Modellbahn bekommen. Das machte uns beide noch glücklicher.

21. Die apokalyptischen Reiter

Mein Glück verflüchtigte sich drei Monate später. Ich bekam plötzlich Post von der Polizei und wusste überhaupt nicht, wie ich den Behörden nützlich sein könnte. Auf der Vorladung prangte ein fettes Siegel mit folgenden Informationen: Kriminalpolizei der Stadt Dresden, Kreisleitung West, Tharandter Straße 55, Zimmer 14, Oberleutnant Tesch, Betreff: Zeugenaussage.

Den Herrn Tesch kannte ich. Er war bei einem Pioniernachmittag der Unterstufe in unsere Klasse gekommen und stellte sich für Fragen zur Verfügung. Er erläuterte uns deswegen die Aufgabenbereiche seiner Dienststelle, weil seine Tochter damals in unsere Klasse ging. Ab der Mittelstufe erhielt die Sabine aber eine Delegierung an die Russischschule in Übigau. Seitdem wurde sie nicht mehr gesichtet.

Mir war bei dem Anschreiben gar nicht bewusst, was für eine Zeugenaussage ich leisten sollte. Ich sah mich die Axt schwingend bei unserem abgerissenen Bauwagen und überlegte, ob ich hier noch Rechenschaft abgelegt müsste. Beim Vagabundieren war mir nur kalt gewesen und Verkehrsunfälle hatte ich nicht verursacht. Mir blieb ein ungutes Gefühl. Den Termin konnte ich kaum abwarten. Meinen Eltern sagte ich davon nichts.

Pünktlich auf die Minute klopfte ich am Zimmer 14 an. Den Herrn Tesch erkannte ich sofort. Er gab mir die Hand und zeigte auf den Stuhl vor seinem Schreibtisch. Ihn nach seiner Tochter zu fragen, obwohl ich schon gern gewusst hätte, wie es der Sabine geht, war jetzt nicht angebracht. Als er sich setzte, befand er sich unter dem Bild von unserem Staatsratsvorsitzenden. Ohne Umschweife, sachlich und im normalen Ton, kam er gleich zur Sache: »Bei dir im Haus Nummer 3, auf dem Dachboden, da ist zum Ende des vorigen Jahres ein Einbruch mit Diebstahl erfolgt. Es fehlen Teile einer Eisenbahnanlage. Das kannst eigentlich nur du gewesen sein.«

Bei dem Satz war ich wie vom Blitz getroffen. Daran hatte ich überhaupt nicht mehr gedacht. Ich war froh, dass nichts Schlimmes passiert war, wo ich mit reingezogen werden könnte. Gleichzeitig musste ich lachen, aber irgendwie befreiend und entrüstet zugleich. Mir war sofort klar, ich erzähle ihm die ganze Geschichte. Ich war noch nie ein echter Lügner. Das hing mit meiner Überzeugung von moralischer Verwerflichkeit zusammen, jeder würde es bemerken und hinterher hätte ich ein schlechtes Gewissen. Wenn ich mal die Unwahrheit erzählte, dann nur, wenn ich nicht hinterfragt wurde. Deshalb waren das bei mir auch keine Lügen, sondern sinnvolle Ausreden. Kleine Schwindeleien fallen unter den Status einer sozialen Notlüge und die dienen ausschließlich der friedlichen Koexistenz.

Wenn sich einer wie der Herr Oberleutnant Tesch wirklich für die Wahrheit interessierte, dann wüsste ich gar nicht, warum ich lügen sollte, wenn ich so etwas sowieso nicht kann. Zudem fand ich es unerhört, dass ich wegen der Eisenbahn Ärger bekommen sollte. Das wäre ja, als würden in mir kriminelle Energien schlummern.

Ich habe sofort geantwortet: »Ja! Das war ich, aber das war kein Einbruch und auch kein Diebstahl. Wissen Sie, der Frank Riedel, das ist eine ganz liebe, sozial stark benachteiligte Person. Seine Mutter schuftet rund um die Uhr im Dreischichtsystem. Einen Vater haben die schon lange nicht mehr. Bei denen stehen noch die Möbel von 1950 in der Wohnung, die haben kein Geld. Ja, das stimmt, der Frank hat von mir zu Weihnachten das Eisenbahnzeug bekommen. Das müssen sie sich mal vorstellen, der Junge hat kein Spielzeug und bei unseren Nachbarn im Haus liegt das Zeug seit Jahren nur unbenutzt! Er hat schon seit ewig nicht mehr damit gespielt. Ich bin nur mal kurz über die Latten geklettert, da war nichts mit Einbruch, und ein richtiger Diebstahl war es auch nicht, denn ich hab das Zeug nicht, das hat alles der Frank.«

Bei meinen Sätzen, so spontan sie auch kamen, war mir schon klar, dass mein Verhalten eindeutig sehr negativ ausgelegt werden kann. Ich wurde still, sackte zusammen und fühlte mich wie ein

Häufchen Unglück. Weil der Oberleutnant auch nichts sagte, fügte ich an: »Es ist eine sehr schöne Eisenbahnplatte geworden. Der Frank ist dadurch viel regsamer geworden, sein Bruder ebenfalls, und seine Mutter hat sich erst gefreut, das können Sie sich gar nicht vorstellen, die bekommen so etwas nie wieder.« Der Herr Tesch staunte mich nun an, als ob er noch nie so etwas gehört hätte. Ich war mir sicher, dass er mich nicht zu den Verbrechern zählte. Die Kriminalpolizei hatte sicher viel wichtigere Aufgaben. Nach einer Weile des Schweigens sagte er, das er zusehen will, was er tun kann. Dann ging er zum Fenster und schaute eine Weile raus. Ich starrte auf den Staatsratsvorsitzenden und dachte an den Witz, wo sie den Kerl aufhängen wollten.

Als der Herr Tesch sich setzte, schauten wir uns wortlos an. Er verabschiedete mich mit den Worten, dass ja nun alles geklärt wäre, und er würde zusehen, was er in der Sache leisten könne. Draußen hab ich vor Aufregung schnell eine Zigarette geraucht. Warum kann der Herr Tesch nicht alles einfach ruhen lassen und warum konnte ich nicht schwindeln. Es gab ja keinen Verbrecher zu jagen, das war ja bloß ich.

Tags darauf redete ich nur mit dem Frank darüber. Der Vorgang machte uns beide sehr traurig. So ein Glück, wie wir es mit dem Herrn Frey hatten, würde uns die Kriminalpolizei nicht bescheren. So bereiteten wir uns darauf vor, dass etwas Unschönes auf uns zukommt. Der Herr Tesch muss eine anständige Arbeit geleistet haben. Das bemerkte ich an der Familie der Hobbyeisenbahner aus meinem Haus. Sie benahm sich mir gegenüber fair, ohne dass ich Nachteiliges entdecken konnte. Wir begrüßten uns bei jeder Begegnung im Treppenhaus, als wäre nie etwas gewesen. Das Räderwerk der behördlichen Organe setzte sich trotzdem in Gang. Erste Zeichen bemerkte ich beim Herrn Wolf. Gesagt hat er nichts, aber eine latente Unbestimmtheit flackerte in seinen Augen, eine unterdrückte Vorfreude.

Zu Hause spürte ich, dass sich meine Eltern distanziert um Sachlichkeit bemühten. Die Kristin schnitt mich und ging mir aus dem Weg. Überraschenderweise redete keiner mit mir darüber. Ich behielt alle Freiheiten und konnte nach dem Abendbrot ebenso raus wie am Wochenende. Die Stimmung beim Fernsehen war aber so wortlos, dass ich freiwillig eine Gute Nacht wünschte.

Nach zwei Wochen wurde ich von meinen Eltern informiert, dass es am Mittwoch um 19.00 Uhr noch ein Treffen bei uns in der Schule geben würde. Ich sollte mich waschen und was Ordentliches anziehen. Innerlich war ich so aufgeregt, dass ich am liebsten sofort aufgebrochen wäre, äußerlich blieb ich ruhig. Auf dem Weg zur Schule lief ich etwas voraus, meine Eltern Hand in Hand hinterher. In der Schule pochte mein Herz.

Zielsicher gingen meine Eltern zur Tür des Direktors. Die Personen am runden Tisch schauten mich nicht bedrohlich an, selbst der Herr Wolf gab sich locker und neutral. Herr Wolf trug einen exquisiten Anzug. Unser Direktor hieß Herr Zenter. Eine männliche Person, die mir nicht bekannt war, begrüßte freundschaftlich meine Eltern:»Ritter, Guten Abend, sehr angenehm.«

Der Direktor eröffnete das Gespräch:»An alle Anwesenden ein herzliches Willkommen, auch wenn die Umstände des heutigen Abends nicht besonders erfreulich sind. Falk, wir wissen alle, deine Eltern, dein Klassenleiter und du selbst am besten, dass es nicht immer einfach mit dir ist. Du bist ein hellwaches Köpfchen und kannst auch ein guter Pionier sein, das hast du längst bewiesen, aber du stellst auch manchmal Dinge an, die nicht gut sind! Du bist jetzt in der siebenten Klasse, das ist doch alles richtig?«

Ich nickte, mein Direktor hatte den Ruf streng, aber sehr gerecht zu sein. Schade, dass er keinen Unterricht bei uns gab.

Er setzte fort:»Es geht um die Sache des Einbruchdiebstahls und wir würden gerne wissen, wie das jetzt weitergehen soll!«

Seine Stimme wirkte fürsorglich. Bestimmt sollte ich jetzt was sagen. Das tat ich auch:»Ja, das stimmt. Das war echt dumm von mir. Ich habe das aber nicht für mich gemacht, sondern für den Frank Riedel. Wissen Sie, das war folgendermaßen …«

Aber der Herr Zenter winkte ab: »Lass mal gut sein, das wissen wir schon, das steht in den Unterlagen und genau das ist auch dein großes Glück. Das Diebesgut wird demnächst an den Geschädigten übergeben. Frau Riedel sorgt dafür. Es geht darum, wie es mit dir weitergeht. Deswegen sitzen wir hier und wir machen es uns bestimmt nicht leicht. Ich will nur wissen, ob du verstehst, dass deine Situation hier nicht ganz einfach ist und die deiner Eltern bestimmt auch nicht, ganz besonders die deines Vaters.«

Ich sah meinen Stiefvater an, der kerzengerade mit versteinertem Gesicht dasaß und sehr selbstbewusst wirkte.

Jetzt übernahm der Herr Ritter das Geschehen. Er hatte eine kräftige Stimme, die es gewohnt war, wichtig zu sein: »Nun ja, die Sache mit der Polizei ist natürlich noch offen, aber ich kann sagen, dass du, Falk, gute Chancen hast, es gibt nämlich gewisse Möglichkeiten, die ich dir erläutern möchte. Haben deine Eltern schon mit dir gesprochen?«

Ich schüttelte den Kopf.

Mein Stiefvater sagte: »Wir denken, es ist günstig, alles in diesem Rahmen zu besprechen.«

Der Herr Ritter nickte und begann: »Dein Klassenlehrer meint, deine Zensuren sind gut, bis auf die Kopfnoten. Wir sind der Meinung, dass du auch in deinen Eltern gute Vorbilder hast. Dein Vater arbeitet in einer sehr wichtigen Funktion. Damit ist die Möglichkeit gegeben, dass wir dich fördern. Es geht darum, dass du jetzt zeigen solltest, etwas der Gesellschaft von dem zurückzugeben, was sie bisher für dich getan hat. Du weißt bestimmt, dass heute der Weltfrieden bedroht ist wie nie zuvor. Dein Vater kämpft in der Partei für den Frieden, die Schule leistet ihren Beitrag, unser gesamter Staat auch und deshalb bieten wir dir an, hierbei eine wichtige Rolle zu spielen. Wir sind der Meinung, dass du Berufsunteroffizier werden kannst. Bei der NVA gibt es viele Einsatzmöglichkeiten, gutes Geld, eine Wohnung und die neueste Waffentechnik. Die GST (Gesellschaft für Sport und Technik) wird dir Gelegenheit geben, dich näher zu informieren, und den Mopedführerschein kannst du sofort machen, wenn du 14 Jahre alt wirst.«

Danach entstand eine Pause. Alle schauten mich an. Meine Mutter sah flehend aus, mein Stiefvater nicke dem Genossen Ritter energisch zu und der Mecki grinste vielsagend.

Danach meinte der Herr Ritter: »Ich bin mir sicher, dass du, Falk, den guten Einschätzungen, welche die hier Versammelten über dich aussagten, gerecht werden wirst.« Dann wandte er sich zu meinem Stiefvater: »Für weitere Fragen wissen Sie ja, wie Sie mich erreichen! Genossen, damit ist alles gesagt! Ich schätze, der Falk wird so vernünftig sein, dass er aus seinen Fehlern lernt.«

Danach waren seine Worte für mich: »Falk, du wirst demnächst große Veränderungen erleben, du wirst dich in Zukunft nicht nur auf die Unterstützung deiner Eltern und deines Klassenleiters verlassen können, denn wer auf der Seite der bewaffneten Organe steht, der wird durch uns großzügig gefördert! Das ist bei den anderen auch so, nicht wahr?«

Diese Frage richtete sich an meinen Schuldirektor. Er wirkte sehr müde: »Ja, es gibt an unserer Schule ein paar Schüler …« Der Herr Wolf zählte schnell ein paar Namen auf: »Andreas Hausdorf, Bernd Steglitz, Daniel Kunz und Enrico Dressler.«

Ich kannte die namentlich Genannten, wusste aber nicht, wie eine Anwerbung von militärischen Nachwuchskadern prinzipiell erfolgte. Mein Fall konnte ja nicht die Regel sein. Gerade ich sollte Berufsunteroffizier werden, wo jeder wusste, ich war ein überzeugter Pazifist, habe niemals Krieg gespielt, und so einen Unfug sollte ich jetzt beruflich machen? Das war reine Erpressung. Ein strenger Verweis vom Direktor wäre mir logischer und tausendmal lieber gewesen. Meine Eltern hatten mich regelrecht benutzt und verkauft. Alles, aber das hätte ich ihnen nie zugetraut.

Nach einer Pause fragte Herr Ritter meine Eltern, ob der weitere Verlauf wie vereinbart fortgesetzt werden könne. Mein Stiefvater antwortete: »Ja, er kann jetzt nach Hause.« Damit war ich gemeint. Dann stand mein Stiefvater auf: »Ich möchte mich auch im Namen meiner Frau ausdrücklich dafür bedanken, dass den Problemen unseres Sohnes so viel Verständnis entgegengebracht wurde. Meine ganze Kraft und die meiner Frau werden wir dafür einsetzen, dass er diese großartige Chance nutzt. Es ist ein sehr hohes Vertrauen, das meinem Sohn hier entgegengebracht wird und ein wichtiger Betrag für eine gute Perspektive. Mit diesem Gespräch ist nun dazu der erste Schritt erfolgt. Ich bedanke mich noch einmal für die Geduld aller. Vielen Dank!«

Ich rückte an meinem Stuhl, der sich jetzt sehr schlecht unter den Tisch führen ließ. Meine Mutter wirkte sehr erleichtert. Der Herr Wolf hatte sich ein freundliches Lächeln auferlegt. Zu mir sagte er: »Lass gut sein, das geht schon so, wir sehen uns morgen früh.«

Ich dachte mir, es fehlte nur noch, dass der Mecki mir einen freundschaftlichen Schlag auf die Schulter gibt. Der Herr Ritter nickte mir noch zu. Mein Direktor sah hilflos zu einem unbestimmten Punkt. Ich mochte ihm dafür Dank sagen. Ich fühlte mich schwer, einsam und leer. Als ich an der Tür war, hörte ich meinen Stiefvater: »Er wird die richtigen Schlüsse ziehen!«

22. Zwischen Pest und Cholera

Ich ging sofort schlafen, Kristin auch. Sie wollte nichts wissen, also war sie eingeweiht. Eine tiefe Trauer machte sich in mir breit. Den nächsten Schultag verbrachte ich total benommen. Alle ließen mich in Ruhe. Ich war körperlich zwar anwesend, aber gedanklich in einem chaotischen Zustand, lähmend und aufgewühlt zugleich. Meine Eltern wirkten zum Feierabend zufrieden und locker. Nach dem Abendessen wechselten die Blicke zwischen meiner Mutter und Kristin. Darauf stand meine Schwester auf und verabschiedete sich. Mein Stiefvater brannte sich eine Juwel 72 an und begann mit einer Zusammenfassung der Situation: »Hör mir mal jetzt gut zu, mein Junge, wegen dir haben wir ständig Probleme. Es gibt Spielregeln im Leben und du hast eindeutig die Grenzen längst überschritten! Mein Parteisekretär holt mich rein, dass da eine gewisse Meldung vorliegt! Ich lass mir von dir doch nicht die Karriere versauen! Hier sitzt deine Mutter, schau sie dir an, wir müssen uns nicht von dir ruinieren lassen! Von mir aus können die dich abholen und in ein Kinderheim oder einen Jugendwerkhof stecken, da gehörst du nämlich eigentlich hin! Ich mach das alles nur deiner Mutter zuliebe!«

Wie aufs Stichwort übernahm meine Mutter die Gesprächsführung: »Ich weiß auch nicht mehr, was wir mit dir machen sollen! In den anderen Elternhäusern klappt es doch auch! Wir müssen dich wohl sonst wirklich in ein Kinderheim stecken. Meine Nerven halten das nicht länger aus!«

Danach schauten sich meine Eltern an und warteten, ob ich was zu sagen hätte. Ich sträubte mich innerlich! Was will ich denn bei der Armee? Ich fahre doch nicht mit Panzern durch die Wälder! Da wohnen die Tiere in gesunder frischer Luft und die Panzer stinken und machen höllischen Lärm! Ich fühlte mich bedroht, solche Wörter wie Kinderheim und Jugendwerkhof wirkten ernüchternd. In solchen Erziehungsanstalten wäre es bestimmt nicht besser als im Knast, keine Freiheit und rund um die Uhr Kontrolle.

Mein Stiefvater: »Du sitzt, auf gut Deutsch gesagt, ganz schön tief in der Scheiße! Du kannst von Glück sagen, dass die dich bei der Armee überhaupt noch nehmen! Dein Klassenleiter sagt, wenn du bei der NVA für zehn Jahre unterschreibst, dann lässt er dich in Ruhe! Der Wolf mag nicht der feinste Kerl sein, auch wenn wir das bisher nicht zugegeben haben, das mag schon sein, aber er wird ab sofort bei dir über einiges hinwegschauen, was uns allen nur zugutekommt. Und die Kripo? Die stellt den Fall ein und ich verspreche dir hier vor deiner Mutter, auch von uns wird nichts mehr kommen, wir werden dich in Ruhe lassen! Du hast noch fünf Jahre vor dir, bis es so weit ist, dass du eingezogen wirst. Wenn du mit achtzehn Jahren dann volljährig bist, und höre mir jetzt genau zu, hast du das richtig verstanden, erst wenn du volljährig bist, entscheidest du für dich allein. Alles, was dann kommt, ist deine eigene Sache. Heute musst du Rücksicht nehmen auf deine Mutter und die ganze Familie!«

Meine Mutter erinnerte mich schnell an die Gräfenhainer: »Junge, das ist doch nicht zu viel verlangt, du siehst doch, wie gut es dem Onkel Franz bei der NVA geht. Die fahren einen schicken Wartburg und eine Uniformen zu tragen, das sieht schick aus und spart zudem Bekleidungsgeld. Kannst du nicht wenigstens ein Mal im Leben machen, was wir dir sagen? Ich wäre so stolz auf dich! Gib dir jetzt endlich mal einen Ruck!«

Mein Stiefvater zündete sich eine neue Zigarette an: »Du sagst denen einfach zu, du verpflichtest dich, denn im Moment zählt nur deine Unterschrift im Wehrkreiskommando! Mehr will keiner von dir, kapier doch mal, was das bedeutet. Du hast dann die wirklich wichtigen Leute auf deiner Seite. Junge, du hast dann ausgesorgt! Wir haben viel mit dir geredet, mehr geht wirklich nicht und wir müssen jetzt mal endlich zu einem Schluss kommen!«

Ich wollte das Gespräch auch beenden, eine faire Chance hatte ich sowieso nicht. Ich verstand bloß nicht, wieso das alles mit meinen 13 Jahren so dramatisch sein sollte, ein schulischer Tadel, ein paar soziale Arbeitsstunden, irgendetwas anderes zur Strafe. Es kann doch nicht sein, dass es keine Alternativen gab. Ich wusste, ich würde niemals zur Armee gehen. Überhaupt, mit einer beruflichen Zukunft hatte ich mich noch nie beschäftigt. Das war mir in der siebenten Klasse alles viel zu weit weg.

Da die Lage aber hoffnungslos war und ich keinen weiteren Stress benötigte, gab ich mein Okay und nickte resignierend: »Ja, dann mach ich das eben so.«

23. Wie ich eine wertvolle Persönlichkeit wurde

Alsbald bekam ich wieder eine Benachrichtigung von den Behörden. Dieses Mal nicht mit dem Stempel der Kriminalpolizei, sondern dem Siegel von der NVA, Wehrkreiskommando Dresden, Staufenbergallee 74. Darauf hatte sich ein Major Rehleck ausgewiesen und mit Zimmer 118 für mich um 15.00 Uhr einen Termin vermerkt.

Ich war pünktlich um 14.45 Uhr im Eingangsbereich. Ein Militärposten begutachtete meine Vorladung. An seinem Blick sah ich, dass er sich wunderte, weil ich noch so jung war. Er fragte mich aber nichts, sondern verwies mich zum linken Gebäudeflügel in die zweite Etage. Hier angekommen, setzte ich mich und beobachtete von einer Stuhlreihe im Flurbereich, was sich meinen Augen auf dem Gang bot. Überall war Bewegung, nur höhere Dienstränge unterwegs, alles im gemächlichen Schritt, alle schon älter und bestimmt wegen ihrer Gesundheit nicht mehr für harte Frontbedingungen tauglich.

Ich kam mir heute sehr eingeschüchtert und verklemmt vor. Meine Welt würde das garantiert niemals werden. Von erpresster Wehrpflicht, Lametta auf den Schulterstücken und aufgezwungener Gehorsamkeit hielt ich nichts. Erst recht nicht, wenn ich andere Menschen totschießen müsste.

Pünktlich um 15.00 Uhr trat ein äußerlich korrekt, aber innerlich gelangweilt wirkender Offizier auf mich zu. Er musterte mich, die Augenbrauen hochziehend. Ohne mich anzusprechen, verlangte seine Hand nach meiner Benachrichtigungskarte. Er deutete auf Zimmer 118. Ich trottete hinterher. So wusste ich, dass dies mein Führungsoffizier Major Rehleck war.

Sein Zimmer wirkte trotz genügend Fläche erdrückend, fade Tapete an hohen Wänden, dichte graue Gardinen an den Fenstern und schlichtes Mobiliar. Er nahm hinter seinem Schreibtisch Platz, daneben Aktenablagen, Rollschränke, Telefon und Aschenbecher.

Seine Schirmmütze legte er links auf die Schreibplatte. In der Mitte war meine Akte bereits aufgeschlagen.

Er las daraus vor und kommentierte: »Geyer, Gerhard Falk, Rufname Falk, geboren am 5. Juni 1961, wohnhaft in 8028 Dresden, Essener Str. 3. Sie wollen also zur Armee!«

Darauf ich: »Wissen Sie, normalerweise heiße ich Jendryschik, der Name Geyer ist erst durch die Scheidung meiner Mutter entstanden!«

Er sah mich verdutzt an und meinte, das zählt nicht zur Sache! Wichtig ist nur, was in Dokumenten steht!

Ich sagte ihm, einen Beruf zu benötigen, wo ich möglichst mein Ding alleine machen kann: »Wissen Sie, ich verlasse mich nicht gern auf Andere, aber auf mich kann man sich verlassen, denn wenn mich wirklich etwas interessiert, dann kommt auch was Anständiges heraus.«

Der Herr Major meinte, dass er bis jetzt immer was Passendes gefunden hätte. Wir einigten uns auf den Beruf eines Flugzeugwarts, Transportfliegerstaffel, Offiziershochschule Kamenz. Da hätte ich mich nur um die Einsatzfähigkeit meiner Maschine zu kümmern und wäre mein eigener Herr. Sofort nach der zehnten Klasse würde ich eine Lehre als Maschinen- und Anlagenmonteur erhalten, das wäre eine artverwandte Ausbildung, aber in verkürzter Zeit, weil ich Spezielles erst bei der NVA erlerne und das beginnt in Bad Düben an der Unteroffiziersschule. Hier werden Grundlagen gelegt für Theorie in Aerodynamik, Konstruktionslehre etc., und die spezielle Ausbildung übernimmt dann Kamenz, wo es mit dem Kasernenleben schon wieder vorbei wäre.

Kamenz hatte ich gewählt, weil mein Vater mittlerweile hier hingezogen war. Major Rehleck erklärte mir noch, dass es auf dem Standort Flugzeuge vom Typ AN 2 gibt, worauf die Offiziersschüler zu Piloten ausgebildet werden und ebenso die Fallschirmspringer. Dann erklärte er, dass ich demnächst in der Schule eine VMA (Vormilitärische Ausbildung) erhalte und Mitglied der GST werde. Hier bekomme ich später den Mopedführerschein, kann mich als Sportschütze üben oder mich zum Funker qualifizieren. Zudem würde mir mit entsprechendem Alter das »Haus der Nationalen Volksarmee« offen stehen, falls ich mal zur Disko wollte. Danach verlas er meine Ehrenerklärung. Als ich die unterschrieben hatte, war ich als Berufsunteroffizier dem sozialistischen Vaterland der DDR verpflichtet. Weil ich jetzt eine angesehene Persönlichkeit war, erhielt ich einen Glückwunsch und zum Abschied einen festen Händedruck.

In der Schule wartete der Herr Wolf bereits auf die Vollzugsmeldung meiner Zwangsrekrutierung. Danach hielt er eine zynische Rede: »Liebe Schüler, alle mal gut zugehört. Heute ist ein großer Tag. Wir haben nämlich wieder einen, der bereit ist, unsere DDR mit der Waffe in der Hand für ganze zehn Jahre zu verteidigen. Das ist unser Falk Geyer! Jetzt kann er nicht nur der Schule und dem Staat alle Ehre bereiten, sondern auch seinem gestrengen Herrn Papa und der lieben Mutti!«

Danach suchte er die Klasse nach den zu erwartenden Lachern ab, aber die meisten sahen mich nur mitfühlend oder mit großem Unverständnis an. Das hätte keiner von mir gedacht. Ich auch nicht.

Ab diesem bedeutenden Tag war ich für den Mecki nicht mehr wichtig. Wenn ich krankmachte, tat er, als wäre ich wirklich krank. Auch konsultierte er meine Eltern nicht mehr und ließ sich einiges an Frechheiten von mir sagen, wo er vormals mit seinem Rotstift reagiert hätte.

Er sah sich bestätigt, mir eine Lehre für das ganze Leben erteilt zu haben. Das war ihm eine Genugtuung! So kam es, dass ich in meiner Schule eine gewaltige Sonderstellung einnahm. Diese habe ich in vollen Zügen ausgenutzt. Ich kam und ging, wie ich wollte, denn meine Armeeverpflichtung war ein Freibrief. Zudem wollte ich erkunden, bis zu welcher Grenze ich gehen durfte. Es gab aber keine. Bis ich einsah, dass mir damit immer mehr Unterrichtsstoff fehlte, was zu schlechten Zensuren führte, dauerte es einige Zeit. Danach riss ich mich bis zu den Sommerferien wieder zusammen und lernte diszipliniert.

Der Frank Riedel war der Einzige, dem ich erzählte, dass die Laufbahn des Berufsunteroffiziers die Konsequenz für die Eisenbahngeschichte war, aber ich versicherte ihm auch gleich, die zehn Jahre würde ich garantiert nicht gehen. Von Frank wusste ich, dass seine Mutter jeden Umgang mit mir untersagt hat, und deswegen haben wir auch gemeinsam nichts mehr unternommen.

Meine Eltern entspannten sich von Tag zu Tag. So reagierten sie auch gelassen, als mein Abschlusszeugnis vorlag. Der Leistungsdurchschnitt war auf 2,3 gesunken und im Betragen erhielt ich wieder die Vier. Zudem wurden mir 22 Fehltage ausgewiesen und noch zusätzlich 5 unentschuldigte Tage.

Im Wortlaut stand: »Falk fehlte es bei der Wissensaneignung an Ausdauer und Willen. Durch teilweise schlechte Unterrichtsdisziplin konnte er die Unterrichtsprobleme nicht immer gründlich durchdringen. Falk hat die Fähigkeit, bessere Lernergebnisse zu erreichen. Aufgaben des Pionierkollektives übernahm er bereitwillig, erfüllte sie jedoch in unterschiedlicher Qualität.

Seine Disziplinverbesserung und die Lernbereitschaft am Ende des Schuljahres müssen unbedingt beibehalten werden. Falk muss sich noch um eine bessere Einstellung zum sozialistischen Eigentum bemühen. Seine Bereitschaft für die Verteidigung der Heimat ist lobenswert. Falk wird in Klasse 8 versetzt.«

24. Beginn meiner Pubertät

Meine Eltern hatten jetzt nicht nur durch mich Freude am Leben gefunden, sondern auch durch den Kauf eines Wartburgs 311. Hierbei handelte es sich um eine Zwitterversion. Dieses Fahrzeug war ein provisorisches Übergangsmodell. Die Genossen der Eisenacher Automobilwerke hatten es aus Mangel an staatlicher Unterstützung nicht geschafft, das neue rechteckige Karosseriemodell gleichzeitig mit dem neuen Motor auf den Markt zu bringen. Deswegen wurde für vorübergehende Zeit der Dreizylinderzweitaktmotor noch in die alte rundliche Karosserie eingebaut. Damit fuhren sie stolz in den Urlaub. Ich gönnte es ihnen.

Meine Sommerferien sollten etwas ganz Besonderes werden. Mit der siebenten Klasse gehörte ich statistisch noch zu den Kindern und war Pionier. Deswegen hatten mich meine Eltern in ihrem Betrieb für das Ferienlager angemeldet. Da ich mich aber in den letzten Monaten sehr schnell körperlich zu einem frühreifen Jugendlichen entwickelt hatte, protestierte ich heftig. Es nützte nichts, ich musste mit. Die Fahrt ging nach Neustadt in die Sächsische Schweiz. Unsere Unterbringung war vor der Enteignung bestimmt noch ein viel schöneres Domizil gewesen. Die ehemaligen Besitzer würden es bestimmt vermissen.

Am Anreisetag versammelten wir uns vor dem Hauptgebäude zum Appell. Hübsche Studenten, die sich ein bisschen in pädagogischer Methodik schulten und Spaß daran hatten, waren unserem Lagerleiter zur Seite gestellt. Nach dem Alter geordnet, erhielten alle Kinder ihre Gruppe mitgeteilt. Die Mädchen waren getrennt untergebracht, aber im selben Haus. Zum Kennenlernen wurde gleich am ersten Tag eine Disko veranstaltet, das war Standard. Ebenso die Disko zum Bergfest und zum Abschied. Einige Unternehmungen, wie Wandern, Museen, Baden, Spiele in der Natur, Sport und Unterhaltungsmöglichkeiten, wurden angekündigt.

Meine Gruppenerzieherin war die Conny aus Berlin. Sie sah gleich, dass ich nicht mehr zu der unterentwickelten Kinderschar passte. Darum erhob sie mich kurzerhand zu ihrem Stellvertreter. Wenn wir unterwegs waren, ließen wir die Kinder immer vor uns laufen. So behielten wir die Übersicht und konnten ungestört miteinander reden. Sie war eine sehr gebildete junge Frau, wir verstanden uns prächtig und rauchten gemeinsam unsere Zigarette. Die Kinder der Gruppe akzeptierten meinen Sonderstatus, als wäre es so geplant gewesen. Wir hatten zuerst eine entspannte Zeit. Öfters suchten wir uns in der Natur ein geeignetes Gelände und zündeten ein kleines illegales Lagerfeuer an. Hier ließen wir die Kinder Verstecken spielen, sich eine Bude bauen oder jeder ließ sich gedanklich treiben.

Leider hat die Conny ein paar Tage später von unserer Lagerleitung erfahren, dass sie durch meine privilegierte Sonderrolle gegen alle Standards, Prinzipien, Autoritätsauflagen und Kompetenzen verstößt. Niemand von der Leitung verstand ihre großartigen pädagogischen Fähigkeiten. So wurde ich aus ihrer Gruppe genommen.

Meine Isolierung brachte mir den Vorteil, ein eigenes Zimmer beziehen zu können. Zudem wurde ich dem Hausmeister als helfende Hand zugeteilt. Da ich durch meine Erfahrung im Bauwagen gut mit der Axt umgehen konnte, hatte ich in wenigen Tagen schon so viel Holz gespaltet, dass es locker für den Winter reichte. Die nächste Zeit durfte ich einige Kellerräume entrümpeln. Alle Tätigkeiten haben mir gutgetan.

Leider wusste der Hausmeister dann nicht mehr, wie er mich beschäftigen konnte, ohne die eigene Daseinsberechtigung zu verlieren. Darum wurde ich dem Küchenpersonal zugeteilt. Hier arbeiteten auch zwei niedliche Küchenmädchen. Sie waren schon in der 10. Klasse und verdienten sich in den Ferien ein bisschen Geld. Beide waren sie als Freundinnen angekommen. Wir machten unsere Späße, aber nicht zu viel, damit die Arbeit nicht darunter leidet. Nach einer Kennlernphase kamen wir uns näher. Zuerst wusste ich gar nicht, mit welcher von beiden ich gern was nach Arbeitsschluss unternommen hätte. Jede war für sich sehr interessant. Darum hatte ich zuerst mit der Einen freizeitmäßig etwas unternommen und dann mit der Anderen. Als meine Entscheidung dann fiel, trafen wir uns nach Feierabend sogar in meinem Zimmer. Da ich im Alleinsein mit Mädchen noch ungeübt war, geschah nichts Anstößiges. Leider fühlte sich das andere Mädchen nun von mir und ihrer Freundin im Stich gelassen. Diese Konstellation wurde mir zum tragischen Verhängnis.

Ohne wirklich Unsinn angestellt zu haben, teilte mir abends die Lagerleitung mit, es sei beschlossene Sache, dass ich gleich morgen abgeholt werden würde, der Fahrdienst des Betriebes meines Stiefvaters sei bereits informiert. Ich war fürchterlich enttäuscht und wusste, dass man mir zu Hause nicht glauben würde. Bei den Lagerinsassen verabschiedete ich mich bis in die Morgenstunden hinein mit musikalischem Protest. Vom Plattenspieler erklang wehmütige Rockmusik. Zudem fand sich ein bisschen Alkohol. Mit meinem Rauswurf wusste ich, dass sich der Umgang mit Mädchen in bilateralen Beziehungen einfacher gestaltet und Dreiecksgeschichten zu meiden sind.

25. Unterricht im Kampfsport

Auf der Rückfahrt von Neustadt fragte mich der Chauffeur, was ich Schlimmes angestellt hätte. Dazu fiel mir nichts ein. Dafür wurde mir aber klar, dieses Mal würde mich mein Stiefvater nicht ohne Gegenwehr schlagen dürfen. Diesen Entschluss verdankte ich meinem Sportlehrer Herrn Trantow.

Der Herr Trantow ließ unsere Klasse zuletzt in der Sportstunde vier Bänke zu einem großen Quadrat aufstellen. Erwartungsvoll setzten wir uns darauf. Er kam mit riesigen braunen Boxhandschuhen dazu und erklärte uns einige Regeln. Danach holte er den Sigi zu sich. Ich fragte mich, warum der Trantow, der auch zu meinen Lieblingslehrern zählte, sich das antun will, gegen den berüchtigten Schläger anzutreten. Der Sigi zog sich gleich die Boxhandschuhe drüber und fühlte sich schon als Held. Er probierte gleich mal ein paar Kinnhaken, die Luft bot keinen Widerstand. Der Sportlehrer fragte in unsere Runde, ob alle genügend gut informiert seien. Das waren wir. Es herrschte gute Disziplin. Jeder wollte sehen, wie der Sportlehrer sich gegen den großen Sigi macht.

Zu aller Überraschung drückte der Herr Trantow mir die Boxhandschuhe an die Brust. Ich war es von ihm gewohnt, dass er mich öfters mal zu einer Demonstration holte, wonach er mir immer eine gute Zensur mitteilte. Als ich nun merkte, dass er mich gegen den großen Sigi kämpfen lassen wollte, sind mir gleich die Beine weich geworden. Der Sigi war doch ein paar Gewichtsklassen über mir. Weil ich auf keinen Fall meine Angst zugeben wollte, blieb mir nur übrig, mich im Ring zu stellen. Ich hatte mich zuvor noch nie geprügelt. Ich lehnte jede Form von Gewalt ab. Mir reichte schon mein Stiefvater. Als der Herr Trantow die Kontrolle abgeschlossen hatte und meine Boxhandschuhe richtig straff saßen, gab er den Ring frei.

Dem Sigi war ich bis jetzt immer erfolgreich aus dem Weg gegangen. Damit war nun endgültig Schluss. Er kam gleich wie ein wilder Stier zu mir, als wollte er mich über den Haufen rennen. Dabei drückte er mir ein paar kräftige Fäuste auf alle möglichen Körperteile. Darauf stoppte Herr Trantow den Kampf. Er verwies nochmal auf wichtige Regeln und kündigte eine Disqualifizierung an. Der Sigi gelobte Besserung. Er war richtig heiß auf mich. Das sah ich an seinem Gesicht. Als der Ring freigegeben wurde, erhöhte Sigi die Schlagzahl und landete viele Treffer. Die Klasse übte sich in Lautstärke, versuchte, uns anzufeuern, verstanden habe ich davon kein Wort. Zuerst wusste ich überhaupt nicht, wie der Sigi abzuwehren ist. Ich hoffte, dass mein Herr Trantow in die Trillerpfeife bläst. Als ich ihn und seine Trillerpfeife suchte, sah ich die Gesichter meiner Klassenkameraden. Die Mädchen waren eindeutig alle auf meiner Seite, denn sie bedauerten mich. Weil der Herr Trantow mir nicht helfen wollte, wurde mir bewusst, dass ich allein aus der Situation rausfinden sollte. Dazu musste ich den Sigi schlagen und nicht umgedreht. Der Herr Trantow war ja mein Freund, das wusste ich genau, und der wird sich schon was dabei gedacht haben.

Als mir das klar wurde, unternahm ich erste Versuche in Selbstverteidigung. Ich bewegte mich aber zuerst wenig und war zögerlich. Dann gelang mir plötzlich eine lange Gerade, die wirkungsvoll im Gesicht vom Sigi landete. Der Sigi zeigte sich verwundert, bedrängte mich aber erfolgreich weiter. Als mir von seinem Schlag die Nase weh tat, entwickelte sich bei mir plötzlich eine Energie von Selbstschutz, wie ich sie vorher noch nie erlebt habe. Es blendeten sich alle meine Gedanken aus und der Schmerz war weg.

Ich wusste gar nicht, dass beim Boxen ein ähnlicher Mechanismus ausgelöst wird, wie ich ihn beim Ertrinken im Gräfenhainer Steinbruch erlebt habe. Ich war wie berauscht und das mitten in dieser anderen Welt. Ich fürchtete mich überhaupt nicht mehr und fühlte mich glücklich. Meine Aufnahmefähigkeit veränderte sich. Um mich sah ich jede Bewegung so in Zeitlupe, dass Bruchteile von Sekunden zu einer scheinbaren Ewigkeit wurden. Ich konnte damit auf den Sigi im Boxkampf flexibel reagieren. Es blieb mir genügend Zeit, jede seiner Bewegungen vorherzusehen, auszuweichen und zu kontern. Es setzte bei mir ein klares Denken ein, meine Fäuste trafen den Sigi nach einem strategischen Plan und alles ohne jede Form von Angst. Wie bei einem Aha-Effekt sagte mir mein Bewusstsein, dass ich der Überlegene bin, und mein Körper setzte alles um, als würde ich regelmäßig das Boxen trainieren. Der Sigi hatte keine Chance mehr, seine Fäuste trafen mich nicht und ich fühlte, wie meine Handschuhe auf den Punkt genau sein Kinn trafen. Sigis Gesichtspartie verschob sich nun regelmäßig so, dass ihm dabei die Augen rausquollen. Verwundert bemerkte ich sein ungläubiges Staunen. Weil ich damit meine Konzentration verlor, holte sich der Sigi die nächsten Punkte.

Danach übernahm ich wieder die Initiative. Als der kleinere Mann musste ich im Kampf mangels Reichweite näher zu ihm stehen und der aktivere Boxer sein. Deswegen war ich nun ständig im Vorwärtsgang und der Sigi wich zurück. Ich blieb nah dran. Den Mitschülern gefiel das, sie klatschten rhythmisch. Meine Schlagkraft war vielleicht weniger wert, dafür hatte ich aber die eindeutigere Körpersprache. Der Sigi bekam davon die blanke Wut. Ich wurde dafür innerlich immer ruhiger. Damit erzielte ich solche Volltreffer, dass dem Sigi die Nase blutete. Herrn Trantow unterbrach zur Pause und reichte ihm ein Papiertaschentuch.

Der Sigi sah sich sein Blut genauer an. Danach stürmte er wieder los, versuchte sich im Klammern und mit unerlaubtem Kopfeinsatz. Der Sigi bekam dafür seine Ermahnung. In den letzten Phasen des Kampfes fand ich am Boxen sogar Gefallen. Der große Kerl war eindeutig von mir erledigt. Energisch forcierte ich meinen Kampfstil. Ich sah seine Angst, entwich ihm schnell, war flinker auf den Füßen und die Klasse applaudierte. Der Herr Trantow trennte uns, die Boxzeit sei abgelaufen. Aus meiner Sicht war das zu früh.

Sigi und ich pumpten Luft in unsere Lungen. Uns lief der Schweiß überall runter, so ein Boxkampf ist sehr anstrengend.

Als ich durchgeatmet hatte, staunte ich, was ich alles konnte! Der Sigi staunte auch. Er sagte sofort, ich würde draußen vor der Tür eine Tracht Prügel kriegen. Der Herr Trantow sagte, er solle das lieber lassen und es wäre ein fairer Kampf gewesen. Danach verkündete er salomonisch ein Unentschieden. Der Sigi reagierte beleidigt. Er sah mich den ganzen Tag nicht mehr an. Eine Weile ging er mir total aus dem Weg. Mit der neuen Woche änderte sich das. Während wir nie was miteinander zu tun hatten, kam er jetzt zu mir und bot mir vor der Schule sogar eine Zigarette an. Die nahm ich und dann rauchten wir schweigend. Ab da wusste ich, wenn ich mal jemanden bräuchte, der mir bei einer Schlägerei hilft, der Sigi würde das für mich tun.

Dass der Herr Trantow unseren Boxkampf mit einem Unentschieden enden ließ, war sehr diplomatisch und verhalf uns zu einem guten Sozialkontakt. Daran kann man sehen, dass der Herr Trantow nicht nur ein Sportlehrer war, sondern auch eine pädagogische Fachkraft. Vielleicht hatte er dazu noch Ahnung von Geschichte und wusste von dem ersten schriftlich erhaltenen Friedensvertrag, der 1259 v. d. n. Z. vom ägyptischen Pharao Ramses II. und dem König Hattusili III. von Hatti ausgehandelt wurde. Er gilt heute noch als leuchtendes Beispiel von Diplomatie und wie man nach einem Krieg zu friedlicher Koexistenz findet. Der König Hattusili III. erhielt nämlich einen Vertrag, in dem es hieß, der beigelegte Krieg habe sein hethitisches Volk als Sieger und bei der Ausfertigung für den Pharao Ramses II. stand, sein ägyptisches Volk sei der Sieger. Damit hatten alle beide Herrscher und Völker gewonnen.

Herr Trantow holte nach diesem Boxkampf die Handschuhe nicht mehr. Dafür legte er dicke Matten aus und sagte, jetzt kommen die Einführungen im Judo. Eines Tages brachte uns der Herr Trantow noch echte Goldmedaillen mit. Ich staunte nicht schlecht, wir hatten tatsächlich einen Weltmeister als Sportlehrer! Als er uns die Sportart verriet, hätte ich fast gelacht. Die Medaillen verdiente er sich in einer Disziplin, wo mittels einer Angel der Köder in einen

Kreis geworfen wird, als stünde man am See und will sich einen Karpfen fischen. Wem es am besten gelingt, sich im Zielgebiet etwas zu angeln, hat gewonnen. Das nannte sich Trockenangeln. In diesen Gedankengängen, meinen Sportlehrer huldigend, versunken, erfolgte meine Rückfahrt vom Ferienlager. Der Chauffeur sah öfters mal in den Rückspiegel, ob alles in Ordnung sei. Wir redeten kaum. Anfangs fragte er, ob ich der Falk Geyer von dem Bereichsleiter Geyer wäre. Ich bejahte und schon konzentrierte er sich wieder auf seine Straße.

Mein Stiefvater ist zu Hause vor Anspannung fast explodiert. Es war länger her, dass er die Kontrolle über sich verlor und handgreiflich wurde. Heute konnte er nicht an sich halten und flippte völlig aus. Reflexartig schützte ich zuerst meinen Kopf. Damit war ich schon wieder an der Stelle, wo sich einst der Schlüsselgriff von der Tür in meine Rückenwirbel gebohrt hatte. Dass ich mich eigentlich wehren wollte, war zuerst verdrängt. Dann sah ich aber den Herrn Trantow vor mir, und zwar mit den Boxhandschuhen. Das machte mich ebenso stark wie in der Turnhalle. Darum erhielt mein Stiefvater von mir jetzt eine so gerade Faust verpasst, dass es den Sigi wahrscheinlich umgehauen hätte. Danach lief alles automatisch ab. Ich verlor keinen Moment, meine Fäuste gaben meinem Stiefvater keine Zeit. Ich bemerkte bei ihm dasselbe Erstaunen im Gesicht wie einst beim Sigi. Als ich konsequent nachlegen wollte, schritt meine Mutter dazwischen. Sie trennte uns und schrie, dass ich jetzt endgültig zu weit gegangen sei. Ich sagte nichts mehr und ging mit erhobenem Haupt aus der Küche, zog mir eine Jacke drüber und ging aus dem Haus. Mein Stiefvater hat mich danach nie wieder angerührt.

26. Mein Erlebnis mit dem Unterbewusstsein

Da ich jetzt in die achte Klasse ging, wurde ich in die FDJ (Freie Deutsche Jugend) aufgenommen. Außerdem hatte ich einen PA (Personalausweis) bekommen. Zudem war es jetzt legitim, dass ich in unseren Betrieben bei der Erfüllung der Planaufgaben half. Geld konnte ich immer gebrauchen. Hierbei unterstützten mich meine Eltern. Mein Stiefvater organisierte aufgrund seiner Stellung, dass ich in einigen Zweigbetrieben des Grafischen Großbetriebes Völkerfreundschaft zum Einsatz kam.

Auf der Friedrichstädter Straße begann die zweite Schicht um 14.00 Uhr. Ich bediente Maschinen, um bedruckte Papierbögen zu schneiden. Diese wurden dann verleimt. So erfuhr ich, wie Bücher hergestellt wurden. Als ich mich schon auskannte, versorgte ich die gesamte Abteilung logistisch. Ich lenkte als Transportarbeiter einen elektrischen Hubwagen sicher zu den Arbeitsplätzen und erhielt einen guten Überblick. Das machte viel Spaß, zumal hier fast ausschließlich Frauen beschäftigt waren, die einen männlichen Jugendlichen gern um sich hatten.

Weil es ein guter Brauch war, dass die Arbeitskollektive öfters was Gemeinsames unternahmen, benötigten sie mich auch beim Kegelabend als Aufsteller. Die Idee kam von meiner Mutter. Leider wusste sie nicht, dass es sich um absolute Profis handelte. Die haben regelmäßig alle neune umgeworfen und sich schon geärgert, wenn mal zwei Kegel stehen blieben. Ich bin nie zur Ruhe gekommen und war hinterher durch mein ständiges Bücken ein paar Tage von schweren Muskelkatern geplagt.

Wenn meine Arbeitseinsätze bis 22.00 Uhr gingen, war ich am nächsten Tag in der Schule nicht munter. Darum sahen meine Eltern es nicht gern, wenn ich Spätschichten machte. Im Nachhinein musste ich ihnen Recht geben. Sie haben aber nie erfahren, was mir widerfuhr, als ich einmal übermüdet auf der Schulbank an einem langweiligen Unterricht teilnahm, und zwar im Fach Literatur.

Unser Deutschexperte Herr Rößler gehörte zur Garde der verdienstvollsten Nachkriegslehrer. Er war ein steifer Knabe alter Prägung, dem nichts heiliger war als Lyrik, Prosa und Belletristik. Weil er immer sehr bedächtig in der Konversation war, hatte ich öfters Mühe, nicht einzuschlafen. Charakterlich war er ein geduldiger Typ mit gepflegten Umgangsnormen, der strengstens darauf achtete, niemals eine emotionale Regung zu zeigen. Das sollte sich durch mich ändern.

Da ich den Tag zuvor lange gearbeitet hatte, überlegte ich mir, ob die Doppelstunde Literatur entfällt. Mir zog es schon den ganzen Tag vor Müdigkeit die Augen zu. Nach der Schulspeisung verstärkte mein voller Magen diese Tendenz. Ich musste mich stark überreden, zu bleiben. Die erste Stunde verlief wie im Flug. Ich war nämlich auf meiner Bank so friedlich eingenickt, dass der Herr Rößler ein Einsehen mit mir hatte und mich kommentarlos schlafen ließ. Erst mit dem Klingelzeichen wurde ich munter. Den kleinen vorwurfsvollen Blick meines Lehrers steckte ich dankbar weg. Nachdem ich in der Pause vor der Schule meine Zigarette geraucht hatte, war ich wieder munter. Ich dachte, die letzte Stunde schaffst du auch noch.

Zur zweiten Deutschstunde sagte Herr Rößler: »Ihr wisst nun, was eine Parabel ist! Ich fasse zusammen: Eine literarische Parabel verläuft in zwei Ebenen. Objektiv steht im Vordergrund eine kleine Geschichte. Sie dient dem Leser zur bildlichen Darstellung. Die eigentliche Kernaussage wird indirekt über unser Mitdenken transportiert. Zu welchen gedanklichen Schlüssen ein Leser kommt, ist subjektiv und kann auch mehrdeutig sein! Grundsätzlich werden dabei tiefere Fragen der Gesellschaft behandelt. Eine Parabel ist demnach eine literarische Methodik, um höhere Einsichten für Moral und Ethik zu vermitteln! Wer von euch kann jetzt mit einem vernünftigen Beispiel aufwarten? Gibt es jemanden, der einen Beitrag leisten will?«

Starkes Stück, dachte ich! Das gibt es doch gar nicht! Mir ist soeben ein geniales Gleichnis in den Sinn gekommen! Wenn ich schon die vorige Stunde geistig nicht anwesend war, könnte ich jetzt was gutmachen. Also meldete ich mich. Der Herr Rößler schien nicht zu erwarten, dass sich einer von uns meldete. Er war gerade gemächlichen Schrittes zum Schreibtisch unterwegs, wo er in seinen Unterlagen kramte. Ich schnippte mit den Fingern. Er fragte:»Ja, Falk, was gibt es denn?«

»Herr Rößler! Hören Sie mal zu, ich hab da ein geniales Beispiel! Das erzähle ich Ihnen gleich, aber ich muss dazu sagen, wo ich das herhabe, ist mir im Moment entfallen! Ich bekomme die Parabel aber auf jeden Fall sinngemäß hin. Also, die Geschichte ging in etwas so: Eine angesehene Persönlichkeit liegt im Sterben. Da verrät er den drei Söhnen, dass er es deswegen in der Gesellschaft zu etwas gebracht hat, weil er im Besitz eines Zauberringes ist, der ihm überall eine hohe Wertschätzung zukommen lässt. Na ja, und als er tot ist, finden die drei Söhne nicht nur einen Ring, sondern gleich drei Stück. Der Alte hat noch zwei Duplikate anfertigen lassen. Zum Schluss gehen die drei Söhne vor Gericht, denn sie streiten sich, wer das Original hat. Darauf sagt der Richter, also, der Richter sagt …«

Nun kam ich ins Stocken. Mein Deutschlehrer stand mittlerweile keine zwei Meter vor meiner Bank und schaute mich so grimmig an, dass ich nicht wusste, was er von mir wollte. Weil ich nichts getan hatte, schaute ich erst mal hinter mich, ob er vielleicht bei einem anderen was auszusetzen hätte. Das konnte ich aber nicht erkennen. Zudem irritierte mich, dass wahrscheinlich nicht nur der Herr Rößler mich im Visier hatte, sondern auch die gesamte Klasse. Die Gesichter teilten mir sehr unterschiedliche Reaktionen mit. Der Herr Rößler schaute, als hätte ich ihn beleidigt, der Sigi schielte spitzbübisch, der Tino machte große Kulleraugen, einige Mädchen kicherten belustigt in die Hand und unser Stefan, Gruppenratsvorsitzender, schüttelte ungläubig den Kopf. Ich sagte mir, was bei denen los ist, kann mir doch egal sein, schließlich kann ich eine gute Zensur gebrauchen, und so erzähl ich erst mal weiter:»Ja, na gut, also, die drei Söhne sind jetzt vor Gericht und wollen klarstellen, wer den echten Ring hat. Der Richter sagte ..., ja, der Richter sagte ...« Weiter kam ich aber wieder nicht, denn mittlerweile ärgerte ich mich.

Der Herr Rößler hatte sich nämlich genau einen Zentimeter vor meiner Bank aufgebaut und nahm mir die Sicht. Davon bekam ich Platzangst. Mein Gott, dachte ich, das ist aber unangenehm, wenn ich nicht auf seinen Hosenstall sehen wollte, musste ich steil nach oben blicken und sein Gesicht sieht heute wirklich nicht freundlich aus. Das wollte ich dem Herr Rößler geradewegs sagen, aber das ging nicht, weil jetzt einige Schüler zu unruhig wurden. Ich dachte, der Rößler soll sich gefälligst um die Undisziplinierten kümmern, damit ich ordentlich zu Ende erzählen kann. Gerade wollte ich dem Herrn Rößler meine Entrüstung an den Kopf knallen, aber da dämmerte mir etwas vage im Gehirn. Dabei muss ich so dümmlich ausgesehen haben, dass ein paar Schüler gleich mit lautem Lachen reagierten. Mein Deutschlehrer ließ jetzt von mir ab. Er machte auf dem Absatz kehrt und ging nach vorn. Mein Schädel glühte, mein Kopf wurde feuerrot, es dämmerte bei mir jetzt noch ein bisschen mehr. Es entstand eine Pause.

Ich hörte den Herrn Rößler sagen: »Davon lassen wir uns jetzt nicht mehr stören. Jeder bekommt von mir eine Textvorlage. Der Matthias und die Steffi, ihr beide kommt mal bitte vor. Hier, verteilt mal diese Arbeitsblätter. Ich will nichts mehr hören, von keinem, von niemandem oder irgendjemandem einen einzigen Ton. Ihr habt genug zu tun und wer fertig ist, kann abgeben!«

Ich hatte mittlerweile eine Hitzewelle nach der anderen. In mir drehte sich alles wie bei einem Karussell. Ich dachte, das gibt es doch gar nicht. Ich fragte mich, wie mir so etwas passieren konnte und wie so etwas funktioniert. Zudem war mir jetzt auch klar, warum der Herr Rößler mich fast erwürgen wollte. Den habe ich wirklich zutiefst verletzt. Ich musste dem unbedingt klarmachen, dass bei mir kein böswilliger Vorsatz vorlag, sondern eine Verkettung von unglücklichen Umständen. Nach dem Unterricht werde ich mich sofort bei ihm entschuldigen und sagen, dass es mir sehr peinlich sei. Hoffentlich nimmt er mir das ab.

Es war nämlich so, dass in der Deutschstunde davor, wo ich geschlafen hatte, unser Herr Rößler ausgiebig den Herrn Gotthold Ephraim Lessing mit seinem Werk, Nathan der Weise, behandelt hat, das 1783 in Berlin uraufgeführt wurde. Es war ein feinsinniger Appell an die Religionstoleranz! Obwohl ich fest schlief, hat mein Unterbewusstsein den wesentlichen Inhalt im Kopf gespeichert und das, ohne dass ich davon wusste. Der Inhalt der Parabel war folgendermaßen: Der Gotthold Ephraim Lessing lässt als Höhepunkt des Stückes Nathan den Weisen zu Saladin kommen. Saladin fragt, welche Religion, Judentum, Christentum und Islam, die einzig wahre ist, und Nathan antwortet weise mit einem Gleichnis: Ein Mann besitzt ein wertvolles Familienerbstück. Dieser Ring hat die magische Eigenschaft, den Träger vor Gott und den Menschen angenehm zu machen. Der Vater will in seinem Tod keinen seiner drei Söhne bevorzugen und lässt heimlich von einem Goldschmied zwei Duplikate anfertigen. Separat übergibt er jedem Sohn einen Ring und versichert jedem, es sei der echte. Der Vater stirbt, die Söhne bemerken, dass jeder einen Ring hat, und sie ziehen vor Gericht, um zu klären, welcher der echte ist.

Da spricht der Richter, er könne die Ringe nicht unterscheiden, stimmt aber diese besagte Eigenschaft, dass dem Träger des echten Ringes alle Menschen gut gewogen sind und dies bei keinem der Söhne zu bemerken ist, kann das nur heißen, dass der echte Ring verloren gegangen ist. Gelänge es andererseits den Söhnen, durch ihr persönliches Wirken bei den Mitmenschen sehr geachtet zu sein, so wäre das der Beweis, dass er der Träger des echten Ringes sei.

Gotthold Ephraim Lessing lässt in der Parabel Gott als die gerechte Vaterfigur auftreten, die alle drei Söhne gleich liebt, alias die drei Religionen, Christenheit, Judentum und den Islam. Ob aber die Menschen seine Söhne lieben, wie die Religionen durch die Menschen gelebt werden, das entscheidet sich nur durch persönliches Handeln.

Mein Unterbewusstsein hatte leider nur den Kern dieser Parabel im Schlaf gespeichert und auch nicht die Urheberschaft des Verfassers. Als der Herr Rößler jemanden suchte, der ein gutes Beispiel kennt, ist mir dieses Halbwissen emporgestiegen. Das Ergebnis war demnach ein Unglück und keine Provokation. Das konnte weder der Herr Rößler noch die Klasse wissen und darum entschuldigte ich mich hinterher.

27. Aversion

Als ich die nächste Postkarte erhielt, aus demselben Altpapier-
material, wie sie nur die Behörden verwendeten, war sie mit dem
Datum von 1975 gestempelt und stammte von der GST. Ich
war 14 Jahre geworden und sollte meinen Mopedführerschein
machen. Als Übungsplatz stand die Adresse einer Schule, zu der
ich es nicht weit hatte. Mich lockte der Mopedführerschein nicht.
Ich verknüpfte den Fahrspaß mit meiner Zwangsrekrutierung und
ging dementsprechend unmotiviert hin.

Einige Jugendliche, die ich alle nicht kannte, waren schon da.
Die GST war mit einem LKW vor Ort, von dem sie gerade ein
paar Motorräder abluden. Diese waren in den Tarnfarben der NVA
lackiert. Unsere Fahrlehrer waren Genossen, hauptamtlich, und trugen alle Armeeuniformen. Diese waren weit geschneidert und mit
klein gesprenkeltem Strichelmuster versehen. Dieses Schlamperzeug
hielt ein graues Koppel mit dem DDR-Emblem zusammen. Auf
dem Kopf saß ein Käppi, die Füße steckten in schwarzen Stiefeln.

Die Genossen gaben sich kumpelhaft. In unseren Anreden
wurde die Bezeichnung Kamerad verwendet: »Kameraden, hört
mal her! Es kann jeder gleich am Gashahn spielen und ein paar
Runden drehen! Zuerst heißt es aber, dass wir uns ordentlich
begrüßen! Also, in Linie angetreten, marsch, marsch!«

Wir warfen unsere Kippen fort und formierten uns wie im
Sportunterricht.

Jetzt hieß es: »Kameraden, stillgestanden! Ich begrüße euch!
Zur Vorstellung, ich bin der Kamerad Hölzenbein, neben mir
steht der Kamerad Knechtel. Rührt Euch! Kameraden, wir sind
hier nicht bei der Armee, deswegen geht es bei uns etwas lockerer zu. Das Einzige, was wir übernehmen, ist diese ordentliche
Begrüßung. Das machen wir, damit in euren Sauhaufen erst mal
Ordnung reinkommt! Ab jetzt geht es normal weiter, wir stellen
die Anwesenheit fest.«

Danach wurden wir aufgerufen und die Namen mit den Registrierkarten verglichen.

Der Schulhof hatte eine Größe von fünfzig mal dreißig Metern und war auf drei Seiten mit hohen Gebäuden umgeben. Hier würden wir unsere Runden drehen. Als ich kapiert hatte, wo die Gänge liegen und was ein Kupplungsspiel ist, war ich gleich ein paar Mal mit dem Motorrad im Kreis unterwegs. Danach war der Nächste an der Reihe. Weil der Schall von den Wänden zurückkam und die Auspuffgase der Motoren sich im Schulkomplex nicht gleich verdünnisierten, erregten wir ringsum Aufmerksamkeit. Alsbald schauten uns ein paar hübsche Mädchen zu. Bestimmt waren sie von einer Arbeitsgemeinschaft abtrünnig geworden. Sie standen im Schulhof und kommentierten unsere Fahranfänge.

Mir war das sehr unangenehm. Unter uns waren nämlich viele Jugendliche, bei denen sofort klar war, ohne ihre Armeeverpflichtung hätten sie den Sprung in die nächste Klassenstufe nicht geschafft. Ich sah mich nicht als zukünftiger Kader der NVA und hatte darum an der Fahrausbildung keinen Spaß.

Als ich mit dem Fahren wieder an der Reihe war, wäre ich am liebsten von der Karre abgestiegen, um diesen Sachverhalt den Mädchen klarzumachen. Auf ihrer Höhe angekommen, dachte ich gerade, das ist meine letzte Runde und auf den ganzen Mist verzichte ich. Da mich das unkonzentriert machte, verwechselte ich genau in diesem Moment tatsächlich noch die Gänge. Ich schaltete nicht runter in den ersten Gang, sondern hoch in den dritten. Das war keine gute Entscheidung. Plötzlich kam die Hauswand auf mich zu. Da ich mich erst einmal wundern musste, wieso ich Fahrt aufnehme, war die Wand schneller bei mir als ich an der Bremse. So fuhr ich frontal gegen die Schule.

Weil das Gebäude stärker war, heulte mein Motorrad auf. Das Vorderrad rammte sich in den Putz und die Teleskopgabel wollte hinterher. Mein Lenker beschloss, sich von meiner Hand zu lösen. Ich hielt dagegen, doch mit der noch nicht abgeleiteten

Bewegungsenergie flog ich im großen Bogen über mein Gefährt und machte die Bekanntschaft der Hauswand nebst geschottertem Boden. Als sich mein Motorrad wieder beruhigte und ich aufgestanden war, besahen wir uns alle den Schaden. Dem Schulgebäude war nichts anzusehen, mir auch nicht, aber dem Motorrad. Das hatte für heute ausgedient und kam auf den LKW. Die leitenden Kameraden waren jetzt unschlüssig, ob ich mit einem der anderen Motorräder weiterfahren dürfte. Diese Entscheidung habe ich ihnen abgenommen. Ich sagte, dass es mir leidtut und ich nach Hause müsste. Damit endete meine Bekanntschaft mit der GST. Weil ich militärische Dinge nie mochte und niemandem Schaden zufügen wollte, hielt ich mich zukünftig von dieser Organisation fern.

Mein zweiter Fahrversuch stand noch unter dem Eindruck der GST und war demzufolge nicht glücklicher. Es geschah in Gräfenhain. Mein Cousin Ulf hatte gerade sein nagelneues Moped Typ S50 bekommen. Als guter Mensch fragte er mich, ob ich fahren könnte. Das habe ich ihm bestätigt. Es wäre besser gewesen, er hätte mich gefragt, ob ich gut fahren kann oder ob ich den Führerschein besitze. Das hätte ich verneinen müssen.

Der Ulf hat sich sicherheitshalber hinten drauf gesetzt. Das war auch ein Fehler. Diese Gewichtsverteilung kannte weder ich noch der vom Regen aufgeweichte Rasen. Mein Startversuch ließ hinten die Grasnarbe wegsacken und vorne kam der Lenker hoch. Der Motor heulte auf und der Ulf stieg hinten unfreiwillig ab. Weil es mich nach dem Hochstart wegen des Trägheitsgesetzes nach hinten zog, das Gefährt aber schon nach vorne unterwegs war, riss ich den Gasgriff noch weiter auf. Das hat sich das Moped jetzt nicht mehr gefallen gelassen. Ohne mich fuhr es noch ein gutes Stück alleine weiter. Danach lagen wir alle drei im Gras. Dieses Mal ist nicht viel kaputtgegangen. Der ideelle Schaden meines Gesichtsverlustes überwog die Schrammen am Moped. Dem Ulf war das vor seinen Eltern peinlich. Mir auch. Da er nicht verriet, dass ich der Übeltäter war, hat er bei mir noch was gut.

Weil ich nun genug Erfahrung hatte, wie es nicht geht, absolvierte ich meine restlichen Fahrstunden ohne Zwischenfälle mit Conrad. Das geschah in Pesterwitz, zwischen der Roßtaler Schweinemastanlage und dem Schlösschen »Jochhöh«. Der Conny hatte eine 350-cm³-Jawa. Diese Motorräder wurden die Todesmaschinen des Ostblocks genannt. Es verlief alles reibungslos.

28. Wettfieber

Meine Eltern staunten nicht schlecht, dass ich keine Fahrerlaubnis bei der GST machte. Dafür meldete ich mich als Fußballer bei der BSG (Betriebssportgemeinschaft) Empor Dresden-Löbtau an. Als wir aufgestiegen sind, fuhren wir wochenends mit dem Mannschaftsbus nach Riesa, Gröditz, zu den Sorben, ins Trainingslager und mit der Stadtauswahl ins polnische Krakau.

Die Spielansetzungen waren vormittags. Im Anschluss besuchten wir öfters die Sportlerheime. Hier tranken wir unser Bier und spielten Skat. Einmal vergaßen wir dabei die Unberechenbarkeit von alkoholischen Getränken und erhielten dafür eine gehörige Quittung.

Scharfenberg, Spitzname Scharfi, war scharf auf eines der Mädchen im Lokal. Da die Weiblichkeit am Tisch der Jungs von unserer gegnerischen Mannschaft saß, war sie logischerweise schon vergeben. Der Alkohol ließ uns lustig werden. Scharfi fragte mich, ob ich mutig genug wäre und mir eine Kontaktaufnahme zutrauen würde. Als er bereit war, im Gegenzug meine Rechnung zu übernehmen und noch eine Schachtel Zigaretten dazu, bin ich rüber zu der Hübschen gegangen und habe mir die fällige Abfuhr von ihr geholt. Das hat meinem Freund so viel Freude bereitet, dass er ohne zu murren zahlte.

Als die frische Luft unseren Alkohol verstärkte, jammerte der Scharfi um sein verlorenes Geld. Ich bot ihm jede beliebige Wette an, die er sich ausdenken kann, und würde ich es nicht machen, bekäme er sofort sein Geld zurück oder es wären weitere 20 Mark an mich fällig.

Da fiel dem Scharfi gleich ein, dass er noch nie jemanden mitten auf der Straße oben auf den großen Hinweisschildern sitzen sah, die über dem Asphalt eines zweispurigen Autobahnzubringers angebracht waren. Diese Wette konnte ich annehmen, denn er hatte ja nicht gesagt, wie lange ich dort oben sitzen müsste. Also bin ich ruck, zuck hochgeklettert, setzte mich kurz darauf, dass unter mir die Autos hupten, aber genauso schnell war ich wieder unten. Als er den Wetteinsatz anstandslos zahlte, sah ich, dass er noch sehr gut bei Kasse war. Darum bot ich ihm eine erneute Wette seiner Wahl an.

Dieses Mal wollte Scharfi nicht so voreilig sein. Er musste etwas finden, worauf ich mich unter keinen Umständen einlassen würde. Leider fiel ihm nichts ein, wo er sicher sein konnte, dass ich es nicht tat. Ich drängelte und versprach, er bekäme alles Geld von mir zurück oder ich noch zusätzlich von ihm 30 Mark. »Für dieses Mal biete ich dir sogar an, dass ich mich auf Knien vor eine beliebige Wohnungstür hocke, dort klingele und auf dem Fußabstreicher so lange als Geistesgestörter zubringe, bis die Leute von allein ihre Tür wieder schließen.«

Der Scharfi meinte, das gefalle ihm sehr gut und er würde dafür sehr gern dreißig Mark investieren. Danach suchte er in der näheren Gegend nach einem geeigneten Haus nebst Wohnungstür.

Ich war mir sicher, dass ich wieder einen guten Plan hatte, wie ich die Wette einlöse, ohne mich in meiner Persönlichkeitswürde zu erniedrigen. Ich dachte mir, wenn ich im Knien klingelte, bräuchte ich doch bloß kurz ein bisschen rumalbern und dann den Leuten sagen: »Machen Sie bitte die Tür jetzt wieder zu, hier geht es nur um eine jugendliche Wette, ein Spaß, eine Mutprobe, und die gewinne ich erst, wenn Sie die Tür wieder schließen!«

Gesagt, getan! Der Scharfi versteckte sich im Treppenhaus und lachte schon, bevor ich klingeln konnte. Zuerst lachte ich auch, aber das ist mir dann vergangen. Es öffnete mir eine Frau mittleren Alters. Sie sah mich vor ihrer Tür knien und war sichtlich entsetzt, weil ich so ein dummes Gesicht machte, mit den Armen ruderte und dazu unverständliche tierische Laute von mir gab. Zuerst dachte sie, mir müsste dringend ärztlich geholfen werden. Da ich in diesem Moment schon alle Bedingungen unserer Wette erfüllt hatte, konnte ich sie jetzt auffordern, ihre Tür wieder zu schließen, und der Spaß war beendet.

Ich rief sofort: »Machen Sie bitte die Tür zu!« Das hat die Frau aber nicht machen wollen. Stattdessen rief sie in ihre Wohnung, dass etwas Entsetzliches passiert sei. Also rief ich wieder: »Machen Sie bitte die Tür zu, das ist eine Wette!«

Weil die Frau nichts kapierte und der Scharfi sich hinter mir, eine halbe Etage höher im Treppenhaus, halb totlachte, musste ich jetzt auch lachen. Leider durfte ich meine kniende Position nicht verlassen und musste warten, bis sich die Tür schließt. Leider wollte die Frau nicht auf mich hören.

Sie schrie jetzt schon mit überhöhter Stimme nach ihrem Mann: »Harry, Harry, komm schnell, hier sitzt ein Irrer!«

Ich flehte sie an: »Machen Sie doch bitte endlich die Tür zu, ich bekomme dreißig Mark dafür!«

Statt Harry kamen jetzt ihre zwei kleinen Kinder. Als die mich sahen, klammerten sie sich gleich an ihre Mutter. Ich fasste nun nach der Tür und wollte sie selbst zuziehen, damit der Spuk ein Ende bekommt. Die Frau erkannte in der Tür aber ihr Eigentum und hielt kräftig dagegen. Zudem wurde sie nun hysterisch. »Hände weg, das ist meine Tür«, rief sie. Und: »Harry, Harry, der Irre will rein.«

Von innen hörte ich die Klospülung. Der Harry rief, dass er gleich kommt!

Im Hausflur erschallte immer lauter werdend das Lachen vom Scharfi. Er saß jetzt offen auf den Treppenstufen und hielt sich den Bauch. Die Frau bemerkte nun, dass es im Flur noch einen Irren gab und schrie ihrem Harry zu, es wären sogar zwei Verrückte da. Vom Klo kam eine gereizte Männerstimme, es würde nur noch einen Moment dauern.

Bei dem Lärmpegel befürchtete ich schon, dass sich weitere Türen der Nachbarn öffnen würden. Die Kinder haben mich letztendlich gerettet. Als sie anfingen zu weinen, entschloss sich die völlig verwirrte Mutter, endlich die Tür zu schließen. Damit hatte ich meine Wette gewonnen. Drinnen hörten wir sogleich die Tür vom WC, der Harry war unterwegs. Scharfi und ich rannten um die Wette. Wir blieben erst stehen, als uns der Atem fehlte. An der frischen Luft waren wir beide völlig ernüchtert. Der Scharfi, weil er jetzt pleite war, und ich, weil mein Plan nicht so gut aufgegangen war, wie er ursprünglich sollte.

29. Exotische Wesen

Das Geld blieb nicht lange in meinem Besitz. Ich teilte es mit der Katie Lammers. Sie hatte sich schon lange von der DDR verabschiedet. Ihre Eltern hatten einen Ausreiseantrag laufen. Sie warteten darauf, in die BRD übersiedeln zu können. Ihre Geduld wurde mit regelmäßigen Päckchen aus dem Westen versüßt. Sie war das einzige Mädchen unserer Klasse, mit der ich die Schule schwänzen konnte.

Da ihr Vater nach der Arbeit im Wohnzimmer rauchte, fiel es nicht auf, wenn wir vormittags ein paar Ringel in die Luft schweben ließen. Wir redeten viel über Politik, Philosophie, Gott und die Welt. Irgendwann war die Familie Lammers über Nacht wie weggezaubert. Ich hoffte für sie, dass sie nach Bremen gezogen sind. Ihre schulischen Leistungen waren nämlich nicht die besten, und vom Norden der BRD war bekannt, dass dort die Anforderungen nicht so hoch sind wie im Süden.

Als Ersatz für die Katie kam zu uns eine Karin. Sie war von der Abstammung eine Zigeunerin. Es ging das Gerücht, in ihrer Familie gäbe es nur asoziale Elemente, es läge eine Neigung zu Diebstählen vor, es wäre besser, mit denen nichts zu tun zu haben, und zudem seien die Zigeuner früher ins KZ gekommen. Einige Schüler erzählten hässliche Witze, wo die SS die Internierten vor ihrer Erschießung noch Verstecken spielen ließen und beim Einfangen ansprachen: »Hey, du da, Jude, ich hab dich gesehen, komm hinter dem Besenstil vor!«

Mir war die Karin schon aus dem Grunde sympathisch, weil mit ihr niemand etwas zu tun haben wollte. Zudem war sie aus meiner Sicht ein sehr hübsches Mädchen. Sie hatte fein geschnittene Gesichtszüge und so eine geschmeidige Figur, wie sie den Bodenturnerinnen eigen war und aus der rhythmischen Sportgymnastik bekannt ist. Leider legte sie diese Vorteile nieder, indem sie sich die Haare selten wusch und keinen Wert auf saubere Fingernägel legte.

Unsere Lehrer haben sich redlich bemüht, gegen die Diskriminierung der Zigeunerin Karin etwas zu unternehmen. Der Herr Rößler versuchte es im Deutschunterricht mit positiver Darstellung aus der Literatur. Er ließ uns Johann Wolfgang von Goethes »Götz von Berlichingen« behandeln und ausrufen: »O Kaiser! Kaiser! Räuber (Zigeuner) beschützen deine Kinder. Die wilden Kerls (Zigeuner), starr und treu.«

Auch unsere Musiklehrerin Frau Schwarz leistete einen erzieherischen Beitrag. Bei ihr hörten wir dann Johannes Brahms Zigeunerlieder und Johann Strauß' »Zigeuneroperetten« sowie Emmerich Kálmáns »Die Csárdásfürstin«, wovon es auch einige Verfilmungen gibt.

Danach blieb die Karin noch bis zum Schuljahresende der 8. Klasse unbehelligt bei uns. Sie verließ uns dann und mit ihr gingen der Sigi, der Tino und der Frank von der Schule. Ich hatte einen Zensurendurchschnitt von 2,0 und meine Vier in Betragen. Dazu kamen 25 entschuldigte Tage und 2 unentschuldigte. In meiner Gesamteinschätzung war zu lesen: »Falk zeigte sich in diesem Schuljahr recht unausgeglichen. Sein Leistungsvermögen schöpfte er nicht voll aus. Beim Lernen muss er einen stärkeren Willen aufbringen. Im Klassenkollektiv konnte Falk durch sein uneinsichtiges Verhalten keinen positiven Einfluss ausüben. Er verstieß mehrmals gegen die Normen eines disziplinierten Auftretens. Der gesellschaftlichen Arbeit stand er aufgeschlossen gegenüber. So beteiligte er sich bei Einsätzen auf handwerklichem Gebiet. Jedoch erledigte er nicht alle ihm übertragenen Aufgaben zuverlässig. Falk ist Mitglied der FDJ und erhielt die Jugendweihe. Falk wird versetzt.«

30. Sexuelle Eskapaden

Mit den Ferien hatte meine Schwester ihre Anstrengungen auf der EOS vorzeitig eingestellt. Sie war nach Leipzig gezogen und studierte das Ingenieurswesen. Mit meinen Eltern lief es jetzt noch besser.

In diesem Sommer war ich ein annerkannter Jugendlicher und fuhr nach Cottbus ins Lager für Arbeit und Erholung. Die Teilnehmergruppe bestand zur Hälfte aus Mädchen. Die Unterkunft war ein über die Ferien frei gemachtes Studentenwohnheim. Eine pädagogische Kraft, wahrscheinlich vom erzieherischen Stammpersonal, fungierte als Ansprechpartner.

Früh ging es mit dem Bus ins Betonwerk. Die DDR hatte die Altbausubstanz abgeschrieben, setzte auf Neubau und nun entstanden überall Plattenbauten. Der Bedarf war groß. Als mich ein Betonfacharbeiter eingewiesen hatte, griff ich mir einen der flexiblen Schläuche, aus dem Fertigbeton drängte, und füllte die Masse in vorbereitete Verschalungen. Als formgießerische Produkte entstanden verschiedene Wandteile und größere Gehwegplatten.

Zum Kennenlernen war gleich am ersten Abend Disko. Hier bin ich an die Jenny gekommen. Sie war ein quirliges Rasseweib, schwarzhaarig, zierlich und wusste über das Sexualleben mehr als ich. Das gab sie mir im Halbdunklen bei den langsameren Rockballaden zu verstehen. Weil ich nicht als unerfahren gelten wollte, sagte ich, sie um Mitternacht auf ihrem Zimmer zu besuchen. Das war mir eigentlich nur so rausgerutscht und nicht ernst gemeint. Die Jenny tat, als wäre das ganz normal. Sie hauchte mir ins Ohr, dass es über den Flur nicht ginge, hier würde die Nachtwache aufpassen, aber sie würde ihr Fenster im Erdgeschoss offen lassen. Das verunsicherte mich, schließlich gab es noch ihre Mitbewohnerin, und zudem hatte ich keine Lust, gleich undiszipliniert aufzufallen. Mir wäre es lieber gewesen, sie hätte abgelehnt. Weil Mädchen nicht immer meinen, was sie sagen, und alles vielleicht nur eine Mutprobe war, hoffte ich auf eine spätere Absage. Leider blieb die aus.

Pünktlich um Mitternacht stand ich unter ihrem Fenster. Ich rechnete jetzt mit einer Abfuhr, alles wäre viel zu heikel. Stattdessen wurde ich verschwörerisch reingewinkt. In mir meldete sich eine gespaltene Persönlichkeit. Körperlich zog es mich hin, geistig sträubte ich mich. Feige wollte ich aber auch nicht sein. Die Fenster waren so weit oben, dass ich mich kaum hochziehen konnte. Ich musste mir dabei mit den Füßen am Putz Halt suchen. Dabei rutschte ich so hörbar ab, dass in den Nachbarzimmern und über uns neugierige Stimmen laut wurden.

Die Jenny kicherte am Fenster. Als ich auf dem Fensterbord saß und durchatmen wollte, gingen in den Zimmern um uns das Licht an und ich huschte schnell rein. Jennys Licht blieb natürlich aus. Als meine Augen sich an die Dunkelheit gewöhnt hatten, bemerkte ich, dass keine drei Meter gegenüber im Bett ihre Freundin zugesehen hatte. Ich war naiv gewesen und in dem Glauben, dass Jenny mich niemals reingelassen hätte, ohne vorher geklärt zu haben, dass ihre Freundin woanders sei.

Die Jenny war nun gleich im Bett und hatte sich die Decke übergestülpt. Draußen gab es immer noch Geräusche und auch auf dem Flur. Wenn die Mädchen den Nachtdienst geholt hätten, weil bei der armen Jenny ein Einbrecher ins Zimmer eingestiegen sei, dann hätte ich keine Chance gehabt, ungeschoren zu entkommen.

Jenny hatte nur ein dünnes Flatterhemdchen an. Das ließ sich mühelos hochschieben. Ich streifte mir meine Sachen ab und schaute, was ihre Freundin nebenan macht. Sie hatte sich anstandshalber zur Wand gedreht. Ich wusste nicht, wie sie darüber denkt und ob sie uns wirklich tolerierte. Schließlich wusste ich von meiner Episode in Neustadt, dass eine Zweisamkeit besser ist.

Jenny war ganz still, also war ich es auch. Als ich mich auf sie legte, öffnete sie mir ihren Schoß. Sie muss das schon geübt haben. Ich glitt in sie rein wie in heißes Öl. Danach getraute ich mich kaum, mich zu bewegen, weil das Bett zu knarren anfing. Wir haben uns wegen der Umstände ganz steif verhalten.

Mit Ende des Lagers für Arbeit und Erholung hatte ich genügend Geld. Ich verbrachte viel Zeit im Dresdner Großen Garten. Er entstand als barocke Anlage, schachbrettartig nach Vorbild des französischen Sonnenkönigs. Den Mittelpunkt bildet das Sommerschloss. Von hier gehen Hauptachsen in alle Himmelsrichtungen zu idyllisch gelegenen Lusthäuschen und Pavillons. In diesen widmete man sich früher verschiedenen Studien und insbesondere dem Spiel der Liebe. Dem Kurfürsten, Friedrich August dem Starken, wird nachgesagt, dass er dabei so oft ins Schwarze getroffen hat, dass dreihundertfünfundsechzig Mal die Nachkommenschaft gesichert war.

Im Napoleonischen Zeitalter ergänzte sich die gärtnerische Umgestaltung im englischen Stil. Dabei entstanden kleine Schlängelwege, Nischen und Parkbänke. Diese Verstecke eigneten sich sehr gut für Liebespaare.

Eine kleine Eisenbahn, von Pionieren betrieben, ratterte zu vielen Haltepunkten: Dynamo-Stadion, Zoo und Carolaschlösschen. Das Amphitheater »Junge Garde« war für Freilichtkino und Diskotheken gut geeignet. Ich wurde besonders in der Wirtschaft gesichtet.

Die Wirtschaft war ein zentral gelegenes Zentrum für Alt und Jung und saisonal ab 11 Uhr geöffnet. Gegen ein Pfandgeld standen Tischtennisschläger, Federbälle und weitere Spiele zur Verfügung. Am großen Grill glühten ständig Thüringer Bratwürste, zur Kaffeezeit gab es Kuchen, abends wurde leichtes Bier ausgeschenkt. Die Alten spielten hier ununterbrochen Schach. Samstag und Sonntag, 14 bis 20 Uhr, richteten sich Diskotheker unter einem Stahlrohrpodest ein. Altersmäßig passte ich hier gut dazu, die Älteren hatten von 18 bis 22 Uhr die »Junge Garde« gebucht.

Wegen der jüngeren Kundschaft war die Wirtschaft auch als Kükentreff und Schippelrennen verrufen. Zu 95 Prozent wurde Importware gespielt. Zum Ende gab es Schmuserunden. Wir

waren froh, wenn es da schon dunkelte. Als Rausschmeißer lief
»Ein Bett im Kornfeld« und das war ein indirekter Verweis, wofür
der Große Garten taugte. Da ich in dieser Angelegenheit etwas
schüchtern war, half mir die Peggy. Das war ein heißes Geschoss,
das in die 10. Klasse kam. Sie war schlank wie eine Lilie und hatte
den Bewegungsablauf einer Kobra. Ihre grünen Augen blickten
keck in den Abendhimmel und ließen keinen Zweifel, welcher
der obigen Sterne sich demnächst vor ihr zu verbeugen hätte. Mit
schnittigem Kurzhaar holte sie sich, scharf wie ein Dobermann,
jeden, den sie wollte. So war sie es, die mich nach der Disko an
die nächste Parkbank führte.

Sie genoss es sichtlich, dass ich ihr ausgeliefert war. Ich hing
an ihrem Mund und war im Gefühlsrausch benebelt. Ich fand
mich gut in ihrer Unterwäsche zurecht. Sie ließ es geschehen, als
wäre es das Normalste der gesamten Welt. Weil unsere Bank am
Wegesrand stand und auch Anderen bekannt war, fand sich keine
Ruhe. Wir tauchten in das Dunkel des Unterholzes unter. Hier
roch es modrig nach Laub. Ich wartete darauf, dass Peggy Einhalt
gebietet, und war schon verzweifelt, weil da nichts kam. Bevor wir
auf dem Laub zu liegen kamen, legten wir die Jacken darunter.
Als es uns gutgetan hat, brachten wir unsere Sachen in Ordnung.
Knackende Äste verrieten, dass wir eine Abkürzung nahmen.
Als es auf dem Heimweg, wegen der ständigen Schmuserei, in
meiner Hose immer enger wurde, entstand ein unangenehmer
Reibungseffekt. Der war sehr schmerzhaft, denn ich hatte mein
verehrtes Teil nicht ordentlich verstaut. In der Straßenbahn fand
ich nicht die Courage, alles wieder zurechtzuziehen. Als ich die
Peggy dann zu Hause übergab, lief ich schon fast breitbeinig.
Danach benötigte ich noch Tage, bis ich völlig beschwerdefrei war.

Die neunte Klasse begann mit einem Paukenschlag. Zur Eröffnung des neuen Schuljahres war die Oberstufe am 1. September
zur Disko in den Gasthof »Pennrich« geladen. Unser Herr Klassenleiter saß hier an seinem Stammtisch. Als der Herr Wolf mich

sah, hob er gleich grinsend einen Humpen Bier und lallte mit schwerer Zunge, ich wäre die eben besagte suspekte Person, die ihm alle Ehre macht. An diesem Abend wurde ich mit der Liesa vertraut. Mit ihr ging auch etwas schief.

Als wir uns ausmachten, am Wochenende in die Wirtschaft des Großen Gartens zu gehen, holte ich sie um 13.00 Uhr pünktlich ab. Die Sonne beehrte uns mit Temperaturen um die dreißig Grad. Gemächlich liefen wir die Saalhausener Straße hinunter. Als wir den Fußgängerweg an den Garagen des Bolzplatzes nahmen, waren gerade ein paar Bekannte dabei, Mannschaften zu bilden. Nach einem kurzen Wortwechsel war klar, dass sie mich benötigten. Ich sagte zur Liesa, es wäre nur für ein Spiel, spätestens um 18 Uhr treffe ich sie in der Wirtschaft und ich würde mich erkenntlich zeigen.

Weil wir das erste Spiel verloren, wollte ich die Revanche und danach bestanden alle auf einem Entscheidungsspiel. Jetzt wusste ich, dass ich es nicht mehr rechtzeitig zur Liesa schaffen würde. Als Schluss war, rannte ich gleich nach Hause. Hier kam mir die Idee, meine hygienische Versorgung statt mit Wasser durch kosmetische Mittel zu ersetzen. Ich schüttete auf mein Lieblingshemd die verschiedensten Duftmittel. Den Deoroller kullerte ich mir unter die Achseln. Weil meine Haare verklebt waren, fand ich ein Puder, das noch von meiner Schwester stammte.

Bereits in der Straßenbahn setzte bei mir eine verheerende Wirkung ein. Mein getrockneter Schweiß veränderte mit der Kosmetik meinen Körpergeruch so penetrant, dass mir selber übel wurde. Ich hoffte, der Fußmarsch durch den Großen Garten würde mich lüften. Das war eine Fehleinschätzung. Überall, wo ich mit Liesa war, wurde um uns ein großer Bogen gemacht. Weil die Liesa nichts zu meinem Geruch sagte und brav ihren Mund hielt, wurde mir klar, dass ich mich von ihr verabschiede. Ein Sprichwort besagt:»Einem Freund kann man sagen, wenn er aus dem Mund stinkt.«

31. Staatsbürgerkunde

Als ich bei den üblichen Reden meines Vaters am Abendbrottisch über seine Führungsrolle im Haus der Presse zuhörte, erklärte sich mir beiläufig das journalistische Handwerk. Demnach ist der Inhalt einer Zeitung nicht wörtlich zu nehmen. Der Autor eines Artikels kann seine persönlichen Ansichten nur zum Teil lancieren, denn er muss die Anforderungen des Verlagsdirektors erfüllen und dieser ordnete sich den Berliner Genossen unter. Will man demzufolge etwas mehr wissen, muss man besonders zwischen den Zeilen lesen. Als mir das logisch war, wurde ich Leser der »Sächsischen Zeitung«, immer auf der Suche nach versteckten Botschaften, und das hat sich bis heute erhalten.

Das Lesen der »Sächsischen Zeitung« brachte mir ein, dass ich in den Fächern Staatsbürgerkunde und Geschichte gut informiert war. Herr Hauke unterrichtete beide Fächer, war kurz vor der Rente und geistig auf hohem Niveau. Mit ihm hatten wir sehr großes Glück, denn aus anderen Schulen bekamen wir nur negative Rückmeldungen, der Unterricht sei traumatisierend. Bei uns war das nicht der Fall, denn Herrn Hauke war selbst klar, dass der Sozialismus bei uns eine Fehlleistung war und die Menschen in der BRD mit ihrem hohen Lohnniveau, starken Gewerkschaften, vernünftigen Autos und Reisefreiheit glücklicher lebten.

Im Gegensatz sprach Herr Hauke aber auch von den Schwächen des Kapitalismus: Johann Silvio Gesell, 1900 Begründer der Freiwirtschaftslehre, forderte eine gerechte soziale Gesellschaft mit stabilem Geldwert. Hierfür müssten die Rechte der Zentralbanken zur Ausgabe von Banknoten einem unabhängigen Amt für Währung übertragen werden, womit die Einführung einer internationalen Währung mit Umlaufsicherung ebenso Realität wäre wie das Ende starker Geldentwertungen, sozialer Unruhen und von Arbeitslosigkeit. 1918 besagte Silvio Gesells Konjunkturtheorie, dass beim Festhalten am System in 25

Jahren der nächste Krieg logisch wäre, was mit dem Zweiten Weltkrieg 1939 eintraf.

Damit wir statt des Schulbuches Staatsbürgerkunde was Ordentliches lernten, hielt Herr Hauke jede Stunde live und nahm Themen auf, die uns echt interessierten. Der Panzerkreuzer »Aurora« und die Reichskristallnacht wurden ebenso besprochen wie der Wüstenfuchs Rommel, Stauffenberg und die Kriegsgefangenenlager in Sibirien. Neben Marx und Engels fand er genügend Platz für Bismarcks Sozialreformen, die Nibelungensage, den Gang nach Canossa und Hannibal.

Da Altfranken nur einen Spaziergang entfernt lag, wussten wir auch von Felix Graf von Luckner, der den Beinamen »Seeteufel« trug. Als Kommandant des Hilfskreuzers »Seeadler« durchbrach er im Ersten Weltkrieg die englische Seeblockade. Er war Humanist. Bei seinen zwanzig versenkten Schiffen starb nur ein einziger gegnerischer Seemann. Luckner war es, der 1945 die Stadt Halle an der Saale, entgegen Hitlers ausdrücklichem Befehl, vor der Zerstörung bewahrte. Die USA ernannten Luckner zum Ehrenoberst der 104. US-Division »Timberwolves« und so schon, vom Deutschen Reich hochdekoriert, erhielt er noch 100 Ehrentitel, unter anderem die Ehrenbürgerschaft von San Francisco.

Unser Herr Hauke erklärte uns auch, wie im Westen der Wiederaufbau mit dem Marshall-Plan vorangetrieben wurde, dass bei uns über 1.000 Betriebe demontiert und 12.000 Kilometer Schienen nach Russland geschickt worden sind. Zudem erfuhren wir, dass Generalfeldmarschall Paulus 1943 seine Soldaten bei der Schlacht von Stalingrad durch bedingungslose Kapitulation rettete. Was er uns nicht sagte, war, dass nur 6.000 seiner 100.000 Soldaten die Kriegsgefangenschaft überlebten. Paulus erarbeitete in Dresden unter Beobachtung der Stasi die Dienstvorschriften der NVA aus.

Den Herrn Hauke erlebte ich auch privat. Das geschah an einem Nachmittag bei einem Termin von der VMA (Vormilitärischen Ausbildung). Ich wollte gar nicht glauben, dass mein Herr Hauke für so etwas Sinnloses seine Zeit verschenkte.

Wahrscheinlich war er als Lehrer für Staatsbürgerkunde automatisch dafür verantwortlich.

Pünktlich um 15 Uhr war ich auf dem Schulhof. Ein Dutzend Jungen waren aus dem Stadtbezirk versammelt. Herr Hauke sah so unlustig aus wie ich. In seinen Händen war ein atomarer Schutzanzug mit Gasmaske. Einige aus der Gruppe fanden das gut: »Oh, guck mal, ein Schutzanzug! Darf ich mal sehen?«

Der Herr Wolf kam, bestieg sein Motorrad, ein Lächeln strahlte über sein Gesicht, als wäre ich schon radioaktiv verseucht, und im Anfahren rief er mir zu: »Was für ein herrlicher Nachmittag. Viel Spaß noch!«

Das nervte auch den Herrn Hauke. Unsere Einweisung war knapp: »Heute kann jeder von euch diesen Schutzanzug probieren und diese Gasmaske dazu. Mit der Gasmaske macht ihr fünf Minuten einen leichten Lauf und danach ist Pause! Wer fängt an?«

Da haben sich doch wirklich gleich ein paar Schüler gemeldet. Ich ging abseits. Wenn ich nicht verschont werden konnte, dann wollte ich wenigstens als Letzter an der Reihe sein. Ich ärgerte mich, hier zu sein, und das wäre mein erstes und letztes Mal! Zu meiner Überraschung kam Herr Hauke, zündete sich eine Zigarette an und setzte sich zu mir. Beide schwiegen wir. Dann fragte er: »Falk, hast du dir schon mal überlegt, was du werden willst?«

Ich habe den Mann angeschaut, als ob er vom Mars käme. Erstens war diese Frage durch meine Zwangsrekrutierung offiziell beantwortet und zweitens hatte ich mir darüber noch keine Gedanken gemacht. Dieses Thema war für mich tabu, sonst hätte ich mich nur aufgeregt. Dann hörte ich mich, ohne zu überlegen, leise antworten: »Lehrer.«

Ich war darüber so erstaunt, dass mir davon der Mund offen blieb. Der Herr Hauke nickte bedächtig, als habe er nichts Anderes erwartet. Anscheinend war ihm das logisch. Jetzt stand er auf, zufriedener sah er aus, und dann ging er, ohne noch einmal zurückzusehen.

Ich blieb sitzen und rauchte noch eine. Das gibt es doch nicht, dachte ich, was da aus meinem Unterbewusstsein eben hochkam, von dem ich selber nichts ahnte, hat der Herr Hauke schon vor mir gewusst! Ich fragte mich, ob diese Antwort willentlich war, und kam zu der Erkenntnis, dass es stimmte.

Ich beendete die 9. Klasse mit 24 Fehltagen, einem Notendurchschnitt von 2.2 und in Betragen stand meine Vier. In meiner Gesamteinschätzung hieß es: »Falk verfügt über gute Grundkenntnisse der gesellschaftlichen Entwicklung und brachte dies in Diskussionen sowie durch den Erwerb des Abzeichens Für gutes Wissen in Silber zum Ausdruck. In seiner Unterrichtsarbeit gelang es ihm jedoch noch nicht immer, die notwendigen Schlussfolgerungen zu ziehen. Besonders muss er sich um bessere Umgangsformen bemühen und Hinweisen aufgeschlossener gegenüberstehen. Ihm übertragene gesellschaftliche Aufgaben erledigte er gern, allerdings nicht immer mit der erwarteten Zuverlässigkeit. Falk ist Mitglied der FDJ, DSF und der GST. Falk wird versetzt.«

32. Fahnenflucht

Weil mich zuletzt stark beschäftigte, wie ich meine Verpflichtung als Berufsunteroffizier lösen könnte und sich das Verhältnis zu meinen Eltern gebessert hatte, sprach ich dieses Thema zu Hause beim Abendbrot an. Mein Stiefvater bekam davon eine Versteifung im Gesicht und meine Mutter war so entsetzt, dass sie sich nicht beruhigen konnte: »Das kannst du doch nicht machen! So ein schöner Beruf, das gibt man doch nicht auf! Junge, ich versteh dich nicht! Nach allem, was wir für dich getan haben! Bei deinen schlechten Zensuren, wer soll dich denn nehmen? Wie kann man sich nur so eine Chance verbauen! Auf so eine Idee kannst nur du kommen! Du versaust dir noch das gesamte Leben! Es ist zum Verzweifeln! Wie soll das denn jetzt weitergehen? Hast du schon einmal daran gedacht, was das bedeutet? Wie stehen wir denn da? Nicht auszudenken, was das für Vati beruflich bedeutet! Er hat es doch so schwer gehabt mit seinem Studium! Du hast ja selbst erlebt, wie er immer nur gelernt hat, und ich musste zurückstecken! Nein, Junge, da musst du auch mal ein bisschen nachdenken! Da bin ich nicht einverstanden! Weißt du, was dein Klassenleiter dann mit dir macht? Der wird dich Spießruten laufen lassen! Keiner wird dich unterstützen! Jetzt, wo wir das neue Auto haben! Bei uns fängt das Leben erst an! Du musst auch einmal auf uns hören! Wenigstens dieses eine Mal! Das ist doch nicht zu viel verlangt! Oder? Bitte enttäusche mich nicht schon wieder! Was haben wir wegen dir alles durchmachen müssen! Da könnte ich gleich heulen! Du weißt ganz genau, dass meine Nerven nicht die besten sind! Ich kann mir nicht vorstellen, dass du das ernst gemeint hast! Was bist du aber auch für ein sprunghafter Charakter! Wo hast du das bloß her? Also von mir nicht! Du musst doch mal bei einer Sache bleiben können! Leben wir dir so etwas vor? Nein! Auf uns kann man sich immer verlassen! Da musst du, bitte schön, an dir arbeiten! Das haben dir auch die Lehrer in die

Zeugnisse geschrieben! Wenn dir das so viele Menschen sagen, da muss dir doch mal ein Licht aufgehen! Die meinen es doch alle gut! Wir haben so viel in dich investiert, da musst du doch auch mal etwas davon zurückgeben! Anscheinend willst du gar nichts lernen! Da brauchst du dich aber auch nicht zu wundern, wenn du Probleme bekommst! Sei ein zuverlässiger Junge! Wir haben dich wirklich lieb, auch wenn der Vati das nicht so zeigen kann! Jeder Mensch ist anders! Weißt du, wie es mir in Gräfenhain erging, was ich alles durchmachen musste, und dann die schweren Jahre mit deinem Vater in Königsbrück! Wenn mir da nicht der Vati geholfen hätte, ich wäre ja mit dir gar nicht zurechtgekommen! Du hast es immer geschafft, einem das Leben schwer zu machen! Und jetzt, jetzt, wo wir denken, dass es endlich besser wird, da fängst du schon wieder an! Nein, das kann nicht sein, das hast du bestimmt nicht so gemeint! Ich war schon so erschrocken! Das darfst du nicht mehr mit mir machen! Soll ich dir noch mal sagen, was ich wegen dir schon für Tabletten nehmen musste? Der Vati legt sich hin und ist eingeschlafen und ich? Du weißt auch ganz genau, dass ich eine Thrombose im Bein habe. Hier, schau her, jeden Tag muss ich mit dem Gummistrumpf laufen! Denkst du, das macht mir Spaß? Also, ich weiß nicht! Diese Aufregung ist überhaupt nicht gut! Wenn du nur ein kleines bisschen vernünftiger wärst, das Leben wäre so einfach! Darüber können wir ja mit gar niemandem reden! Ich will dir das noch einmal nachsehen! Aber immer geht das nicht! Es muss einmal Schluss sein! Der ganze Abend hätte so schön sein können. Bloß gut, dass der Vati so gute Nerven hat und dazu nichts sagt! Da muss ich ihn richtig bewundern! Das hätte er früher nicht geschafft, da muss ich ihn loben! Wenigstens einer hat einen klaren Kopf! Ach, mein Kind, wenn wirst du, bitte schön, endlich erwachsen? Dass du immer deinen Willen haben willst! Das musste doch jetzt wirklich nicht sein! Ich hab das jetzt gar nicht gehört! Aber ärgerlich ist es doch!«

Mein Stiefvater schaute mich die ganze Zeit analytisch an, gesagt hat er nichts. Das war auch nicht notwendig. Ich hatte schon längst kapituliert und sah zu, den häuslichen Frieden nicht noch mehr zu strapazieren. Mir fiel ein, dass vor nicht allzu langer Zeit an diesem Tisch mein Stiefvater in seinem Jähzorn so ausrastete, dass er mir sein Teeglas an meiner Stirn zerschmetterte, wo es in tausend Stücke zersprang.

Die Stimme von meinem Stiefvater kam ruhig und bestimmt. Logisch, dass er die Zusammenfassung übernahm: »Ich hab dir schon mal gesagt, wenn du 18 Jahre bist, dann sind wir für dich nicht mehr verantwortlich, dann kannst du meinetwegen machen, was du willst, aber nicht vorher! Überleg dir das gut! Ich kann dich nur warnen! Ich denke, du hast verstanden!«

Damit war das Gespräch beendet. Meine Mutter bemühte sich, etwas Allgemeines zu sagen: »Das müsst ihr euch mal vorstellen! Da ist mir doch wirklich der Topflappen hinter den Herd gefallen! Ich bin aber auch manchmal schusselig!«

Danach lachte sie. Das fand ich albern, und ich verabschiedete mich mit irgendeiner Aufgabe, die ich noch zu erledigen hätte. Im Gehen rief Mutter meinen Namen. Ich stoppte vor der Küchentür. Sie lächelte glücklich und sagte: »Jetzt ist alles wieder gut! Lerne schön daraus!«

Bei einem Routinetermin im Wehrkreiskommando, der freiwillig als Beratungstermin angesetzt war, wollte ich abtasten, was passiert, wenn ich meine Verpflichtung zurückziehe. Das Gespräch begann freundlich: »Na, Genosse Geyer, was macht denn die Schule? Womit kann ich Ihnen helfen? Raus mit der Sprache! Wo drückt denn der Schuh?«

Ich sagte: »Wissen Sie, ich hab es mir überlegt! Ich will nicht mehr 10 Jahre zur Armee.«

Das habe ich nicht aggressiv gesagt, sondern eher entschuldigend. Ich sah, wie die Freundlichkeit in seinem Wesen verschwand. Das Gesicht wurde zu Granit und die Uniform zu einem Instrument der Macht: »Wissen Sie, was Sie da gerade gesagt haben! Das können Sie vergessen! Der Staat hat in Sie investiert! Sie können nicht einfach zurück! Ihre Berufsschule steht fest! Sie haben ja keine Ahnung! Sie sind praktisch schon bei der Armee! Sie haben unterschrieben und jetzt kommen Sie damit! Wissen Sie, was da auf Sie zukommt!«

Das wollte ich lieber nicht wissen. Ich beeilte mich, zu entschärfen:»So habe ich das ja gar nicht gemeint! Ich wollte nur wissen, ob ich in Kamenz in die Sportkompanie kann. Ich bin nämlich Fußballer und spiele in der Stadtauswahl und dieses Jahr waren wir im Trainingslager.«

Weiter kam ich nicht, denn ich wurde sofort unterbrochen:»Können Sie das nicht gleich sagen! Genosse! Natürlich haben wir eine Sportkompanie. Wenn Sie gut sind, kommen Sie dort auch hin! Was denken Sie, wie wir Leute wie Sie brauchen! Ich schau gleich mal nach, Kamenz, Kamenz, die müssten so etwas haben. Ja, klar, die haben das. Ich vermerke das mal in Ihren Unterlagen. Stadtauswahl, so, das ist jetzt vermerkt! Es ist Ihnen aber schon klar, vorher müssen Sie in jedem Fall nach Bad Düben. Das bleibt dabei! Sie haben nur einen Monat Grundwehrdienst, fünf Monate theoretischer Unterricht, hintereinanderweg, lernen und lernen, dann geht es zu Ihrem Standort! In Kamenz melden Sie sich sofort in der Sportkompanie, wenn die nicht schon von alleine auf Sie zukommen! Ich veranlasse das! Fußballer! In Kamenz haben wir Fußballer, na klar! Das passt, da müssen wir nichts mehr ändern! Stadtauswahl und 2. Liga, das geht, da können Sie einsteigen! Ob Sie so gut sind, dass wir Sie weiterdelegieren, das kann ich nicht sagen, aber wenn, dann wäre Ihr Standort beim FC Vorwärts Frankfurt (Oder).«

Der FC Vorwärts hatte seine Spielstätte vormals in Berlin gehabt und war beliebter und erfolgreicher als der BFC Dynamo Berlin, der dem Ministerium für Staatssicherheit unterstellt war. Auf Betreiben von MfS-Chef Erich Milke, der auch Vorsitzender der Sportvereinigung Dynamo Berlin war, wurde der Konkurrent beseitigt. Der Armeesportverein FC Vorwärts wurde nach Frankfurt (Oder) umgesiedelt. Den Befehl zur Umsetzung gab Verteidigungsminister Hoffmann. Daran kann man erkennen, welches Machtpotenzial die Staatssicherheit in der DDR hatte.

Ich wurde ordentlich verabschiedet: »Genosse, halten Sie die Ohren steif! Wir sehen uns! Übrigens, wie ist das mit Ihrer GST? Ich hab nichts in meinen Unterlagen darüber. Sind Sie da noch?« Ich sagte, dass ich wegen dem Fußball nicht dazu komme. Das akzeptierte er: »Macht nichts! Spielen Sie Fußball! Ich schreibe das auf! Damit hätten wir alles! Wir setzen auf Sie!«

33. Der Jugendclub

Danach war mir in der 10. Klasse alles egal. Ich war mir bewusst, trotz aller momentanen Probleme, so schön würde es niemals mehr werden, auch nicht in der Lehrzeit, und was bei der Armee auf mich zukommt, daran wollte ich nicht denken.

In Dresden boomte gerade die Diskowelle, ich wurde ein eifriger Diskogänger. Am liebsten war ich in der »60«, die immer sonntags von 14 Uhr bis 20 Uhr sowie jeden Mittwoch von 17 Uhr bis 22 Uhr gut besucht war. Die Gaststätte war in den dreißiger Jahren am Rande einer genossenschaftlichen Siedlung als sozialkulturelles Pünktchen konzipiert. Der Wohnanlage angeschlossen war eine dazugehörige Kleingartensparte. Somit konnten die Strebergärtner gleich vom Wohnungsfenster in ihre Parzelle schauen, ob die Bienen schon fleißig bestäubten.

Der Wirt machte seinen Umsatz besonders im Winter, wenn die Wirtschaft und die »Junge Garde« geschlossen hatten. Die Massen standen schon vor Beginn in langer Schlange. Die Ordnungskräfte hatten voll zu tun. Weil wegen Überfüllung nicht alle eine Eintrittskarte erhielten, wurde mit Tricks gegengewirkt. Jeder glückliche Gast, der durch den Einlass kam, erhielt einen Farbstempel auf den Unterarm. Wenn man es schaffte, noch vor dem Eintrocknen der Tinktur diesen im Freundeskreis auf einen anderen Unterarm abzurollen, entstand eine Kopie, die zum Eintritt taugte.

Unter Umständen wurden auch schon mal die abgedichteten Fenster manipuliert, um sich illegalen Einlass zu verschaffen. Weil mich hier viele vom Fußballverein kannten und meine spielerischen Qualitäten überzeugend waren, war ich privilegiert. Mit der Zeit kannte ich dann auch den Diskjockey und mir zuliebe spielte er dann »Child in Time« von der Hardrockband Deep Purple in Originalversion. Das war ein 10 Minuten und 17 Sekunden episch anmutendes Werk. Dazu erfüllte er mir noch den Wunsch nach Manfred Mann's Earth Band mit »Father of Day, Father of

Night«. Das war ein 15-minütiges aufwändiges Arrangement, dem als Inspiration die Orchestersuite »Die Planeten« von Gustav Holst zugrunde lag.

Als es der Zufall wollte, dass keine 5 Minuten von meinem Wohnort entfernt, an der Deubener Straße, Ecke Grillenburger, ein Jugendclub entstehen sollte, verbrachte ich hier viel Zeit. Die Wohnungsverwaltung hatte die leerstehende untere Etage eines Mehrfamilienhauses zur Verfügung gestellt. Ich nahm mit den Bauarbeitern Kontakt auf: »Gott sei Dank, endlich mal was Vernünftiges zur Rettung der Altbausubstanz! Wenn ich was helfen kann, sagt Bescheid, vielleicht arbeite ich später mal auf dem Bau, da kann ich wenigstens nebenbei noch schurwerken.« (Schurwerken, das war der Terminus für schwarzarbeiten.) Und: »Ich muss sowieso in die Kaufhalle Zigaretten holen, wenn ihr was braucht, bring ich es gleich mit. Ich hoffe, ihr müsst nicht so lange machen!«

Irgendwann waren meine Besuche akzeptiert und ich erfuhr, ein Mathias Müller von der FDJ würde ab und an kommen, und als er da war, bemerkte ich, die Sprache der Arbeiterklasse beherrschte er nicht. Die Facharbeiter taten, als dürften sie momentan nicht die kleinste Pause einlegen, weil ihnen ansonsten der Mörtel verhärtet. Ich trat einen Schritt vor und fragte den Herrn Müller, ob ich ihn mal sprechen könne. Er nickte und war froh, unbeschadet aus der unnatürlichen Betriebsamkeit flüchten zu können. Als wir gingen, tuckerte draußen gleich der Motor des Baufahrzeuges, das sich Ameise nannte. Die Handwerker waren demnach in einer wichtigen Angelegenheit unterwegs.

So lernte ich den Jugendfreund Müller kennen. Ich sagte: »So wie die Bauleute arbeiten, kann das was werden, vorausgesetzt, sie bekämen mehr Kontrolle! Der Dicke ist nicht der Dümmste, auch wenn er so aussieht, und der Lothar, der trinkt vielleicht paar Bierchen zu viel, aber insgesamt ist er fleißig!«

Mathias Müller war Nichtraucher. Als ich ihm sagte, dass er damit besser durch das Leben kommt, fand er mich bereits ganz gut. Rein menschlich schien Mathias ein Gutmütiger zu sein, aber bei Parteifunktionären wollte ich nicht voreilig urteilen. Redselig erzählte er, dass es bei den Bauleuten nicht überall so gut laufe und theoretisch müsse er als zukünftiger Jugendclubleiter mehr vor Ort sein. Ich sagte ihm, dass ich schon ein bisschen koordiniere, indem ich ein paar Zementsäcke öffne, Besorgungen in der Kaufhalle übernehme, und letztens hätte ich vom Lothar, damit jemand da ist, die Wohnungsschlüssel an den Elektriker weitergereicht und von dem Elektriker dann an die Fachkraft vom Sanitärbereich. Das stimmte natürlich nicht. Weil der Volksabgeordnete das aber nicht prüfen konnte, durfte ich schummeln.

Danach kam Herr Müller von alleine auf die Idee, dass ich hier nach dem Rechten sehe. Als ich zustimmte und erwähnte, dass aus mir in der Armee ein hauptberuflicher Flugzeugwart wird, befanden wir uns im politischen Schulterschluss. Nicht lange danach erhielt ich vom Mathias den Schlüssel vom Jugendclub. Ab diesem Tag lief die Kaffeemaschine zur Stärkung der Arbeiterklasse, das hob die Moral, und der Motor von der Ameise tuckerte nur noch, wenn es um Belange des Arbeitsfortschritts ging. Wenn es einen Engpass gab, dann rief ich den Mathias an, der über den Rat der Stadt Druck machte und so kamen wir zügig voran.

Mit der Zeit merkte ich, dass die Bauleute neue Materialien benutzten, obwohl im Depot Restbestände lagen. Sie meinten, es würde nicht darauf ankommen, und wenn ich jemanden hätte, der das Zeug braucht, solle er sich was nehmen. Ich sagte dem Mathias, dass ich die Rumpelkammern nicht akzeptiere. Unschlüssig sagte er:»Ach, weißt du was, da hab ich schon dreckigere Baustellen gesehen. Lass gut sein, solange sich keiner beschwert, die haben ja einen Bauleiter.«

Als ich wieder nervte, das Gerümpel müsse zur Müllabfuhr, erhielt ich keine Antwort. Danach kam er auf die Idee, man könnte im Rahmen einer FDJ-Aktion einen Arbeitseinsatz initiieren, möglichst am Tag der Republik, dann wäre es ein zusätzlicher Beitrag zur Übererfüllung der Planvorgaben und würde Sinn ergeben.

Der Container war pünktlich. Ab 8 Uhr trudelten ein paar Nachwuchskader der FDJ ein. Der Mathias hatte Bockwürste, Semmeln, Kekse, Club Cola und Radeberger Bier besorgt. Die Leute kannten sich, vorgestellt wurde ich nicht. Bei der Entrümpelung haben alle gestöhnt. Bei dem anschließenden Umtrunk war ich schon gegangen.

Als der Jugendclub Grillenburger Straße, Ecke Deubener Straße seine Endreinigung hatte, war er schön anzusehen. Das verflüchtigte sich, als der Betrieb aufgenommen wurde. Der Mathias hätte als Chef sagen müssen: »So, Leute, macht mal jetzt einen auf Mäuschen und spitzt die Ohren, ab jetzt halten wir Ordnung! Jeder, der zum Beispiel die Küche benutzt, hat darauf zu achten, dass er dem nachfolgenden Jugendfreund den Bereich ordentlich übergibt.«

Die Belegschaft vergrößerte sich. Den Rico Block und den Torsten Stiller kannte ich. Beide hatten über die FDJ eine Ausbildung zum Diskotheker gemacht. Bei einer Gelegenheit vertraute mir Rico an, dass sein Vater bei der Staatssicherheit war und er selbst diese Arbeit nur als Sprungbrett für seine Karriere sieht. Da habe ich gesagt, ich würde mich zuerst mal bei der Armee um meine Flugzeuge kümmern. Damit sollte sich der Rico wieder mal verplappern dürfen, aber das hat er nie wieder getan. Danach sah ich es als Möglichkeit an, dass auch Torsten Stiller und Mathias Müller zur Stasi einen Bezug hatten.

Die erste Diskothek war ein großer Erfolg. Der Rico und der Torsten hatten es sich zur Eröffnung nicht nehmen lassen, gemeinsam musikalisch durch den Abend zu führen. Mit dem Mattias habe ich ordentlich angestoßen, schließlich hatten wir beide in diesen Club investiert.

Bei den anschließenden Diskotheken konnte man Herrn Müller weniger antreffen und Leute zählten zum Stammpersonal, die ich nicht kannte. Die Veranstaltungen liefen immer schlechter. Die Clubleitung beschäftigte sich zu viel mit sich selbst. Nach zwei Jahren wurde das Objekt geschlossen. Der Mathias hat trotzdem seine Medaille bekommen oder wurde »Held der Arbeit«.

Im Halbjahr der 10. Klasse hatte ich rechts einen Durchschnitt von 2,2, aber links sah es traurig aus – Gesamtverhalten: 4, Betragen: 5! In meiner Gesamteinschätzung hieß es: »Falk verstieß wiederholt gegen die sozialistischen Verhaltensnormen. Gegenüber Erwachsenen trat er mehrmals äußerst frech und provozierend auf. Er muss Hinweisen aufgeschlossener und selbstkritischer gegenüberstehen sowie geforderte Verhaltensnormen sich zu eigen machen.«

In meinem Zeugnisheft wurden danach keine weiteren Eintragungen vorgenommen, denn nach den Abschlussprüfungen erhielten wir eine Urkunde. Das wertvolle Papier verarbeitete ich zu kleinen Schnipseln. Später, als ich ein Duplikat benötigte, sagte die Sekretärin: »Na, dann setz dich mal und schreib:

Duplikat Abschlusszeugnis zehnklassige allgemeinbildende Polytechnische Oberschule

Durchschnitt 2,1
Die Abschlussprüfung wurde mit »gut« bestanden.

30. Juni 1978, die Prüfungskommission: Oberlehrer Eisenhardt, Vorsitzender/Direktor
gez. Wolf, Klassenleiter
gez. Teege, gez. Rößler
f. d. R. d. A. z. Hoff«

34. Meine Lehrzeit

Die Lehre führte mich an die BBS (Betriebsberufsschule) Paul Schwarze des VEB ZFTM. Die praktische Ausbildung zur Grundlagenvermittlung eines Maschinen- und Anlagenmonteurs erfolgte im 1. Lehrjahr im Industriegelände. Die Lehrwerkstatt war in ihrer Ausstattung mit dem versehen, was vor dem Krieg schon Bestandsschutz hatte. In den Werkbänken hatten Generationen von Lehrlingen ihre Spuren hinterlassen.

Unser Lehrmeister hieß Herr Deutscher. Obwohl er auf die Rente zuging, war er eine stattliche Erscheinung mit dichtem schlohweißem Haar. Sein Auftreten war dominant. Da ich einer von drei Lehrlingen war, der über die NVA eingestellt wurde und die beiden anderen eine Menge schlechte Noten hatten, gehörte ich bei ihm automatisch zur Kategorie derer, wo sich der Aufwand nicht lohnte.

Wir begannen ein Ausdauertraining. Eine Eisenplatte wurde so lange mittels Feilen und Schaber, Haarlineal und Lichtspaltmethode auf Ebenheit getrimmt, bis wir uns im 1.000-Millimeter-Bereich befanden. Bei dieser stupiden Arbeit haben wir Tugenden gelernt wie Geduld und Konzentration. Sukzessiv kamen weitere Fertigungstechniken dazu: Bohren, Senken, Reiben, Biegen, Abkanten, Gewindeschneiden, Drehen, Fräsen, Schleifen, Schweißen, Plastbearbeitung und Montage von Bauelementen.

In unserer Klasse waren auch vier Mädchen, die später Maschinenbau studieren wollten. Die Arbeitszeit begann um 6.45 Uhr, Frühstückspause, Mittagessen und zum Feierabend um 15.30 Uhr atmeten alle erleichtert auf.

Schon im ersten Monat erhielten wir eine Uniform der GST. In Schöna/Sächsische Schweiz mussten wir uns eine Woche vormilitärisch ausbilden lassen: Marschieren, Luftgewehrschießen, Orientieren im Gelände, Tarnen, Umgang mit dem Kompass und topografisches Verstehen. Für die meisten war das eine Gaudi, für mich eine Demütigung. Ich hatte immer den schadenfrohen Herrn Wolf im Hinterkopf.

Unser Ausbildungsrhythmus war wöchentlich. In der theoretischen Schulwoche hatten wir die Fächer Sport, Fertigungstechnik, Technische Darstellung, Werkzeugkunde, Maschinenbaukunde, Anlagen- und Maschinenkunde. Mit unserem Klassenlehrer, der gleichzeitig unser Schuldirektor war, dem Herrn Hilmer, hatten wir das große Los gezogen. Herr Hilmer war Ende 50, mittelgroß, schlank, von angenehmer Erscheinung und hatte einen wohlwollend ehrlichen Charakter. In den Fächern Staatsbürgerkunde und Betriebsökonomie war er nicht so clever wie der Herr Hauke, aber er versuchte, uns sehr rücksichtsvoll den Marxismus und Leninismus näherzubringen.

Die erste Zeit war der Herr Hilmer von mir etwas irritiert. Er war es nicht gewohnt, dass einer, der von der NVA mit der Laufbahn Berufsunteroffizier an die Schule delegiert worden war, ein gutes Allgemeinwissen hatte, sich mit politischen und philosophischen Fragen beschäftigte. Mittlerweile füllten wir beide allein den Unterricht mit interessanten Diskussionen. Es waren Dialoge und Streitgespräche, bei denen er kein einziges Mal ungehalten reagierte, wenn meine den Sozialismus bezweifelnde Beweisführung und Fragestellung ihn sprachlos machten: »Falk, lass es gut sein, wir müssen das verschieben.«

Wenn er merkte, dass seine Argumentation gescheitert war, besann er sich auf paritätische Fachkenntnisse. Hier sagte er, dass der Grafiker Otl Aicher, Bürger der BRD, Designer und Dozent mit internationaler Anerkennung, einer der prägendsten Gestalter des 20. Jahrhunderts, sich lobend über das Emblem der DDR-Fahne äußerte. Das Staatswappen sei eine gelungene Komposition. Und wenn ein Otl Aicher lobend davon sprach, war das wie ein Ritterschlag, denn ihm verdankten das ZDF, die Lufthansa, die Dresdner Bank und die Sparkassen ihr Icon oder Logo. An sein Schaffen erinnern viele Piktogramme. Piktogramme sind vereinfachte grafische Darstellungen, die uns gezielte

Informationen vermitteln, einprägsam auf den ersten Anblick sind und einen hohen Bekanntheitsgrad garantieren.

Das 2. Lehrjahr führte mich am Flughafen in die Halle 218 zum sozialistischen Kollektiv »Klement Gottwald«. Über die Hälfte der Mitarbeiter standen vor der Rente. Die Brigade war von großer Offenheit und Herzlichkeit geprägt. Wir verstanden uns hervorragend. Das Einzige, was keiner nachvollziehen konnte, war, dass ausgerechnet ich, Berufsunteroffizier werden sollte. Alle haben darüber Witze gemacht. Mich erheiterte das auch, denn ich hatte seit drei Jahren bereits einen Plan, der immer konkreter wurde. Mein Meister, der Rudi Runkel, er ging schon etwas gebeugt, durfte wegen seines Amtes nicht deutlicher werden. Darum hat er nur den Kopf geschüttelt und geschmunzelt, wenn die Kollegen auf mich einredeten.

Den Detlef Dietel belustigte meine NVA so sehr, dass er sich ein Mal pro Woche vor Lachen kaum zügeln konnte und hinterher prüfen musste, ob ihm wegen seiner Prostata was in die Hose gegangen ist. Danach argumentierte er mit Erlebnissen von der Ostfront: »Wir waren genauso blöd! Ich kannte keinen Landser, der nicht anfangs von seiner Sache überzeugt gewesen wäre! Du hättest mal sehen sollen, wer da alles im Schützengraben nach der Mutti gerufen hat! Was denkst denn du, wie das damals war, ihr habt doch in der Schule nichts gelernt! Hast du etwa gedacht, dass nur ein einziger Deutscher zu den Russen übergelaufen ist?« Weil beim Detlef Dietel manchmal das Gedächtnis aussetzte, rief er zur Verstärkung den Hansi zu uns: »Hansi, komm ran, wie war das gleich damals? Erzähl das mal den Burschen!«

Der Hansi war der Älteste im Bereich. Bei ihm wackelte schon der Tremor. Den Drehmomentenschrauber musste er mehrmals ansetzen. Der Herr Dietel hatte so einen Respekt vor ihm, dass er ihn öfters nur aus Gewohnheit kontaktierte, denn er wusste, der Hansi hatte eine beginnende Demenz.

Darum sagte der Hansi zumeist dasselbe: »Ja, ja, das waren schwere Zeiten, schwere Zeiten, mein Junge! Der Russe war furchtbar! Die haben ein Menschenmaterial verheizt, das Maschinengewehr konnte man kaum nachladen, ständig neue Iwans, die armen Schweine sind ins Sperrfeuer geschickt worden, unmenschlich war das, die konnten nicht zurück, dann wurden sie gleich von hinten durch ihre eigenen Leute abgeknallt! Zustände waren das! Das hatte mit ehrlicher Kriegsführung nichts mehr zu tun! Ja, ja, so war das, mein Junge! Mit dem Iwan kannst du dich nicht anlegen!«

Meine NVA-Verpflichtung führte zu einer kollektiven Art von Vergangenheitsbewältigung. Den Schlussstrich zog zumeist der Ebert. Der Ebert war der inoffizielle Boss, immer bedächtig, betont leise, mit nachsichtigem Lächeln und zum Schluss abwinkender Geste: »Ja, ja, redet nur so weiter! Ihr werdet schon sehen, was ihr davon habt! Ich hab 1957 die Panzer rollen sehen! Die werden euch noch alle einsperren, wenn ihr dem Jungen so was erzählt! Der wird schon sein Ding machen. Da mach ich mir eher Sorgen um euch!«

Wenn wir danach alle zu laut lachten, gesellte sich Meister Runkel zu uns: »Hat der Falk euch wieder ausgefragt! Mensch, ihr seid doch verrückt! Vor dem müsst ihr euch in Acht nehmen, der geht 10 Jahre zur Armee! Habt ihr das vergessen?« Danach war das Gelächter doppelt groß. Final wendete sich Rudi Runkel mir zu und drohte in schwerwiegender Gestik: »Mach nur so weiter! Du machst mir hier noch alle Leute verrückt! Halt dich lieber an den alten Ebert, der ist weise geworden, und quatsch nicht so dummes Zeug!«

Ich sagte dann standardmäßig: »Ich habe doch nichts gemacht!«

Und der Meister: »Ja eben, du machst ja nie was! Deswegen sollst du ja jetzt auch arbeiten! Bei deiner Armee kannst du dich noch genug ausruhen!«

Das war uns allen ein neues Lachen wert!

Meine Lehrzeit fand ihren Höhepunkt, als ich 1979 mit den Fußballern von Empor Dresden-Löbtau beim traditionellen Weihnachtsturnier in der Halle am Emerich-Ambros-Ufer das

Endspiel gewann. Ich habe Libero gespielt, im Vorwärtsgang ein paar Gegenspieler auf mich gezogen, vor dem Tor den freien Mann bedient oder selbst abgeschlossen. Zwei Tore waren von mir. Die Halle stand kopf, ein paar tausend Zuschauer.

Als ich wieder in der Halle 218 war, hat der Ebert gleich gesagt: »Junge, kann man dich überhaupt nicht mehr alleine lassen?« Ich fragte, wieso, und er antwortete: »Mensch, die ganze Halle spricht von dir! Es kennen dich mittlerweile mehr Leute als mich!« Dann schmunzelte er.

Ich wurde nicht schlauer: »Wieso denn das, ich war doch gar nicht da?«

Und Ebert: »Na, eben darum! Was hast du am 2. Weihnachtsfeiertag gemacht?«

Ich sagte: »Na warte mal, da haben wir ein Hallenturnier gespielt.«

Und Ebert: »Genau, macht es jetzt klick?«

»Ne«, sag ich.

Und er: »Du begreifst wieder mal gar nichts! Da haben dich wohl ein paar von uns in der Halle spielen sehen!«

»Die ganze letzte Woche bin ich wegen dir ständig angequatscht worden, wo ich mich überhaupt nicht für Fußball interessiere!«

Ich fragte: »Von wem?«

Er: »Ach, hör bloß auf, die kennst du alle nicht, die arbeiten alle verstreut! Wie war dein Fußball ausgegangen?«

Ich sagte: »Wir haben das Ding gewonnen!«

Und er: »Siehst du, das sollte man nicht machen!«

Ich: »Woher wollen die wissen, wo ich arbeite?«

Und er: »Mensch, das ist wieder furchtbar mit dir, der Großteil arbeitet hier seit ewig, das sind alles Stammkräfte! Die registrieren jeden Bubi, der hier als Lehrling rumspringt und der Detlef Dietel hat denen natürlich allen sagen müssen, dass du Berufsunteroffizier wirst! So ein Theater! Der Rudi hat die alle wieder weggejagt. Da kann ja kein Mensch vernünftig arbeiten! Lass dich ja nicht bei denen blicken!«

Ich hätte gar nicht gewusst, wo ich mich nicht blicken lassen sollte. Aber ab da schauten mir plötzlich so viele Arbeiter und Angestellte freundlich zunickend ins Gesicht, dass ich ständig irgendjemanden grüßen musste. Bestimmt hatte jemand in der Tagespresse und in der »Wochenpost« unser Mannschaftsfoto entdeckt und das wurde dann weitergereicht. Einerseits war das ein Vorteil, aber wenn ich mich zum Beispiel mal mit der Birgit Braune außerhalb der Halle traf, dann empfing mich danach der Rudi Runkel mit Begrüßungen wie: »Du bist wieder gesehen worden, mit der hübschen Schwarzen! Sieh zu, dass bis zum Feierabend noch was wird!«

Wenn ich mit dem Ebert arbeitete, redete er nie über seine Vergangenheit oder politische Sachen der DDR. Da hat er nur abgewinkt und gesagt: »Von mir erfährst du nichts! Und du solltest auch vorsichtig sein!« Hinterher grinste er: »Ich sehe dich noch nicht bei der Armee! Ich bin schon sehr gespannt.« Dann lenkte er vom Thema ab: »Wolltest du nicht was über Patty Frank wissen. Also, ich sage dir, als der noch gelebt hat, Geschichten hat der vor seiner Villa Bärenfett am Lagerfeuer erzählt, eine starke Erscheinung, der Mann.«

Patty Frank:
*1876, † 1959, bürgerlich Ernst Tobis; Artist, Museologe, Indianer-forscher; 1928 Mitbegründer und Verwalter des Karl-May- und Indianer-Museums der Karl-May-Stiftung in Radebeul.

35. Mein Plan

Meinen Plan, wie ich unbeschadet aus der NVA-Verpflichtung rauskomme, hatte ich dem Umstand zu verdanken, dass ich in der »Scharfen Ecke« Stammgast war. Dieses Tagesrestaurant war von 10.00 bis 19.00 Uhr geöffnet und lag an der Kesselsdorfer Straße, einer der wichtigsten Ausfallstraßen Dresdens. In Kesselsdorf wurde 1745 der Zweite Schlesische Krieg zugunsten Preußens Streit mit Österreich entschieden, 20.000 Tote und Verwundete. Die trotteligen Sachsen haben sich, da sie nur Kunst und Wirtschaft im Kopf hatten, auf die Seite des Verlierers gestellt und diesen Fehler später mit Napoleon wiederholt, womit 1815 an Preußen über die Hälfte des Territoriums verloren ging.

Von der Kesselsdorfer Straße geht im Winkel von 45 Grad die Saalhausener Straße ab. Auf dieser spitzen Fußgängerinsel wurde um 1900 ein keilförmiges Wohn- und Geschäftshaus errichtet. Die kleinste Seite fungierte als Eingang für die »Scharfe Ecke«. Der Raum öffnete sich konisch bis zu einer langen gläsernen Theke. Das Angebot war stupide und einfach. Es gab zumeist nur etwas Kuchen, Schnitzel, Kartoffelsalat, Bockwurst, Soljanka und Knacker. Kein Bier, aber Weinbrand, Wodka, Likör, Süßigkeiten und Zigaretten.

Rechtsseitig der Theke war ein Kassenplatz, der in halber Höhe eine Schwenktür hatte. Von hier flitzte die Kassiererin an die Tische, wo unwissende Kundschaft ihr Geschirr stehen ließ. Das Konzept Selbstbedienung vergaßen einige Gäste. Etwa 40 Personen erfreuten sich gepolsterter Stahlrohrstühle. Auf den weißen Tischdecken stand eine Vase mit Kunstblumen. Grauer Gardinenstoff hing an den Fenstern. Die Leuchten blieben zumeist tagsüber eingeschaltet, weil das Licht von nikotingefärbten Tapeten verschlungen wurde.

Die Laufkundschaft erschrak über das trostlose Erscheinungsbild, die Stammgäste erfreute es, so blieben sie öfters unter sich.

Hier trafen sich viele Rentner, die zu Hause einsam waren, überwiegend Frauen, deren Männer im Krieg geblieben waren. Ihre Geldbörsen gaben nicht viel her, doch hier vertrieb sie niemand, stundenlang konnten sie bei einem Kaffee und etwas Kuchen miteinander reden. Zu ihrer Unterhaltung kam, dass sie in der Nähe der Eingangstür stets im Bilde waren, wer gerade raus- und reinging oder an der Kasse vorbeiging, zum hinteren Bereich des Hochparterre, wo es noch mal ebenso viele Plätze gab. Wenn sich unten die Rentner mit Handschlag begrüßten, kannte man sich oben erst recht. Hier hatte der Innenarchitekt nichts Wesentliches im Vergleich zu unten verändert. Punkt 10.00 Uhr trafen sich auch hier die ersten Stammgäste, meistens Personen mit flexiblen Arbeitszeiten oder ominösen Krankschreibungen. Sie saßen bei einem Kaffee zusammen und lasen Zeitungen, die man sich an der Garderobenecke mit dem Hinweisschild, dass keine Haftung übernommen wird, holte. Wer privat die FUWO (»Fußballwoche«) oder ein Journal mitgebracht hatte, legte sein Druckwerk dazu.

In der »Scharfen Ecke« verabredeten sich gerne Intellektuelle und Insider zu verschiedenen Besprechungen. Zudem trafen sich auch freischaffende Künstler, von denen ich nicht den Eindruck hatte, dass sie davon gut leben konnten. Man redete gedämpft und schaute ab und zu aus dem Fenster dem pulsierenden Straßenleben hinterher, wo alle paar Minuten rote Tatra-Bahnen vorbeiratterten. Pünktlich zu fest verabredeten Zeiten nahmen viele Handwerker hier ihren Imbiss ein, wobei die Pausenzeiten gern überzogen wurden. Es hieß, Handwerk hat goldenen Boden.

Ab 15.00 Uhr regte sich die Betriebsamkeit. Die Schule war aus, die ersten Jugendlichen kamen. Lehrlinge gesellten sich dazu. Zudem fand sich eine Belegschaft von älteren Singles ein, die es noch mal versuchen wollten. Jede Klientel hatte ihren Stammtisch. In Stoßzeiten wurden Stühle angestellt und auch Tische aneinandergereiht. Das Personal war tolerant, man kannte sich. Nie fielen laute Worte oder dumme Bemerkungen.

Die Toiletten befanden sich im hinteren Bereich. Hier saß die Jugend. Die Rentner mussten an uns Jugendlichen vorbei, alle respektierten sich. Da immer einige Mädchen dabei waren, gab es auch intensivere Kontakte zwischen den Geschlechtern. Weil die Atmosphäre zueinander locker und loyal war, kamen ständig neue Gesichter. Wer nicht zu uns passte, merkte das von allein. Die »Scharfe Ecke« war demnach ein Milieu- und Szenetreff, der abseits des üblichen Familienlebens wichtige soziale Funktionen übernahm, ein integratives Auffangbecken, Altersheim und Jugendclub zugleich. Bereits als Schüler der 9. Klasse begann ich, ein ausdauernder Stammgast zu werden. In der Lehrzeit reduzierte sich das auf einen Sprung vor dem Training, um wieder ein paar Leute von früher zu sehen. Dazu gehörte auch die Rita.

Als die Rita und ich nach dem Kino »Schauburg« im gegenüberliegenden Restaurant einkehrten, waren wir nicht die Einzigen mit dieser Idee. Es gab keinen freien Tisch. Wir setzten uns zu einem freundlichen älteren Herren. Leider wollte er sein Bier wegen uns nicht austrinken und gehen. Nach einer Weile, in der er uns musterte, eröffnete er ein sehr interessantes Gespräch: »Schönes Paar, ihr zwei, der Slowake und die Griechin!«

Die Rita wusste damit nichts anzufangen, bei mir haben die Räder im Kopf gedreht. Ich dachte sofort an die Herkunft meiner Eltern, wie sie als Kinder von den ehemaligen Ostgebieten nach Gräfenhain und Großgrabe kamen:» Ja, das stimmt, meine Eltern hat der Krieg hierher gespült! Woran sehen Sie das?«

Er sagte: »Der Blick übt sich mit dem Alter! Der Krieg hat mich durch ganz Europa geführt. Ich hab mir die Menschen angesehen. Schau dich an, blond, markante Wangenknochen, grüngraue Augen, leicht nach innen gestellt, eindeutig ein Slawe, und deine Freundin, das ist viel leichter, nur Griechen sehen so aus, kein Zweifel!«

Die Rita wusste nichts von ihren fremden Wurzeln! Aber ich war hellhörig und wollte mehr wissen! »Erzählen Sie bitte!«

»Da gibt es nicht viel zu erzählen. Seit der Hitler mit seinem Rassenkram die Analytik ins Abseits gestellt hat, wird davon nichts mehr gelehrt!«

Ich fragte ihn, was da früher gelehrt wurde.

»Die haben auch viel Mist erzählt, aber du musst nur mit einem neugierigen Blick die Menschen ansehen, die Völkergruppen haben alle ihre Charakteristik: Angelsachsen, Spanier, Skandinavier, Slawen, der Russe und wie sie alle heißen. Schau einfach nach Merkmalen, wie Hauttyp, Haarstruktur, ovale oder breite Schädelform, nach unten gebogene Nase, nicht alles ist typisch deutsch. Zudem kommen charakterliche Übereinstimmungen mit dem Äußeren. Ich kann dir sagen, wer hier im Raum Choleriker ist und wo die Schlafmützen sitzen. Ebenso erkenne ich, ob jemand lügt, unsicher oder selbstbewusst ist.«

Danach gab er uns anhand der vorhandenen Gäste eine personenbezogene Studie. Ich beteiligte mich, so gut es ging. Er wies mich auf Details hin, wie ich sie nie vorher gesehen hatte. Es wurde ein sehr vergnüglicher Abend. Ich war mir sicher, dass mir, wegen meines NVA-Problems, seine Ausführungen noch hilfreich sein würden. Als er ging, war ich auf meine Kosten gekommen, die Rita erst zu späterer Stunde.

Nach dieser Schulung sah ich gleich die Gäste der »Scharfen Ecke« mit anderen Augen. Bruno und Helmut hatten mir vor kurzer Zeit in einer Stunde die Hälfte meines Lehrlingsgeldes abgeknöpft. Es war Zahltag, von meinen Leuten war keiner da. Also setzte ich mich zu Bruno und Helmut in das Abteil der Künstler. Beide waren mindestens 20 Jahre älter. Nach einer Zigarette war klar, ich würde zu den beiden Junggesellen gehen und Skat spielen. Bis dahin hatte ich maximal 5 Mark gewonnen oder verloren, am ganzen Abend. Das bedeutete beim Spiel um die Ganzen einen kalkulierbaren Verlust von 10 Mark. Leider kam es so, dass ich, um nicht alles zu verlieren, schnell verschwand. Während ich zuerst dachte, ich sei vom Pech verfolgt und innerlich zu aufgeregt gewesen, traute ich nun den beiden zu, dass sie mich über den Tisch gezogen hatten.

Mit wem ich auch weniger zu tun haben wollte, das war der Klaus. Alle versicherten, er sei eine hochanständige Person. Trotzdem hatte ich einen natürlichen Widerwillen. Als Kind, wenn ich ihn auf der Kesselsdorfer Straße sah, war er mir schon unheimlich. Der Klaus hatte in der »Scharfen Ecke« einen geschützten Status. Zumeist saß er allein, wenn nicht, dann in der Ecke der Künstler bei Bruno und Helmut. Er redete kaum, nur wenige wollten mit ihm reden, geschweige denn sich mit ihm in der Öffentlichkeit sehen lassen. Er kannte es nicht anders, hatte es längst akzeptiert, doch innerlich wusste ich, er würde darunter sehr leiden.

Klaus war eine hochaufragende unproportionierte Person, hünenhaft an die zwei Meter. Von den ungewöhnlich breiten Schultern ging es keilförmig über Hüfte und Becken gleichmäßig schmaler werdend zu den Füßen, die nur noch Größe 41 hatten. Er verfügte über keine sichtbare Muskelmasse oder männlichen Merkmale. Sein Bewegungsablauf war schlaksig, sein Schritt ballettös, und auf seinen Schultern saß so ein kleiner Kopf, dass er jedem Schüler aus der fünften Klasse besser gestanden hätte. Sein Kinn war um Haltung bemüht, doch die Augen verrieten seine verwundete Seele. Die Haare bestanden aus langen Strähnchen, fein wie Spinnweben. Er ließ sie offen auf die Schultern fallen. An der Seite baumelten lange dünne Arme, seine Hände waren feingliedrig wie bei einem Mädchen, dazu spindeldürre Beine ohne Wadenmuskulatur. An seinem Gesicht waren fünfunddreißig Lebensjahre scheinbar spurlos vorübergegangen, kindliche unschuldige Züge. Klaus hätte mit innerer Stärke und der Freiheit des Lachens aus seinem verunglückten Äußeren locker Kapital schlagen können. Anbieten würde er sich als witzige Nummer im Zirkus oder auf der Gespensterbahn, nach dem Motto: »Kommen Sie ins Reich von Iwan dem Schrecklichen, testen Sie Ihre Gesundheit! Eltern haften für ihre Kinder!«

So wie der arme Klaus aussah, hätte er von den DDR-Behörden bestimmt auch ohne Probleme einen Ausreiseantrag bewilligt bekommen, Begründung: subversive Schwächung des

Klassenfeindes, Irritation und Konzentrationsverlust des Gegners im Zielgebiet, Ansammlung größerer Menschenmassen. Außerdem kam hinzu, dass der Klaus jedem dokumentierte, dass er eigentlich kein Klaus sein wollte, sondern eine Klara. Wenn ihm danach war, trug er nämlich viel zu kurz geratene Röcke und dazu Damenstrumpfhosen. Logisch, dass er bei den Trikotagen von der Stange kaum was Brauchbares fand. Als Imitation eines Busens musste er sich was Größeres darunter stopfen. Aus dem so schon sehr gehandicapten Klaus wurde dann eine ganz hässliche Klara. Wer ihn nicht kannte, erschrak, aber in seinem Betrieb war er ein anerkannter Zerspanungsfacharbeiter.

In der »Scharfen Ecke« wurde der Klaus nur zum Thema, wenn von den Älteren jemand von der Armee sprach, dass nämlich solche abartigen Leute dort nicht geduldet wären, Begründung: misslungenes Äußeres, sexuelle Zurschaustellung von Abartigkeit, Gefahr von Wehrkraftzersetzung.

Der Klaus wurde für mich zum Ansatzpunkt meiner Ideen. Ich dachte mir, wenn die Armee bei mir eine genetische Anomalie findet, dass ich etwa homosexuelle, nicht tolerierbare Neigungen habe, dann könnten sie mich in ihren militärischen Reihen nicht gebrauchen. Das heißt, sie müssten im Glauben sein, dass ich meiner Verpflichtung sehr gern nachgehen würde und selber betreiben, dass mein Vertrag aufgelöst wird.

Da ich mich seit längerem intensiv mit diesem Thema beschäftigte, hörte ich genau, dass diesen Trick schon genügend Männer ausprobiert hätten, und alle seien sie hinterher im Knast oder in der Psychiatrie gelandet. Da mir keine andere Wahl blieb, würde ich es trotzdem versuchen! Ich begann, nach Verhaltensmustern und Klassifizierungen der Männlichkeit zu suchen. Als Machos werden Männer bezeichnet, die ein übertriebenes narzisstisches Imponiergehabe an den Tag legen, Werte in prestigeträchtigen Statussymbolen sehen und anfällig sind für gruppendynamische Prozesse. Der sanftere Mann, auch Softi, Frauenversteher und Weichei genannt, praktiziert die Gleichberechtigung und ist ein anpassungsfähiger Typ. Die Schwulen nehmen eine Sonderstellung ein. Man sah sie kaum selbstbewusst ihren Status anzeigen. Viele Schwule ließen sich auch, um den Schein zu wahren, mit einer Frau verheiraten. Wenn man eine Scheidung hinter sich hat, war es legitim, sich mit Freunden zu umgeben. Was sich hinter den Fassaden abgespielt hat, ging niemanden etwas an.

36. Mitglied in der SED

Die Schwulen konnten sich in der DDR nicht so öffentlich zeigen. Das verhinderte die gesetzliche Grundlage. Der § 175 des Strafgesetzbuches existierte seit dem 1. Januar 1872 und bezog sich auf die sexuellen Handlungen zwischen Personen männlichen Geschlechts. Der Paragraf 151 stellte homosexuelle Handlungen mit Jugendlichen sowohl für die Frauen als auch für Männer unter Strafe. Homosexualität wurde bis in die 70er Jahre als psychische Erkrankung diagnostiziert. Damit war klar, dass ich mich auf ein sehr gefährliches Glatteis wagen würde. Zum Schutz meiner Person benötigte ich ein starkes Instrumentarium. Ich stellte mit 18 Jahren sofort einen Antrag zur Aufnahme in die SED. Meine Kandidatur begründete ich damit, dass ich Berufsunteroffizier werden möchte. Ich wurde sofort genommen. Meine Schulungen erfolgten in Dresden-Trachenberge. Was die dort für einen Müll gequatscht haben, so einen Unsinn hatte ich noch nie im Leben gehört. Ich weiß nicht, auf welchem Planeten die gelebt haben. Das waren alles abgehobene, selbstgefällige Menschen mit totalem Realitätsverlust. Ich war maßlos enttäuscht. Ich kam zu der Erkenntnis, dass die Dummheit dieser Hauptamtlichen sehr gefährlich ist! Die DDR war hoffnungslos verloren! Darum hielt ich bei denen zum ersten Mal im Leben meinen Mund.

Nach einer verkürzten Lehrzeit erhielt ich meine Urkunde: »Falk Geyer hat die Ausbildung als Facharbeiter erfolgreich abgeschlossen und ist berechtigt, die Berufsbezeichnung Maschinen- und Anlagenmonteur zu führen. Dresden, den 30. April 1980.«

37. Unteroffiziersschüler

Am 6. Mai 1980 wurde ich zum Wehrdienst eingezogen. Unser Transport begann um 8.00 Uhr am Neustädter Bahnhof. Etwa 300 Rekruten aus ganz Sachsen stiegen in den Sonderzug, der über Leipzig nach Bad Düben fuhr. Die Militärpolizei begleitete uns. Bei der Ankunft hallten die ersten Kommandos. Sammeltransporte der ganzen Republik vereinigten sich. Etwa 1.000 Wehrpflichtige wurden wie eine Herde Schafe in die Unteroffiziersschule der Luftstreitkräfte getrieben: »Im Laufschritt, marsch, marsch!« Nach den ersten Kilometern machten die Ersten schlapp: »Name! Sie sind notiert! Einreihen! Beeilung! Schneller!«

Das Objekt war leer, der vorherige Lehrgang war bereits zu den Einheiten abkommandiert. Auf dem Appellplatz erhielten wir unsere Zuteilung: Kampfjets, Hubschrauber und Transportflieger. Die Unterbringung erfolgte in sechsstöckigen Plattenbauten, pro Zimmer sechs Spinde, vier Stühle, drei Doppelstockbetten, ein Tisch. Ich war einer der wenigen Berufsunteroffiziere, die meisten dienten drei Jahre. Wer studieren wollte, hatte dafür bereits die mündliche Zusage. Nach 24 Tagen Grundausbildung sollten wir Unteroffiziersschüler werden. Meine Versetzung nach Kamenz war für den 20. September geplant.

Der erste Tag war gleich straff organisiert: Haare ab, Einkleidung, alle Zivilklamotten zur Post. Danach wurden Kommandos trainiert. Der Stubenälteste Jörg Menzel brüllte beim Eintreten des Dienstvorgesetzten: »Achtung!« Dazu hatten wir strammzustehen. Wenn das nicht blitzschnell und exakt erfolgte, ist der Dienstvorgesetzte raus und kam noch mal rein. Der Jörg reagierte jetzt besser: »Achtung! Genosse Unteroffizier, ich melde, vollständige Anwesenheit. Es fehlt keiner!«

Der antwortete: »Rührt euch! Genossen, das klappt nicht! Ich komm noch mal! Ihr habt zwei Minuten zum Mitdenken!«

Jetzt haben wir dem Jörg gesagt, er soll sich konzentrieren und was er falsch gemacht hat. Da ging schon wieder die Tür auf, aber

bei uns klappte es nun:»Achtung! Genosse Unteroffizier, Zimmer
14 ist vollzählig angetreten, es meldet Soldat Menzel!«

Die Grundausbildung verlangte uns alles ab. Wir waren bis in die
Nacht wie Rennpferde unterwegs, die Normen waren unbestech-
lich. Mit Stoppuhr und Trillerpfeife brüllte der Zugführer:»Zug
fertig machen zum Raustreten!« Ein paar Sekunden später kamen
die nächsten Kommandos:»Zug raustreten und Zug angetreten!«
Alle suchten wir unsere vorgesehenen Positionen, da fielen schon
neue Kommandos:»Fertig werden! Zug stillgestanden!« Danach
wurde ausgewertet:»Genossen, sehr schlechte Zeit, die Bettruhe
ist verschoben! Rührt euch! Auf die Zimmer …! Stopp! Wieso
rennt hier einer frühzeitig los? Das müssen wir üben: Achtung! Zug
angetreten! Fertig werden! Stillgestanden! Rührt euch! In welchen
Kopf geht das nicht rein? Benötigt einer noch Sonderbehandlung?
Habe ich ›Wegtreten!‹ gesagt?«

Bei uns herrschte Stille, keiner getraute sich einen Mucks.
Zum Schluss klappte es:»Zug stillgestanden! Rührt euch! Auf
die Zimmer …!« Er wartete lange:»… wegtreten!«

Als das auf allen Etagen des Wohnblocks oben und unten, links
und rechts klappte, übten wir die Formationen der Kompanie
ein. Bis wir in der vorgesehenen Zeit standen, war selbst ich
von Schweiß getränkt. Danach wurde das Marschieren geübt,
Exerzieren, Schusswaffen und Sonstiges. Als wir die ersten Tage
hart trainierten, ging es unbarmherzig bis zu unserer Vereidigung
weiter. Ab diesem Zeitpunkt und bis zum 20. September lautete
dann die Meldung unseres Stubenältesten:»Genosse Fähnrich,
Zimmer 14 ist vollständig angetreten! Es meldet Unteroffiziersschüler Menzel!«

Als wir alle Unteroffiziersschüler waren, lockerte sich der Drill.
Den theoretischen Unterricht übernahmen Offiziere ab dem
Dienstgrad Major, Aerodynamik, Tragwerke und Triebwerke etc.,
parallel kam es im Gruppenunterricht zur Vermittlung spezieller
Kenntnisse. Wenn abends keine Wache oder andere Dienste
anstanden, gab es etwas Freizeit.

Ein Unteroffizier auf Zeit verbrachte hier seine drei Jahre, weil er bei Vorwärts Bad Düben Fußball spielte. Als er einen Ball besorgte, haben wir eine Stunde auf dem Sportplatz lange präzise Pässe geschlagen. Als er davon seinem Vorgesetzten berichtete, wurde ich durch den Sportoffizier ungesehen und mit Sondergenehmigung sofort am nächsten Samstag im Punktspielbetrieb des Vorwärts Bad Düben eingesetzt.

Das war keine gute Idee. Die Tage davor reichten mir nämlich zum Nachdenken: Wenn ich hier ein überzeugender Fußballer bin, passte das überhaupt nicht zu meinem Plan, ein Schwuler zu sein, der damit seine 10-jährige Verpflichtung aufheben will. Demzufolge war ich im besagten Punktspiel dann so schlecht, dass ich gleich wieder rausmusste. Meinem Dienstvorgesetzten war das mehr als peinlich und unerklärlich zugleich. Wir haben seitdem nie mehr über Fußball geredet.

Im September erhielt ich meinen Marschbefehl mit Fahrkarte nach Kamenz. Mich begleiteten die Unteroffiziersschüler Fürst, Zickler und Kämmerling.

38. Berufsunteroffizier

Kamenz liegt 40 km nordöstlich von Dresden und ist als Lessingstadt bekannt. Hier wurde der wichtigste deutsche Dichter der Aufklärung 1729 geboren. Die Stadt liegt in der Oberlausitz am Fuße des Hutberges. Die Hutbergbühne, 1934 von den Nationalsozialisten als Thingplatz konzipiert, wurde zu Theater-, Musik- und andere Kulturveranstaltungen genutzt. 1918 wurde der Flugbetrieb zur Ausbildung von Offizieren aufgenommen. Die Offiziershochschule der Luftstreitkräfte war mitten in der Kreisstadt, der Flugplatz 2,5 km außerhalb.

Das Gelände des Flugplatzes war eingezäunt. Den Wachdienst übernahmen junge Offiziersschüler, die am Anfang ihrer 4-Jahres-Ausbildung zum »Flugzeugführer-Ingenieur« standen. Nach der Kontrolle unserer Marschbefehle erhielten wir eine genaue Wegbeschreibung. Sie führte uns durch das Areal. Es bestand rechtsseitig aus einem mehrstöckigen Haupthaus, um das sich Verwaltungsgebäude drängten, und einem Platz für den Truppenaufzug, der auch für Sport und Freizeit genutzt wurde. Das Ensemble lag inmitten eines hochgewachsenen Mischwalds. Links befand sich der Militärflugplatz mit den üblichen Anlagen für Kommunikation, Navigation, Instandsetzung und Logistik. Dazu kamen die zugehörigen Rollwege, Abstellflächen, Wartungshallen und Werkstätten.

Für die Flugzeuge standen zwei Start- und Landebahnen mit ortsfesten Lichtanlagen zur Verfügung. Dumpfe Motorengeräusche wiesen regen Flugbetrieb nach. Die Flugsicherung verwendete zur Navigation Funkfeuer. Ein Windsack mit leuchtend roten und weißen Ringen aus wetterbeständigem Nylongewebe hing schlaff einige Meter über dem Boden. Die Überschaubarkeit des kleinen Flugplatzgeländes und das friedliche Sommerwetter vermittelten eine familiäre Atmosphäre. Dieser Eindruck bestätigte sich in der Realität.

Mit den Gewohnheiten von Bad Düben grüßten wir korrekt alle Dienstvorgesetzten, die gemütlich schlendernd unseren Weg kreuzten. Der Verwunderung ihrer Blicke war zu entnehmen, dass es hier nicht üblich war, ständig exakte Ehrenbezeugungen über sich ergehen zu lassen. Der Standort war für die Angestellten eher ein zweites Zuhause, wo Wert darauf gelegt wurde, militärische Obligate nur bei Priorität zu verwenden.

Der lockere Eindruck fühlte sich gut an. Er bestätigte sich auch im hinteren Teil des Geländes, wo unsere Unterkunft vorgesehen war. Vor einer der vielen parallel stehenden Baracken erwartete uns bereits der Spieß. Dieser Begriff, auch Spießer, leitet sich aus dem zivilen Begriff des Spießbürgers ab, der für einen konservativen Menschen steht. Unser Spieß hatte demnach darauf zu achten, dass beim Zusammenleben alle militärischen Normen gepflegt wurden.

Unser Spieß hatte den Dienstgrad eines Fähnrichs. Um ihn versammelt standen ein paar halb angezogene Flugzeugmechaniker. Sie führten moderate Gespräche, rauchten eine Zigarette und putzten ihre Schuhe. Wer sich hier aufhielt, hatte dienstfrei. Wir stellten uns vor: »Genosse Fähnrich, die Unteroffiziersschüler Geyer, Fürst, Zickler und Kämmerling melden sich zum Dienstantritt!«

Die Umstehenden lächelten milde wegen unserer Exaktheit. Der Fähnrich legte flüchtig die Hand an seine Schirmmütze: »Kommen Sie rein!«

Vom Mittelgang der Baracke ging es in die Stuben der Flugzeugmechaniker und zu den Gemeinschaftsräumen für Fernsehen, Basteln, Hygiene, Sanitär und Lager. Gleich am Eingang lag die Stube des Fähnrichs. Ihm war jeden Tag ein anderer der Bewohner als UvD (Unteroffizier vom Dienst) zugeteilt.

Fähnrich Schneider hatte mit der Karriere eines Unteroffiziers begonnen, wusste danach nicht, was im zivilen Leben zu tun wäre, und so entschloss er sich, bis zur Pensionierung zu bleiben. Er war für die Tagesstruktur in der Baracke zuständig. Da die Flugzeugmechaniker zumeist an ihren Maschinen waren und die

Mahlzeiten im Hauptgebäude einnahmen, schob er einen ruhigen Dienst. Anfallende Arbeiten, wie das Wecken der Mechaniker und Botengänge, übernahm der UvD. Pünktlich um 17.00 Uhr hatte der Fähnrich Schneider Feierabend, den er zu Hause gemütlich bei seiner Familie verbrachte.

Wir wurden auf verschiedene Zimmer verteilt: zwei Doppelstockbetten, vier Spinde und Stühle sowie ein Tisch. Die Einrichtung war mit persönlichen Dingen aufgewertet. Der Umgangston war sehr kameradschaftlich, alle duzten sich, nur der Fähnrich wurde offiziell mit Dienstgrad angesprochen. Inoffiziell durften die EKs (Entlassungskandidaten) ihn mit Emil ansprechen, was sein Vorname war.

Von uns Neuankömmlingen war der Michel Fürst auch ein Berufsunteroffizier. Bei uns hieß er nur Micha oder Fürstel. Mit ihm konnte ich nicht viel anfangen, er identifizierte sich voll mit dem Beruf und war heiß, den feineren Stoff der Berufssoldaten zu tragen. Das einfachere steingraue Tuch ähnelte dem Schnitt der Uniformen des Zweiten Weltkrieges, der Helm wurde bereits 1943 als Versuchsmuster in der deutschen Wehrmacht erprobt. Die Waffenfarbe der Luftstreitkräfte war Hellblau und wurde auf den Kragenspiegeln gezeigt.

Mein Standort hatte die Bezeichnung TAS-45, was Transportfliegerausbildungsstaffel bedeutete. Zu ihr gehörten zwölf Flugzeuge vom Typ Antonow An-2TD. Als Mehrzweckvariante konnte sie entweder zwölf Passagiere, zehn Fallschirmspringer oder 1.500 kg Fracht aufnehmen. Die TAS sicherte den Flugbetrieb und alle technischen Arbeiten mit einem überschaubaren Stammpersonal ab. Die Leitung hatte Hauptmann Stampe. Die Führungsoffiziere Oberleutnant Fuchs und Leutnant Hesse unterstützten ihn. Als Flugzeugwarte mit separaten Maschinen dienten Stabsfeldwebel Barthel, Oberfeldwebel Kunze, Feldwebel Seifert, Unterfeldwebel Dippel und Unteroffizier Geller. Micha Fürstel und ich würden demnächst dazukommen.

Als Hilfskräfte komplettierten acht Flugzeugmechaniker mit dreijähriger Dienstzeit den Kader. Wegen regelmäßiger Durchsichten,

Kontrollen und großer Wartungen, die oft mehrere Tage und Wochen benötigten, waren zumeist nur acht Flugzeuge gleichzeitig im Dienst. Die theoretische Ausbildung von Kämmerling, Fürstel, Zickler und mir übernahmen die Ingenieure Oberleutnant Fuchs und Leutnant Hesse. Die An-2 fliegt seit 1947, ist in Ganzmetall-Halbschalen-Bauweise gefertigt, hatte bei der NATO den Codenamen »Colt« und bei der NVA den Spitznahmen »Anna«. Mit einer Spannweite von 18 Metern ist sie der größte einmotorige Doppeldecker der Welt. Die Tragflächen, Höhenruder und Normalleitwerke sind mit imprägniertem Stoff bespannt.

Im praktischen Teil unterwiesen uns Oberfeldwebel Kunze und Feldwebel Seifert. Der 1.000 PS starke Neunzylinder-Sternmotor mit Vierblattverstellluftschraube verbrauchte pro Stunde etwa 180 Liter hochoktaniges Flugbenzin und 2,5 l Schmieröl. Das nichteinziehbare Fahrwerk konnte mit Schwimmern oder Kufen ausgerüstet werden. Als Start- und Landestrecke reichten 180 Meter. Die Piste konnte unbefestigt sein. Die An-2 hatte eine Reichweite von 900 km und konnte eine Gipfelhöhe von 4.400 Metern erreichen.

Meine Ausbildung endete, als ich alleine im Cockpit alle Grenzwerte der Bordinstrumente unter Vollkraftbedingung der 1.000-PS-Maschine mit den erforderlichen Normen vergleichen konnte. Diese Flugsimulation mit fest verzurrter Maschine und angezogener Bremse machte an den extremen Punkten besonderen Spaß. Durch die Kraft des Neunzylinder-Sternmotors wackelte in der Kabine der Pilotensitz und hinten hob die Aerodynamik der Tragflächen bereits den Rumpf rhythmisch vom Boden ab. Am 23. Oktober hatte ich alle Prüfungen bestanden. Ich bekam das Flugzeug 257 zugeteilt und den Dienstgrad Unteroffizier.

Als Berufsunteroffiziere wurden Fürstel und ich jetzt neu eingekleidet. Endlich hatte Micha das hochwertige Material, das die Offiziere trugen, und Stiefel aus bestem Leder. Gleichzeitig erfolgte unser Umzug von der Baracke der Flugzeugmechaniker in die letzte in unserer Reihe. Hier herrschte absolute Ruhe. Außer uns, wir teilten uns ein kleines Zimmer, war nur noch ein weiteres mit drei Offiziersschülern bezogen. Wir kannten uns flüchtig, sie hatten zuletzt einige Flugstunden bei uns absolviert. Außer dass wir manchmal zusammen Billard spielten, gab es keinen Kontakt.

Da wir keine Pflicht mehr zur Rechenschaft über unsere Freizeit hatten, immer Zivil innerhalb und außerhalb des Objektes trugen, fehlte nur noch, dass wir in der Stadt einen bürgerlichen Wohnraum bekamen. Das war für Weihnachten angedacht. Den Fürstel freute es, mich nicht. Ich spekulierte: Wenn ich aus der Kaserne raus wäre, würde mein Plan nicht mehr funktionieren. Wen interessiert es denn, was ich sexuell in meinen eigenen vier Wänden mache? Niemanden! Also musste ich handeln, und zwar sofort!

39. Meine Komplizen

Die Gelegenheit zur Umsetzung meines Planes ergab sich, als mich von der Werkstatt des Fallschirmdienstes mehrmals der Feldwebel Jens Kretschmar ansprach, er würde gern einen Beitrag zu meiner Integration leisten. Wir verabredeten uns bei ihm zum Skat. Der Oberleutnant Markus Spitz, der Theorie an der Offiziershochschule lehrte, komplettierte uns. Die förmlichen Anreden legten wir ab.

Nachdem wir den ganzen Abend um die Halben gespielt hatten und das Geld ausgezahlt war, entschied sich der Oberleutnant gegen seine Familie, denn jetzt, kurz vor Mitternacht, würde seine Frau bereits schlafen. Darum blieb er und wir genehmigten uns noch ein Bierchen. Ich fragte, ob beide noch eine Stunde Zeit hätten, mir würde etwas Wichtiges auf dem Herzen liegen. Da sie meinten, es sei bereits so spät, dass nichts mehr drängelte, leitete ich mein Anliegen ein: »Also, hört mal zu, die Sache ist jetzt ziemlich kompliziert für mich. Ich schätze euch so ein, dass ihr mir helfen könnt! Es gibt nur zwei Möglichkeiten, entweder ich bin morgen vor dem Militärgericht, dann habe ich mich in euch geirrt, weil ihr mir nicht helfen wollt, aber vielleicht helft ihr mir wirklich und das Risiko wäre es mir wert.«

Beide spitzten die Ohren.

So begann ich: »Wisst ihr, ich war in der siebenten Klasse und es war kurz vor Weihnachten. Ich war bei einem Freund, die Mutter alleinerziehend, im Dreischichtsystem arbeitend, ärmliche Bedingungen. Da habe ich gesehen, dass der Frank eine Eisenbahnplatte hatte, die seit dem Weggang des Vaters sichtlich verfallen war. Die Mutter hatte kein Geld für Reparaturen oder neue Anschaffungen. Mein Freund und die Modelleisenbahn waren so ein trauriger Anblick, dass ich auf eine Idee kam. Ich sagte dem Frank, bei mir auf dem Dachboden vergammelt seit Jahren ein Haufen Zeug, womit mehrere Modelleisenbahnen bestückt werden können. Das gehört einem von der zweiten Etage, der seit 10 Jahren nicht mehr damit spielt und auch keine Kinder hat. Davon nimmst du dir einfach was, das fällt nie im Leben auf. Wir also hin, ich klettere rein und reiche ihm ein paar Loks, Hänger und Zubehör. Bis Weihnachten hatte er seine Platte in Schuss. Im Frühling bekomme ich eine Karte von der Kripo. Denen habe ich die Geschichte von meinem Freund erzählt und dass ich davon nichts privat behalten habe. Jedenfalls war es dann so, dass die Polizei Meldung im Parteibetrieb meines Stiefvaters gemacht hat. Er arbeitete bei der Sächsischen Zeitung und hatte Angst um seine Karriere. Meine Schule ist auch informiert worden und danach gab es einen Termin. Hier war einer von der Staatssicherheit dabei. Meine Eltern, mein Klassenleiter, der Direktor und der von der Stasi haben gesagt, ich sei kriminell, das würde eine Strafe nach sich ziehen, vielleicht Jugendwerkhof, aber sie hätten schon mit der Kripo besprochen, meinen Fall einzustellen, aber nur unter der Bedingung, dass ich was Positives für den Staat leiste, und so verpflichteten sie mich zwangsweise zu einem 10-jährigen NVA-Dienst. Als ich meine Erklärung unterschrieben hatte, war ich ein freier Mensch. Später habe ich versucht, meine Verpflichtung zu lösen. Meine Eltern haben aber gleich wieder Theater wegen ihrer Karriere gemacht und im WKK konnte ich gerade noch die Kurve kriegen, damit ich keine Probleme bekam. Also habe ich mir überlegt, wie ich von der NVA unbeschadet wegkomme. Weil ich nicht als Staatsfeind behandelt werden wollte, bin ich gleich mit 18 Jahren in die SED. Das soll mir helfen, die Armee so unbeschadet zu verlassen, dass ich hinterher noch studieren kann. Das heißt, ich muss in Ehren entlassen werden! So, nun könnt ihr mir helfen oder mich verpfeifen.«

Der Oberleutnant Spitz war mit dem Anfang meiner Erzählung ziemlich verspannt. Danach entwickelte er zunehmend in seiner Persönlichkeit den Privatmenschen Markus. In dieser Eigenschaft meinte er zu mir: »Verpfiffen wird hier niemand! Das ist schon eine harte Geschichte, aber dich lässt hier niemand freiwillig weg!«

Der Feldwebel Jens Kretschmar stimmte ihm zu: »Markus, weißt du noch, wie das bei mir war, mich haben sie auch nicht weggelassen! Im Gegenteil, ich müsste schon längst Oberfeldwebel sein, wenn du einmal bei denen unten durch bist, machen die dich fertig!«

Der Markus sagte zu mir: »Weißt du Falk, ich habe auch manchmal die Schnauze voll und muss trotzdem meine 25 Jahre abschruppen, keine Chance!«

Der Markus fragte, wie sie mir da überhaupt helfen können.

Ich erläuterte es ihnen: »Ihr braucht eigentlich gar nichts weiter zu machen! Das Ganze dauert maximal fünf Minuten! Ihr geht einfach morgen, bitte unbedingt morgen, bis 11 Uhr, und zwar unabhängig voneinander, zum Kommandeur der TAS und sagt, dass wir hier Skat gespielt, ein bisschen Alkohol getrunken haben, und danach bin ich euch an die Wäsche gegangen! Es wäre euch sehr peinlich und ihr müsstet einfach nur ein besonderes Vorkommnis melden. Aber ihr dürft beide offiziell nichts voneinander wissen, weil ich euch nur dann sexuell belästigt habe, wenn einer von euch auf der Toilette war. Demzufolge könnt ihr euch nicht abgesprochen haben, ihr wisst ja nichts vom Anderen. Somit könnt ihr dem Major erzählen, was euch gerade in den Sinn kommt. Da muss überhaupt nichts untereinander abgesprochen werden, gar nichts, einfach live. Der Major wird sagen, macht einen kurzen schriftlichen Bericht. Auf den schreibt ihr, dass ihr wegen meiner Neigung ab sofort mit mir nichts mehr privat zu tun haben wollt. Das bedeutet, dass wir uns heute zum ersten und letzten Mal in der Form gesehen haben! Wie es bei mir weitergeht, das werde ich selber sehen! Wenn ich zum Kommandeur zitiert werde, muss ich kleinlaut alles zugeben und mich weigern zu äußern, was im Detail ablief. Damit kann niemals zwischen unseren Aussagen eine Verstrickung entstehen. Ich sage denen nur, dass es mir leidtut, es habe mich mal wieder überkommen, ich wäre so einsam hier und auf der Suche nach einem Freund. Dann kann der Major meinetwegen auch noch meine Entschuldigung erhalten. Mehr wird der aber auch nicht wissen wollen. So wie ich den ein paar Mal gesehen habe, wird der sich vor mir ekeln. Ich kann nicht viel im Voraus planen. Ich muss dann von Tag zu Tag entscheiden. Das Einzige, was ich wirklich brauche, ist dieser kleine Anschub von euch. Der Rest ergibt sich spontan. Und noch was, ihr müsst möglichst euren Kumpels davon berichten, um sie vor mir zu warnen. Je mehr Leute über mich Bescheid wissen, desto größere Probleme bekomme ich und somit auch der Kommandeur. Erst wenn ich öffentlich als Skandal bekannt bin, schade ich als Schwuler dem Ansehen der NVA. Die werden dann daran interessiert sein, mich loszuwerden. Wenn ich überall bekannt bin, erfolgt das nicht anonym, daraus erhoffe ich mir Schutz, außerdem bin ich ja Parteimitglied. Ich plane, wenn alles optimal läuft, dass ich dann bis Weihnachten zu Hause bin. Helft ihr mir?«

Der Jens hatte sich zwischenzeitlich mehrmals vor Lachen auf die Schenkel geschlagen. Er meinte: »Das dumme Gesicht von dem Alten will ich sehen. Ich mach das, mein Schaden ist das nicht! Ich gehe morgen sofort hin. Das hat der sich verdient, der hält meine Beförderung zurück! Das will ich sehen! Ich bin gespannt, was dann passiert! Markus, was sagst du dazu?«

Der Markus war bedächtig: »Ich gehe auf keinen Fall hin, ich könnte höchstens anrufen. Aber sag mal, du weißt schon, wir sind hier nicht mehr bei der Wehrmacht, wo du gleich ausgemustert wirst. Ich sehe nicht, dass du Weihnachten zu Hause bist! Was denkst du denn, was da auf dich zukommt! Bevor die dich ziehen lassen, müssen ganz andere Dinge geschehen, abgesehen von deinem Ruf, du wirst überall abgestempelt sein! Es haben schon viele so zu tricksen versucht, die sind alle gescheitert und in Schwedt gelandet!«

Ich wusste von Schwedt, es war das Militärgefängnis der NVA. Es gab zwei Kompanien einer Disziplinareinheit und drei Kompanien für Straffällige mit kriminellem Hintergrund. Ich antwortete: »Das ist mir alles klar! Aber mein Plan funktioniert! Das Einzige, was ich brauche, sind viele unabhängige Belastungsmomente und Zeugen. Wenn ich einmal im Visier bin, kann ich mit niemandem mehr darüber reden, denn so wie heute wird das niemals wieder möglich sein, dann muss ich eben zur Not wirklich jemandem an die Wäsche gehen, aber jedes Vorkommnis wird sich addieren. Ihr werdet sehen, wenn ich das dritte Mal zum Major zitiert werde, weil ich wegen meiner gesundheitlichen Neigung nicht zu zügeln bin, dann kapiert der das schon und entlässt mich. Wenn nicht, bekommt er von mir so einen großen Ärger, dass er gar nicht mehr anders kann! Wenn ihr zwei den Anfang macht, ein Oberleutnant der Offiziershochschule und ein Feldwebel von den Fallschirmern, dann ist das absolut glaubhaft! Wenn ich es geschafft habe und hier raus bin, und ich komme zu 100 % raus, gehen wir dann irgendwann mal einen zusammen saufen, aber das kann Jahre dauern, viele Jahre! Die Sache muss längst vergessen sein! Ich brauche hinterher keinen Ärger und ihr erst Recht nicht, ihr dient ja noch lange. Ich würde mich aber wirklich bedanken, ich finde euch schon!«

Der Jens sagte: »Mensch Markus, wenn der Falk das macht, dann muss er wissen, wer bei der Staatssicherheit ist!«

Der Markus antwortete: »Die kenne ich doch auch nicht alle!«

Danach gab Markus sein Okay: »Na gut, ich mach es, aber pass in Zukunft ja auf. Ich rufe morgen bis 11 Uhr bei eurem Kommandeur an und erstatte Meldung wie abgesprochen, und danach hat sich für mich die Sache erledigt. Damit wünsche ich dir nur noch viel Glück, ich kenne dich hinterher nicht mehr!«

Der Jens ergänzte: »Ich gehe persönlich zum Alten, bis 11 Uhr, das ist kein Problem. Wir arbeiten ja zusammen in der Halle, reden können wir darüber nicht, aber ich rauche doch in der Umkleide von den Mechanikern öfters mal eine Zigarette, da sehen wir uns und wenn ich dir zunicke, heißt das, ich war dort, einverstanden?«

Ich sagte: »Oh danke, das ist klasse, ich bin euch so dankbar, ich kann euch gar nicht sagen, wie! Vielen Dank noch mal, aber wie bekomme ich Rückmeldung, ob der Markus den Kommandeur erreicht hat?«

Der Markus sagte gleich, dass er nach dem Telefonat in der Werkstatt der Fallschirmspringer anruft, und wenn er den Jens an der Strippe hat, gibt er als verschlüsseltes Zeichen den Satz von sich, dass er keine Lust mehr hat, mit dem Falk Skat zu spielen. Offener kann er am Telefon nicht sprechen, schließlich weiß keiner, welches Telefon gerade abgehört wird. Nach diesem Anruf kann der Jens mir dann zweimal hintereinander zunicken und das heißt, beide Aufträge sind erfüllt.

Als wir uns verabschiedeten, erhielt ich vom Jens noch diesen wichtigen Hinweis: »Bei uns läuft ein Oberfeldwebel rum, der ist auf alle Fälle bei der Stasi. Der ist überall, wo es Probleme gibt. Ich nicke dir zu, wenn er zu uns in die Halle kommt. Wenn ich nicht da bin, erkennst du ihn aber auch von alleine, er ist sehr schmal, mittelgroß, tut auf schüchtern, unterhält sich nur mit den höheren Diensträngen und, was ja bei den Rangunterschieden völlig unlogisch ist, die hohen Offiziere grüßen ihn überall zuerst.«

40. Geoutet

Als ich um zwei Uhr früh in mein Zimmer kam, schlief Micha Fürstel schon. Mein Wecker stand auf 7.00 Uhr. Nachdem ich im Hauptgebäude gefrühstückt hatte, ging ich gleich zur Flugzeughalle. Pünktlich um 8.00 Uhr begann ich meinen Dienst. Die Umkleideräume der Flugzeugwarte befanden sich auf der Empore. Von oben gab es eine gute Übersicht. Bei zwei Maschinen stand eine Durchsicht an. Beide standen in der Halle, ansonsten normaler Flugbetrieb. Die Arbeiten würden erst nach einem Kaffee beginnen. Ab 9.45 Uhr würden die Offiziersschüler mit ihren Ausbildern kommen. Bis dahin hatte ich die Anna 257 einsatzbereit zu machen.

Fürstel und Uffz. Geller war schon umgezogen. Stabsfeldwebel Barthel und Oberfeldwebel Kunze schlürften ihren Muntermacher. Ich war als sehr ruhig und zurückhaltend bekannt. Leutnant Hesse gab uns ein paar Hinweise zum Tagesablauf. Ich erhielt die Schlüssel und Dokumentationsunterlagen meiner »Anna«. Wir verglichen die Start- und Landezeiten. Meine Maschine war gestern als letzte reingekommen, sie musste aufgetankt werden. Ich machte mich auf den Weg.

Unten in der Halle befanden sich die Materialausgabe und der Bereich von Feldwebel Jens Kretschmar. Er würde bestimmt schon mit seinen Fallschirmen zu tun haben. Reinzugehen und Guten Morgen zu sagen, das war nach der gestrigen Strategie nicht mehr möglich. Ich ging davon aus, dass er sein Wort hält. Die großen Tore der Halle, die sich nur mit mehreren Personen schieben ließen, waren schon offen. Das hatten die Mechaniker erledigt. Ihre Spinde waren im Erdgeschoss. Kämmerling, Zickler und ein paar andere zogen sich gerade um. Gemeinsam gingen wir auf das Rollfeld.

Die Abstellflächen unserer Maschinen waren direkt daneben. Das Tankfahrzeug wartete schon. Ich schloss mein Flugzeug auf, führte meinen technischen Rundgang durch: Höhenruder, Seitenruder, Fahrwerk und Rumpf. Ich hängte das Töpfchen ab, in das über Nacht ein bisschen Öl getröpfelt war, und winkte den Tanker ran. Die Tanks befanden sich in den oberen Tragflächen. In 4 Metern Höhe öffnete ich die Einfüllstutzen. Die sechs Behälter fassten 1.200 Liter. Getankt wurde FOK 98. Die Oktanzahl definiert das Maß für die Klopffestigkeit des Kraftstoffes. In der Kabine ließ ich den Motor tuckern. Nachdem die Betriebstemperatur erreicht war, gab ich Vollgas und kontrollierte die Armaturen. Alle Messwerte lagen in den Toleranzen. Mit meiner Unterschrift zeichnete ich im Dokumentationsmaterial ab, dass die »Anna« startklar wäre.

Der Fluglehrer stand schon mit seinem Schüler bereit. Nach der Übergabe setzte ich meine Ohrschützer auf und wartete, bis die Piloten ihren Probelauf absolviert hatten. Auf ihr Zeichen räumte ich die Bremsklötzer weg. Nach einem kurzen Moment gab ich die Maschine frei. Als meine 257 auf der Rollbahn war, verließ Nummer 259 ihren Stellplatz und reihte sich hinten an. Inzwischen waren Nummer 251 und 254 bereits an der Start- und Landebahn. Sie warteten auf ihren Befehl. Nachdem die halbe Staffel in der Luft war, würden wir uns alle in der Halle treffen. Das Wetter war zu unfreundlich. Die Flugzeiten variierten. Es gab viele Kurzeinsätze, besonders beim Nachtflug. Je länger die Piloten in der Luft waren, 60 Minuten und 1 ½ Stunden, desto größer war meine freie Zeit.

Auf meinem Rückweg sah ich zum Fenster, wo das Fallschirmlager war. Der Jens hatte den vollen Überblick, er konnte mich jederzeit abfangen. Die Flugzeugwarte nahmen alle die Empore. Ich setzte mich aber unten in den Aufenthaltsraum der Mechaniker. Diese verbrachten hier ihre Wartezeit gemütlich mit Lesematerialien und einem Kaffee. Ich rauchte meine Zigarette. Kämmerling und Zickler holten Würfel und Becher raus. Dann kam endlich der Jens rein. Er gab einen allgemeinen Gruß von sich, setzte sich mir gegenüber auf die lange Bank und zündete sich eine Zigarette an. Er schwieg und würdigte mich keines Blickes. Ich wusste, wenn er geraucht hatte, würde ich mehr wissen. Als er sicher war, dass uns niemand beachtete, schauten wir uns kurz an. Er nickte ein Mal. Als er seinen Stummel ausgedrückt hatte, erhob er sich wortlos und ging. Ich war unendlich dankbar! Er hatte sein Wort gehalten. Nun wartete ich noch auf ein Zeichen von Markus. Das müsste mir Jens durch ein zweimaliges Nicken geben. Bis zum Eintreffen meiner 257 blieb ich an der frischen Luft. Nervosität hatte mich erfasst. Um nicht auf dem Abstellplatz hoch- und runterzulaufen, setzte ich mich abseits und rauchte. Ich betrachtete den Himmel, wo die Maschinen kreisten. Der Flugplan war strikt einzuhalten. Eher kam nur einer rein, wenn es irgendwelche Probleme gab.

Von der Leitstelle hörte ich über Lautsprecher die Stimme von Oberleutnant Fuchs:»Achtung, Achtung, 251, 254 und 257 kommen zur Landung. Ich wiederhole, 251, 254 und 257 kommen zur Landung. Fertigmachen zur Übernahme!«

Ich sah in der Einflugschneise, wie die 251 einschwebte. Die 254 hatte dahinter auch schon beträchtlich an Höhe verloren. Meine 257 drosselte gerade ihre Geschwindigkeit. Nachdem ich mein Flugzeug auf dem Stellplatz eingewiesen hatte, übergab mir der Pilot die Maschine. Ich machte alle Kontrollen für den sofortigen Neustart. Der nächste Offiziersschüler wartete bereits auf seine Unterrichtsstunde.

Bis mein Flugplan die große Mittagspause vorsah, ist mir der Feldwebel Kretschmar nicht mehr zu Gesicht gekommen. Die Küche hatte Schnitzel mit Kartoffeln und Mischgemüse geliefert. Ich aß standesgemäß oben. Mit der Zigarette danach hoffte ich, dass der Jens sich hier oben blicken lässt. Das tat er auch. Ich war wieder im Stillen sehr dankbar. Während er eine Unterhaltung mit unserem Stabsfeldwebel Barthel führte, ergab sich ein guter Augenblick. Leider schüttelte er nur den Kopf und zog dann ein bedauerndes Gesicht.

Ich nickte bestätigend und ging wortlos. Mein nächster Flug stand an. Ich war ziemlich unruhig und wusste nicht, was passiert war. Dem Kretschmar erging es bestimmt auch nicht besser.

Ich sagte mir aber, die zwei waren so dicke Freunde, wenn der Spitz nicht Wort hält, dann ist diese Beziehung gefährdet, und das wird keiner der beiden wollen. Es muss also irgendetwas dazwischengekommen sein, was ich nicht wusste. Dieser Gedankengang beruhigte mich. Zudem fiel mir ein, bei der nächsten Kontaktaufnahme würde der Oberfeldwebel bestimmt nicht schon wieder hoch zu uns Flugzeugwarten kommen. Unten bei den Mechanikern könnte er eher auftauchen. Vielleicht kann ich ihn auch in der Halle vor seiner Fallschirmbude abpassen.

In den Pausen danach hielt ich mich in der Halle auf, wo die großen Inspektionen liefen. Wenn ich hier zuschaute, entsprach das einem lernwilligen jungen Flugzeugwart. Das wurde auch gleich wohlwollend registriert. Ich erhielt viele technische Auskünfte. Meine Aufnahmefähigkeit war mäßig. Da ich nicht ständig zu den Fallschirmspringern sehen konnte, konzentrierte ich mich auf die Türgeräusche.

Endlich ließ sich Jens blicken. Er ging zur Werkzeugausgabe. Das war eine gute Idee. Ich folgte ihm, auch ich benötigte plötzlich etwas. Wir waren die Einzigen am Stand mit dem Schalterfenster. Wir würdigten uns keines Blickes. Nachdem er dem diensthabenden Uffz. einige Instruktionen gegeben hatte, wo er nicht gleich verstand, welche Teile benötigt werden, schickte er ihn in den hinteren Bereich des Lagers, von wo alsbald zu hören war, dass er diese Spezialitäten nicht findet. Der Feldwebel Kretschmar rief lautstark: »Nimm dir mal die Leiter! Schau ganz oben nach! Ach was, warte auf mich, ich komme rein!« Als er redete und die Tür von innen durch den offenen Schalter öffnete, raunte er mir zu: »Es ist alles klargegangen, der Markus hatte vorher keine Zeit. Der Kommandeur hat Info! Viel Glück, du Verrückter! Geh mir die nächste Zeit aus dem Weg, ich muss heute noch Bericht schreiben! Aber ich freu mich schon!« Danach grinste er mich noch kurz innen von der Werkzeugausgabe an und verschwand.

Ich setzte mich erst einmal erleichtert auf die daneben stehende Bank und atmete tief durch. Ich war heilfroh. Bis jetzt lief alles optimal.

41. Rapport

Als ich am nächsten Tag zu meinem Spind wollte, standen der Flugleiter Hauptmann Stampe und die Offiziere Fuchs und Hesse auf der Empore vor ihren Büros. Der Aufenthaltsraum von uns Flugzeugwarten lag auf demselben Gang. Sie waren in einer angespannten Unterhaltung. Als sie mich wahrnahmen, versagten sie meinen Blickkontakt. Das war sonst nie der Fall gewesen. Demzufolge muss ich Gesprächsstoff gewesen sein. Wie üblich, seit ich Flugzeugwart war, beim Aufeinandertreffen ohne Ehrenbezeichnung, wünschte ich zurückhaltend einen Guten Morgen. Der Hauptmann Stampe nickte leicht, die Ingenieure erwiderten verhalten meinen Gruß. Damit war ich mir sicher, der Kommandeur hatte unseren Flugleiter informiert und er war gerade dabei, sich mit beiden technischen Offizieren darüber zu beraten. Das war für mich eine sehr gute Nachricht.

Nach kurzer Zeit kam Leutnant Hesse, um mir den Ablauf für den heutigen Tag mitzuteilen. Darüber hinaus informierte er mich, ich hätte heute um 11.30 Uhr einen Termin beim Kommandeur. Ich nickte kurz und schwieg. Obwohl es mich freute, zitterte ich insgeheim. Eine tiefe Ungewissheit machte sich bedenklich breit. Meine Nervosität stieg von Stunde zu Stunde.

Als ich bei den Mechanikern meine Zigarette rauchte, gesellte sich Jens Kretschmar zu uns. Alle waren mit Kreuzworträtseln beschäftigt. Unbemerkt schrieb ich auf einen kleinen Zettel: »Habe um 11.30 Uhr Termin, danke!« Der Jens ahnte schon, dass meine paar Zeilen Informationen für ihn waren. In einem günstigen Moment ließ ich sie kurz sehen. Als er gelesen hatte, verabschiedete er sich: »Meine Herren, auf mich wartet die Pflicht!« Er grinste mir aufmunternd zu und schob sich durch die Tür.

Punkt 11.30 Uhr klopfte ich in der Offiziersbaracke an die Tür des Kommandeurs. Sie ging auf. Ein schmächtiger Oberfeldwebel, der mich kurz taxierte, war gerade im Gehen. Wir gaben uns die Klinke in die Hand und ich wusste, das konnte nur der besagte Oberfeldwebel sein, der sich von den Offizieren zuerst grüßen ließ, also die Staatssicherheit.

Nach meinem Eintreten gab ich Ehrenbezeugung: »Genosse Major, Unteroffizier Geyer meldet sich zur Stelle!«

Er stand hinter seinem Schreibtisch und verwies mich auf den Stuhl davor. Er wirkte gefasst, aber etwas ratlos. Seine Stimme war gesenkt, abwartend, etwas Gefährliches lag im Ton. Er sprach sehr langsam und mit großen Pausen: »Genosse Geyer, Sie sind noch nicht lange da. Ich habe über Sie keine gute Rückmeldung. Können Sie sich vorstellen, um was es da geht?« Als ich etwas verlegen bejahte, sah er mich fest an und wartete: »Was sagen Sie dazu?«

Ich zögerte meine Antwort hinaus: »Ja, das stimmt, es ist eben passiert. Ich wollte das nicht.«

Danach entstand eine längere Pause. Er fixierte mich erneut und ich senkte den Blick.

Leise fragte er: »Wissen Sie schon, wie das jetzt weitergehen soll?«

Mich drängte nichts, er konnte noch ein bisschen warten. Dann antwortete ich: »Ganz normal eben, ich kümmere mich um mein Flugzeug, wie immer, das mache ich ja ordentlich.«

Er stand immer noch, drehte sich zum Fenster und sah im Sprechen hinaus: »Man sagte mir, Sie machen Ihre Arbeit gut?«

Dazu schwieg ich. Das war keine richtige Frage. Ich wertete das als Feststellung. Zu mir gedreht, bemerkte ich, von seiner Nase aufwärts zur Stirn bildete sich bei ihm vertikal eine tiefe Falte, seine Augen wirkten leer. Dann setzte er sich hinter seinen Schreibtisch. Er verstummte und wirkte nachdenklich. Sein kleiner Finger tippte dabei ununterbrochen auf die Schreibtischplatte. Sein Blick wurde klar und entschlossen, jetzt hatte er sich also gedanklich gefunden. Abrupt beendete er das Gespräch: »Melden Sie sich wieder zu Ihrem Dienst.«

Ich stand auf: »Genosse Major, gestatten Sie, dass ich wegtrete?« Er nickte.

Feldwebel Jens Kretschmar wollte natürlich wissen, wie es beim Kommandeur gelaufen war. Er passte mich in einem geeigneten Moment ab.

Ich sagte: »Bei mir läuft es nach Plan, der hat eure Geschichte gekauft. Vielen Dank! Es gab keine großen Fragen, er wollte nur wissen, ob es stimmt.« Der Kretschmar nickte. Ich fragte ihn: »Mit wem hast du darüber gesprochen?«

Er antwortete: »Der Stampe hat mich gleich zu sich gerufen und wollte es auch noch mal persönlich von mir hören. Seine Offiziere, der Fuchs und Hesse, die sind garantiert informiert!« Er grinste verschwörerisch und wollte wieder gehen.

Ich hielt ihn zurück: »Du musst es jetzt jemandem erzählen, der seinen Mund nicht hält, unbedingt heute noch, das ist wegen der Schockverarbeitung, nur heute zählt, verstehst du? Ab morgen sieht das blöd aus! Kannst du das machen, klappt das?«

Er antwortete: »Das geht klar, ich weiß auch schon, wem. Ich mach jetzt los, zusammen darf man uns ja nicht sehen.«

Die nächsten Tage überprüfte ich, wer von unserer Staffel bereits informiert war. Unsere Offiziere, Fuchs und Hesse, hatten mit den Dienstältesten der Flugzeugwarte gesprochen. Stabsfeldwebel Barthel und Oberfeldwebel Kunze waren beim Mittagessen sichtlich irritiert. Sie würden bestimmt Unterfeldwebel Dippel warnen. Dippel erzählte sich mit Gellert immer die neuesten Witze und dem Gellert war der Micha Fürstel hörig. Demnach würden es alle garantiert bald wissen.

Schon am Nachmittag merkte ich, dass jemand mit den Entlassungskandidaten der Flugzeugmechaniker geredet hatte. Der Ulli Schönbaum und der Lutz Knechtel sind nämlich gleich wieder verschwunden, als ich mich unten im Aufenthaltsraum blicken ließ. Ich war sehr interessiert, wie Micha Fürstel heute Abend in der Baracke reagieren würde, schließlich teilten wir uns das Zimmer.

Nach Dienstschluss war ich als Erster in unserer Unterkunft. Ich schnappte mir meinen Hygienebeutel und hielt mich so lange in der

Dusche mit leicht geöffneter Tür auf, bis ich von draußen hörte, dass die Barackentür krachend ins Schloss fiel. So robust behandelte sie nur der Micha, wenn ihm was nicht passte. Gleichzeitig näherten sich mir schlürfende Schritte. Von den Offiziersschülern kam einer zum Duschen. Der wusste von nichts. Also benahm er sich völlig schamlos. Ich auch. Weil den Fürstel heute bestimmt eine große Verunsicherung überfällt, wartete ich nicht zu lange, vielleicht will er ja fluchtartig in die Stadt, verpassen durfte ich ihn auf keinen Fall. Ich suchte die Konfrontation.

Ich trocknete mich bewusst nur halb ab, benutzte mein Handtuch als Lendenschurz und suchte unser Zimmer auf. Als der Micha mich so sah, was bisher unser ganz normaler Umgang war, hat er sich gleich weggedreht und hektisch in seinem Spind gekramt. Da habe ich gleich noch einen daraufgesetzt und gefragt: »Gehst du jetzt auch duschen?« Der Fürstel hätte vor Schreck am liebsten nicht geantwortet, aber ich blieb hartnäckig und baute das Thema aus: »Einer von den Offiziersschülern duscht auch gerade!«

Der Fürstel ließ vor Schreck seine Bürste fallen. Dann fluchte er: »Ach Mensch, das ist doch alles eine Scheiße! Mir reicht es heute! Ich habe schlechte Laune! Meine Maschine kam wieder als letzte rein!« Danach packte er seine zivilen Klamotten und verzog sich in Richtung Dusche, um sich gleich dort umzuziehen. Das hatte er vorher noch nie gemacht.

Als der arme Kerl zurückkam, war er vollständig umgezogen. Ich saß im Trainingsanzug auf dem Bett und las. Er hatte es sehr eilig.

Ich fragte: »Willst du heute noch weg?«

Er antwortete ziemlich verstört: »Ja, und es wird spät werden!«

Danach war er schnell verschwunden. Als er gegen 23.00 Uhr zurückkam, zog er im Dunkeln flink wie nie sein Schlafzeug an. Gut, dachte ich, so wie der nervlich flattert, knöpfe ich mir den als Nächsten vor.

Am nächsten Tag regierte an allen Arbeitsplätzen der Transportfliegerstaffel die totale Unsicherheit. Jeder war demnach top informiert. Keiner wusste genau, wie er sich zu mir verhalten sollte.

Das normalisierte sich erst nach einer Woche. Ich verhielt mich sehr anständig. Überall, wo sich auf der Empore oder im Erdgeschoss gerade jemand umzog, wendete ich mich diskret ab oder ich hatte plötzlich an meiner »Anna« etwas Wichtiges zu erledigen.

Nach zehn Tagen herrschte weitestgehend wieder normaler Alltag. In dieser Zeit begegnete ich dem Oberfeldwebel von der Stasi zwei Mal, ein Mal im Erdgeschoss, wo er bestimmt ein Gespräch mit dem Jens hatte, und das andere Mal auf der Empore. Weil Hauptmann Stampe danach ziemlich erschöpft wirkte, muss es wieder um mich gegangen sein.

Oberleutnant Fuchs und Leutnant Hesse konnten am besten mit der neuen Situation umgehen. Sie taten, als wäre überhaupt nichts geschehen. Fuchs erinnerte mich, dass in der Baracke des Kommandeurs heute Abend die Mitgliederversammlung der SED stattfindet. Ich bedankte mich und bestätigte, pünktlich zu erscheinen.

Die Mitgliederversammlung der SED leitete nicht der Kommandeur, Major Keller, sondern zu meiner anfänglichen Verwunderung ein niedrigerer Dienstrang. Ich wusste zuerst nicht, dass es für eine solche Veranstaltung noch einen Politoffizier gab. Mittlerweile hatte ich das hingenommen, aber was der Mann den lieben langen Tag noch machen müsste, ging mir nicht in den Kopf.

Der Politoffizier quatschte dann über eine Stunde lang genauso hirnlos, wie ich es im Parteischulungszentrum von Dresden-Trachenberge erleben musste. Das schien aber niemanden zu stören. Alle hörten diszipliniert zu. Zu den Anwesenden gehörten auch die Fluglehrer. Aus unserer TAS waren die Hälfte der Genossen Mitglieder der SED. Der Jens gehörte nicht dazu. Wenn er Genosse gewesen wäre, würde er garantiert schon lange Oberfeldwebel sein.

Ich bemühte mich, einen unauffälligen Eindruck zu machen. Mein Blick ging öfters aus dem Fenster, zur Wiese, wo sich gerade eine Elster etwas Essbares schnappte. Ein Eichhörnchen kletterte lustig im Geäst durch die Bäume. Der nächste Herbststurm würde die bunte Blätterpracht entzaubern.

Ich konzentrierte mich wahrzunehmen, was sich in den Köpfen der Genossen abspielte. Unser Kommandeur saß regungslos da und schien in Gedanken woanders zu sein. Die Ansprachen des Redners gingen an ihm ebenso vorbei wie an mir. Ich meldete mich nicht zu Wort und war froh, dass niemand von mir etwas wollte. Diese Gesellschaft war nichts für mich. Ich fühlte mich unwohl und bemühte mich, einen sinnvollen Gesichtsausdruck zu machen. Zum Glück, dachte ich, arbeitete ich ja bereits an meiner Entlassung.

42. Traumata

Mein Zusammenleben im Zimmer mit Fürstel gestaltete sich nun so, dass entweder er abends nicht da war oder ich. Als ich den Entschluss fasste, Stufe zwei zu zünden, setzte ich mich erst einmal auf dem Marktplatz in eine Gaststätte. Nach zwei Bier und zwei Schoppen Wermut fand ich mich mutig genug, um mir den Fürstel heute Abend vorzuknöpfen. Das würde bestimmt eine leichte Aufgabe werden, schließlich wartete er ja schon förmlich darauf, dass ich ihm sexuell etwas Schlimmes antue. Um sicherzugehen, dass er schon in seinem Bett lag, wartete ich noch bis 23.30 Uhr. Dann verließ ich, mit dem Alkohol ermutigt, das Lokal. Ich war innerlich unsicher, ängstlich, aber gleichzeitig beherrscht vom Tatendrang und total aufgewühlt. Mir war zum Weinen und Lachen zugleich.

Leise betrat ich unser Zimmer. Ich knipste meine Nachttischlampe an. Der Micha hat sich sogleich zur Wand gedreht. Das war mir sehr recht. In Ruhe zog ich mich aus. Danach tat ich ein bisschen so, als würde ich sehr unschlüssig sein und nicht genau wissen, ob ich um diese Zeit ins Bett gehöre. An der Verspanntheit vom Micha, der die gesamte Zeit nicht zuckte und selbst eine wach gewordene Fliege über sein Ohr krabbeln ließ, erkannte ich, dass die Situation günstig war. Ich ließ das gedämpfte Licht an und trat ganz leise an sein Bett. Dann stupste ich ihn mal kurz an der Schulter: »Micha, Micha, bist du noch wach?« Er antwortete und regte sich nicht. Mehr wollte ich nicht. Ich musste es ja nicht übertreiben, schließlich schien der arme Kerl bereits das Atmen eingestellt zu haben. Das fand ich gut und es machte mir Mut. Jetzt murmelte ich, dass er es gerade noch hören musste: »Ach, nein, jetzt schläft der schon, das habe ich mir nicht so gedacht!« Danach ließ ich ihm und mir Zeit.

Die Fliege untersuchte jetzt bei Fürstel das Innere seiner Hörmuschel. Ich staunte, was der Micha für eine Selbstbeherrschung hatte. Die Fliege kam mir gelegen. Ich tat besorgt und wedelte mit der Hand, damit sie den Fürstel nicht mehr störte. Ich nahm an, dass der Micha mir dafür dankbar war, und flüsterte im Monolog:»Schlaf schön, so eine blöde Fliege, die ist jetzt weg, na ja, ich hätte eher da sein müssen, vielleicht beim nächsten Mal.« Weil sich meine gedämpfte Stimme dabei zuletzt verbiegen musste, um nicht gleichzeitig vor Aufregung zu zittern oder kräftigst loszulachen, war ich froh, dass ich mich jetzt wieder entfernen konnte. Außerdem musste ich dem Micha ermöglichen, dass er richtig Luft holt. Ich verließ dazu das Zimmer und verschwand unter der Dusche.

Als ich zurückkam, ging ich davon aus, dass Fürstel noch nicht gestorben war. Ich hing langsam meine Sachen weg, zog meinen Schlafanzug an und überlegte, wie es weitergehen soll. Auf alle Fälle könnte ein leiser Stöhnlaut von mir nicht schaden. Weil ich beim Gedanken daran beinahe zum Lachen kam, kanalisierte ich diese angestaute Luft sofort über meinen spitzen Mund zu Geräuschen, wie ich sie noch nie vorher produziert hatte. Das klang wie eine Dampflok, bei der etwas nicht rundläuft. Das reichte mir jetzt selbst, mehr wäre übertrieben. Ich wünschte dem lieben Fürstelchen gut hörbar mit einem kleinen Stöhner noch eine Gute Nacht und löschte das Licht. Danach lag ich noch wach.

Ich überlegte, ob der Micha bei seiner Leichenstarre genug Magnesium hätte, um nicht krampfanfällig zu werden. Im Dunkeln ging es mir wesentlich besser. Meine Gesichtszüge entspannten sich mit einem kleinen Lächeln. Als ich nicht einschlafen konnte, war ich plötzlich fest davon überzeugt, dass ich es heute nicht bei dieser halbherzigen Sache belassen dürfte. So gelähmt würde ich den Micha nicht so schnell wieder hinbekommen. Also müsste ich mich jetzt anpirschen und noch handgreiflich werden. Weil ich in dieser Vorstellungskraft fast wieder lachen musste und mir nicht klar war, was mit meiner angestauten Luft ansonsten passieren würde, konnte ich noch einmal die kaputte Dampflok machen. Dann machte ich mich auf, um den Fürstel zu erledigen. Hoffentlich knallte er mir keine!

Weil unser Holzfußboden immer genau Laut gab, an welcher Stelle er gerade beansprucht wird, setzte ich meine Schritte ganz langsam und bedächtig. Die Dielung meldete sich an den bestimmten Punkten überall erwartungsgemäß. Noch so ein Geräusch und ich stand beim Micha am Bett.

Ich flüsterte ihm zu: »Micha, bist du wach, ich will in dein Bett!« Der Micha starb jetzt bestimmt tausend Tode. Weil er immer noch überhaupt nicht reagierte, machte ich weiter: »Micha, ich komm jetzt rein!« Meine Hand versuchte jetzt kurze Zeit, sich Zentimeter um Zentimeter in Rückenhöhe unter seiner Steppdecke einzugraben. Dann unterließ ich das. Mir war nun nicht mehr zum Lachen, der Fürstel sollte jetzt gefälligst was sagen, damit ich endlich erlöst bin! Weil der Micha weiter stur liegen blieb, war ich wieder am Zug. Ich flüsterte: »Ich wusste, dass es bei dir schön warm ist.«

Jetzt, jetzt endlich hatte der Micha genug. Ohne sich ganz umzudrehen, zappelte er plötzlich wie wild rum, klemmte sich seine Steppdecke noch enger unter den Körper und fluchte, als wäre er noch im Halbschlaf: »Lass mich bloß in Ruhe! Verschwinde, hau schon ab!«

Mit diesem Lebenszeichen war meine Mission beendet. Ich bin gleich besonders laut trampelnd, wie fluchtartig, über die knarrenden Dielen zurück in mein Bett. Hier habe ich mir schnell die Decke an den Mund gehalten, um mein wieder hochkommendes Lachen zu unterbinden.

Als ich meine Atmung wieder kontrollieren konnte, begann ich gedanklich, wütend zu werden: »Du blödes Arschloch! Warum hat der mich so lange zappeln lassen! Bei mir gibt es nichts auszutesten, das mach ich selber!« Danach beherrschte mich ein zwiespältiges Gefühl von Scham, so ein harter Aufwand, alles eine höchst unangenehme Sache. Wenn sich mein Einsatz nicht lohnt, dann werde ich sauer, morgen will ich den Fürstel höchstpersönlich mit einer großen Beschwerde beim Kommandeur sehen, und zwar mit der dringlichsten Bitte, sofort ausziehen zu können! Das macht der, das muss er machen, ich kann mich da nicht irren!

Ich wartete lange, bis ich mich beruhigt hatte. Die Gedanken kreisten. Wenn ich christlich erzogen worden wäre, hätte ich ein Gebet an den lieben Gott geschickt.

43. Psychologie

In dieser Nacht konnte ich vor Aufregung kaum schlafen. Früh blieb ich noch eine Weile diskret zur Wand gedreht im Bett. Der Micha Fürstel sollte nach dem nächtlichen Schock wenigstens in Ruhe aufstehen können. Er hatte es dann höchst eilig, er wirkte hektisch, zerfahren und übernervös. Dafür bekam er von mir vollstes Verständnis.

Als ich mein Frühstück im Hauptgebäude einnahm, überlegte ich, was mir heute alles bevorstehen könnte. Mit Wehmut schaute ich einigen Soldaten von der Feuerwehr beim Essen zu. Sie kannten alle ihren Entlassungstermin und wussten, was ihnen die Zukunft bringt.

Auf dem Flugplatz bin ich mit einem unbestimmten Erwarten die Empore hoch in unsere Umkleide gegangen. Die Gespräche verstummten sofort. Das war mir eine logische Konsequenz. Nachdem, was der Micha diese Nacht mit mir erleben musste, ging das absolut in Ordnung. Als Oberleutnant Fuchs mit mir wieder den Einsatzplan meiner Maschine durchsprach, erfolgte das im ganz normalen Ton. Die Offiziere wussten demnach noch nichts.

Während der Pausen des Flugbetriebes bemerkte ich, dass es in der Stimmungslage der gesamten oberen Etage eine zunehmende Veränderung gegeben hatte. Alle gingen mir heute bewusst aus dem Weg. Das bekam mir gut. Ruhe benötigte ich dringend! Den Fürstel konnte ich nirgendwo entdecken. Das wertete ich als positives Zeichen. Seine Maschine hatte einer der anderen Flugzeugmechaniker übernommen. Eine so gravierende Dienständerung konnte nur der Flugleiter höchstpersönlich mit seinen Offizieren besprochen haben. Demnach war der Micha bei ihnen gewesen und hatte sie mit allen neuen Informationen versorgt. Hoffentlich haben sie den Fürstel gleich zum Kommandeur geschickt. Nach dem Mittagessen tauchte der Micha immer noch nicht auf. Mir war das die beste Lösung. Sollte er ruhig frei bekommen, desto ernster würden seine Darlegungen gewertet.

Zum Nachmittag breitete sich die angespannte Atmosphäre auch unter den Mechanikern aus. Das bedeutete, dass ihnen bereits der Buschfunk die neueste Kunde vermittelt hatte. In der Halle flitzte der Feldwebel Jens Kretschmar sehr geschäftig an mir vorbei. Ich sah, dass er den Daumen zum Zeichen erhoben hatte, was bedeutete, dass ich einen vollen Erfolg eingefahren hatte. Ich war mit der Situation komplett zufrieden. Niemand hatte mich blöd angeschaut, keiner ein dummes Wort fallen lassen. Wie hinter meinem Rücken geredet würde, interessierte mich nicht.

Als die letzten Maschinen zum Feierabend reinkamen, informierte mich Leutnant Hesse mit betonter Sachlichkeit, dass ich mich nach Feierabend beim Spieß in der Baracke melden solle. Ich bedankte mich und fragte mich im Stillen, was der Fähnrich mit mir zu tun hat und um was es sich handeln könnte. Ich rechnete mit allem und nichts. Am liebsten wäre es mir natürlich gewesen, ich könnte mir bei ihm die Entlassungspapiere abholen, aber das wäre eine Illusion gewesen.

Mit Dienstende habe ich mein Abendbrot im Hauptgebäude etwas länger ausgedehnt. Ich hatte heute keine Lust, den Micha im Zimmer anzutreffen. Ich hoffte, dass er schon im Ausgang wäre. Als ich mich beim Spieß melden wollte, war der schon zu Hause. Der UvD unterbrach sofort sein Gespräch mit Kämmerling und Zickler. Er überreichte mir wortlos einen offenen Umschlag.

Ich ging etwas abseits und schaute gleich nach. Es handelte sich um einen Marschbefehl. Der Termin hatte noch Zeit. Als Bestimmungsort war Königsbrück angegeben, das Institut für Luftfahrtmedizin der NVA. Diese Einrichtung war seit dem 26. August 1978 sehr bekannt. An diesem Tag flog der Diplom-Militärwissenschaftler Sigmund Jähn als Kosmonaut der DDR in der sowjetischen Sojus 31 zusammen mit Waleri Fjodorowitsch Bykowski zur sowjetischen Orbitalstation Saljut-6. Bei einer Einsatzdauer von fast 8 Tagen wurden 125 Erdumkreisungen gezählt.

Die gesamte medizinische Vorbereitung erfolgte in Königsbrück. Ebenso erhielten hier alle NVA-Piloten und Fallschirmjäger ihre Bestätigung zur Flugtauglichkeit. Ich hatte mich im Haus 14 im Zimmer 361 um 11.00 Uhr im fachärztlichen Sektor der Psychologie einzufinden.

Als ich das las, blieb mir fast das Herz stehen. Königsbrück und Gräfenhain, hier war ich eigentlich zu Hause. Unter diesen Umständen würde ich also meine alte Heimat wiedersehen. Der UvD, Kämmerling und Zickler sahen mich erwartungsvoll an. Ich schwieg und dachte: Gut, dass es ein offener Umschlag war, sie würden bestimmt um den Inhalt wissen. Sie fragten mich aber nichts und ich hatte auch nichts dazu zu sagen. Trotzdem waren beide nicht umsonst in der Stube. Somit war gut dafür gesorgt, dass ich weiterhin im Gespräch blieb. Ich bedankte mich und ging.

Auf dem Weg zur letzten Baracke wurde mir durch diesen Marschbefehl klar, mein entsetzter Micha Fürstel wurde von Hauptmann Stampe sofort zum Kommandeur, Major Keller, geschickt. Nach diesem Gespräch muss Keller sich gleich mit der Staatssicherheit beraten haben. Per Telefon ist dann der Termin beim Institut für Luftfahrtmedizin ausgemacht worden. Das würde bedeuten, dass ich demnächst hier wahrscheinlich keinen Gesprächstermin mehr hätte, logischerweise würden alle abwarten, bis ihnen von Königsbrück ein entsprechender Bericht vorliegt.

Mit Freude und unglücklich zugleich, angespannt von den Zuständen, erreichte ich meine Baracke. Sie lag plötzlich genauso vereinsamt da, wie ich mich fühlte. Es brannte nirgendwo Licht. Als ich ins Zimmer kam, war der Schrank vom Micha Fürstel ausgeräumt. Seine persönlichen Sachen waren auch weg, das Bett war abgezogen. Ich ging sofort zu den Zimmern der Flugschüler. Ich klopfte an. Niemand meldete sich. Das Billardzimmer war verschlossen, der Gemeinschaftsraum auch. Nur die Dusche und das WC waren offen. Ich war ab jetzt für immer hier allein, die gesamte Baracke gehörte mir. Die erste Zeit war mir das irgendwie gespenstig. Daran musste ich mich erst gewöhnen. Dass

Micha ausgezogen war, fand ich passend. Das war für uns beide das Beste. Jetzt hatte er endlich seinen weit gepriesenen Platz im Offizierswohnheim erhalten.

In den folgenden Tagen hatte ich starke Gefühle von Leere und Einsamkeit, gleichzeitig arbeitete in mir ein hohes Depot von Adrenalin. Einige Male untersuchte ich unauffällig mein Zimmer, ob man mir vielleicht eine kleine Überwachungskamera eingebaut hätte. Ich entdeckte natürlich nichts und fragte mich, ob diese Idee noch aus meinem klaren Menschenverstand kam oder ob ich schon gesundheitlich geschädigt wäre. Ich fand mich ein bisschen paranoid. Mein Gehirn schwankte hin und her, einerseits könnte ich nicht vorsichtig genug sein, andererseits sollte ich mich lieber entspannen. Ich ging jeden Abend angewidert von den Umständen zum Duschen und früh ins Bett, wo ich ewig wach lag, der Akt mit dem Fürstel hatte mir viel Energie geraubt.

In der Dunkelheit kamen mir gespenstige Theorien, dass der Oberfeldwebel von der Stasi oder irgendeine andere geheime Macht sich an der Ehre gepackt fühlten und dass nun alle Register gezogen werden, um mir das Handwerk zu legen. Das war beängstigend. Ich entschloss mich, in Zukunft nie mehr nach einer versteckten Kamera, nach Wanzen oder Sonstigem zu suchen. Erstens wäre die Wahrscheinlichkeit sehr gering, zweitens würde mich das nur verdächtig machen und drittens wird man davon wirr im Kopf.

In dieser Woche wurden die Nächte noch aus einem anderen Grund zur reinsten Katastrophe. Als das Licht aus war, hörte ich plötzlich Geräusche, die es vorher nicht gegeben hatte. Sie waren sehr leise, kamen unregelmäßig und waren kaum zu orten. Ich war echt ratlos. Zuerst dachte ich, dass es an meinen überreizten Nerven liegt. Dann malte ich mir gleich aus, die Stasi bearbeitet mich mit subversiven psychologischen Mitteln. Das verwarf ich aber schnell. Trotzdem nervten mich diese komischen Geräusche. Als ich aufstand und mein Ohr mehrmals in alle Ecken gedreht hatte, hörte ich nichts mehr. Also legte ich mich wieder hin. Der

Vorgang wiederholte sich noch mehrmals. Immer, wenn ich aufstand, war nichts mehr zu hören. Jetzt entschloss ich mich, eine Weile stehen zu bleiben. Als ich mich selbst so dumm rumstehen sah, fühlte ich mich richtig verarscht. Ich dachte mir, Falk Geyer, sieh zu, dass du wieder normal wirst. Mit dieser Motivation zog ich mir die Bettdecke über den Kopf. Nach einer Weile hatte ich wieder dasselbe Problem, ich hörte verdammt noch mal undefinierbare mickrige Geräusche. Ich fragte mich, ob sich so eine Psychose äußern kann oder eine Schizophrenie.

Als ich zum Hauptgebäude wollte, um mir an der hiesigen Theke einen Kuchen zu gönnen, sah ich von weitem meinen Kommandeur. Ich fand, es wäre nicht ratsam, wenn ich meine Richtung ändere. Etwas verdeckt durch Major Keller, machte ich jetzt noch den Oberfeldwebel von der Staatssicherheit aus. Um die Ecke kam dazu mein Hauptmann Stampe. Sie vereinten sich und hatten anscheinend denselben Weg wie ich. So des Schrittes würden wir zeitgleich den Eingang erreichen.

Ich kontrollierte gleich meine Körperspannung und den Gesichtsausdruck, beides sollte keinen Anlass für Spekulationen bieten. Ich sah in ihre Augen. Mein Kommandeur machte einen unwilligen Eindruck, die Staatssicherheit schielte belauernd und Hauptmann Stampe wirkte einfach nur erschöpft. Ich grüßte mit Hand am Käppi. Alle mussten meinen Gruß erwidern. Danach hielt ich ihnen die große Eingangstür auf. Mein Kommandeur nickte sachlich, mein Hauptmann reagierte leblos, der enttarnte Oberfeldwebel schien hellwach.

Als ich mich über meinen Kuchen hermachte, fragte ich mich, warum der Stampe noch nie mit mir über eine dienstliche oder private Sache gesprochen hatte. Ich war der Ansicht, dass er kein schlechter Mensch wäre, eher Typ gutmütiger Trottel. Wenn ich Chef gewesen wäre, dann hätte ich bestimmt den Falk Geyer ausgequetscht. Danach fragte ich mich, ob und wann der Staatssicherheitsexperte einmal mit mir reden würde. Hier schwankte ich. Wenn die Stasi mit mir redet, was wäre mir schon zu beweisen?

Ich war ein guter Parteigenosse, ein zuverlässiger Flugzeugwart und für meine sexuellen Eskapaden konnte ich nichts, dafür waren meine Gene verantwortlich! Mit den Tagen normalisierte sich der Micha Fürstel zusehends. Wir taten, als wäre nie was gewesen. Er hatte mir nichts übel genommen. Alle anderen waren sie im Umgang zu mir höchst loyal. Wir verbrachten die Pausen wertneutral. Ich hörte den Flugzeugwarten bei ihren Unterhaltungen zu und genoss es, dabei sein zu dürfen, ohne belästigt zu werden. An ihren Spielen, wie Skat, Kreuzworträtseln und Würfeln, beteiligte ich mich nicht. Mir war es lieber, wenn ich mich bedeckt halten konnte. Alle fanden mein Verhalten tadellos, ich auch. Wir besprachen die alltäglichen Dinge sehr ungezwungen. Das tat uns allen gut. Nur der Hauptmann Stampe wollte sich immer noch nicht mit mir unterhalten. Ich fand mittlerweile auch, dass er Recht hatte, ich wüsste nämlich auch nicht, was ich mit mir an seiner Stelle anfangen sollte.

Nachts in der leeren Baracke wartete auf mich nun immer das bizarre Geräusch, bis ich mich hinlegte, um erwachen zu dürfen. Ich war fest der Meinung, dass es nur vom Spind kommen könnte. Ich hatte mir schon mehrmals eine Durchsuchung angeordnet, alles umsonst. Um nicht wahnsinnig zu werden, räumte ich alles komplett raus. Ich wollte mich davon überzeugen, ob es irgendwo einen kleinen Spalt geben könnte, wo ich vermutete, dass sich darüber ein kleines Mäuschen freute. Da ich keine undichte Stelle fand, beschloss ich, zu kapitulieren. Ich bot dem Geräusch einen Hausfrieden an. Das schien mir gutzutun. Ich wartete nun bereits vor dem Einschlafen, bis sich mein Mitbewohner meldete, hörte ein bisschen zu und schlief dann irgendwann viel friedlicher ein.

Als ich mir für den Termin beim Herrn Psychologen des Instituts für Luftfahrtmedizin vom Spieß Auskunft holte, wie ich am besten reise, stellte ich fest, dass auch er mich sehr gut behandelte. Der Fähnrich Schneider hatte schon alle passenden Abfahrtszeiten notiert: »Wenn Sie sonst noch etwas brauchen, melden Sie sich bitte!« Ich bedankte mich und sagte ihm, dass ich dort Verwandtschaft habe.

Bei meiner Ankunft in Königsbrück lief ich mit Schwermut durch die Straßen. Ich fand meine Uniform noch unangenehmer als sonst. Über ein paar Schleichwege versuchte ich, niemandem zu begegnen, den ich kenne. Sobald mir jemand über den Weg lief, wechselte ich die Straßenseite. Zum Glück war vormittags nicht viel los.

Das Institut für Luftfahrtmedizin befand sich nicht weit von meinem ehemaligen Wohnhaus. Der Posten am Eingang prüfte meinen Marschbefehl. Danach beschrieb er mir den Weg. Unterwegs begegneten mir nur hohe Dienstgrade: Major, Oberstleutnant und Oberst. Nachdem ich Haus 14, Zimmer 361, gefunden hatte, ging ich noch einmal vor das Haus. Ich hatte Zeit übrig, es galt, mich zu konzentrieren. Der Psychologe, Neurologe, Psychiater, oder wer auch immer wartete, hatte über mich eine wichtige Entscheidung zu treffen. In seiner Macht lag es, welche Zukunft mir blüht. Ich konnte nicht wissen, ob er die Schwulen ablehnt, tolerant oder vielleicht sogar selbst ein Sympathisant wäre. Dann ging ich hoch und klopfte an die Tür.

Da ich keine Reaktion bemerkte, klinkte ich die Tür auf. Hinter dem Schreibtisch saß ein sehr hoher Dienstgrad. Das konnte ich aber nur vermuten, denn über seiner Uniform war ein weißer Kittel. Demzufolge legte er Wert darauf, ein Mediziner zu sein. Er wirkte etwas unwillig und blickte fragend, als hätte er mit mir keinen Termin. Ich fand das ungerecht. Schließlich hatte er bestimmt nicht jeden Tag mit einem wie mir zu tun.

Ich grüßte: »Unteroffizier Geyer meldet sich zum Termin!«

Er kommunizierte mit ruhendem Blick und sachlicher Stimme: »Nehmen Sie bitte Platz! Ich bin gleich so weit! Er verschaffte sich auf seinem Schreibtisch etwas Ordnung und schlug dann eine schmale Akte auf, von der mir klar war, dass ich darin vorkomme. Vom Alter schätzte ich ihn auf Mitte 50, vom Charakter her war er mir zu arrogant. Ich war bestimmt nicht ein so würdiger Fall wie der Fliegerkosmonaut Sigmund Jähn. Ohne mich genauer zu identifizieren und mit halbem Blick auf seine Unterlagen, eröffnete er das Gespräch: »Sie sind also der Falk Geyer, Berufsunteroffizier, Kamenz, TAS.«

Ich nahm Blickkontakt auf, etwas schüchtern wollte ich wirken. Ich bejahte mit unsicherer Stimme: »Ja, das stimmt.« Schuldig sah ich auf meine Beine, die ich weiblich übereinander geschlagen hatte, die rechte Hand lag auf meinem Knie, die andere obenauf. Weil er zu mir scheinbar keine weiteren Fragen hatte, belebte ich das Gespräch: »Ich habe eine An-2 und arbeite als Flugzeugwart. Die Arbeit macht mir Spaß, viel frische Luft und so.« Der Genosse Facharzt sah gelangweilt aus dem Fenster. Ich folgte seinem Blick und dachte mir: »Du blödes Arschloch, willst du nicht endlich mal auf die Details achten! Wegen dir habe ich mir extra die Fingernägel so spitz geschnitten, wie das nur meine Mutter macht!«

Nur langsam drehte er seinen Kopf zu mir. Dann formulierte er: »Wenn ich das hier lese, frage ich mich, was Sie sich dabei gedacht haben. Wollen Sie diesen Beruf überhaupt ausüben?«

Auf diese Frage war ich vorbereitet: »Ja, das will ich. Ich habe mir gedacht, dass ich bei der Armee viele neue Freunde finden kann. So habe ich mir das gedacht.« Weiter kam ich nicht.

Er war schneller: »Aber doch nicht so!«

Ich fand, diese Bemerkung geht in Ordnung und ich müsste jetzt etwas antworten: »Das stimmt, das habe ich mir hinterher auch gesagt!«

Jetzt schwieg er eine Weile und ich auch. Ich wartete, schließlich war er der Ältere und zudem mein Tiefenanalytiker. Während ich nun hoffte, dass er mit mir jetzt ein paar interessante Tests macht, geschah nichts. Er klappte einfach meine Akte zu, legte sie zur Seite, stand auf und sagte: »Nun dann, Genosse Unteroffizier, so bleibt mir nur übrig, Ihnen einen guten Nachhauseweg zu wünschen. Sie wissen, wie Sie aus dem Objekt kommen?«

Ich bejahte und fragte: »War das jetzt alles?«

Und er: »Was haben Sie denn erwartet?«

Und ich: »Na, ich bin doch erst ein paar Minuten bei Ihnen!«
Mit meiner Rede war er schon zur Tür gegangen. Da ich es
nicht übertreiben wollte, gab ich sofort Ehrenbezeichnung: »Unteroffizier Geyer, gestatten Sie, dass ich wegtrete?«

Er nickte entnervt. Hinter mir fiel die Tür ins Schloss.

Ich drehte mich nicht mehr um. Vor dem Haus habe ich erst
einmal eine Zigarette geraucht und den Dialog analysiert. Mehr
war für mich nicht möglich gewesen. Was für eine Rückmeldung
ich bekommen würde, war ungewiss.

44. Depression

Die folgende Zeit stellte mich auf eine harte Probe. Die habe ich nicht bestanden. Ich begann, Fehler zu machen! Weihnachten stand vor der Tür. Bereits zum Frühstück betrachtete ich im Essensraum des Haupthauses die angeschaltete Lichterkette des aufgestellten Weihnachtsbaumes immer viel länger, als mir guttat. Die NVA hatte sich um eine sehr schöne Tanne verdient gemacht. Der Baum war vier Meter hoch, geschmackvoll mit roten Kugeln bestückt und überall mit Lametta behängt. Ein sehr festliches Bild. In unserer Transportfliegerstaffel bemühten sich alle um Weihnachtsstimmung. In der Halle, zwischen den obligatorischen zwei »Annas«, die ständig im Turnus der Generaldurchsicht auseinandergenommen wurden, stand so eine geschmückte Fichte, wie sie in jedem guten Elternhaus nicht besser sein konnte. Die Mechaniker hatten in ihrer Umkleide von zu Hause einiges an Volkskunst aus dem Erzgebirge aufgestellt: Schwibbögen, Flügelpyramiden, Bergmänner und Engel. Das war besonders dann sehr schön anzusehen, wenn die dazugehörigen Kerzen brannten. Eine sinnliche Stimmung herrschte auch im Reich der Flugzeugwarte. Auf den Tischen standen dicke Kerzen inmitten handgebundener Kränze aus Nadelholzzweigen. Einige Ehefrauen versorgten uns reichlich mit selbstgebackenen Leckereien oder Pfefferkuchen aus Pulsnitz.

Kurz vor Weihnachten war ich zu Hause bei meinen Eltern. Sie waren inzwischen in das Neubaugebiet Dresden-Gorbitz gezogen. Hier erinnerte nichts mehr an ein Familienleben mit einem Platz für mich. Die Wohnung hatte zwar ein kleines Nebenzimmer, unter 10 Quadratmeter, aber das war mit Kleiderschränken und dem Arbeitsplatz für die Nähmaschine zugestellt, dazu ein kleines Sofa. Als ich die erste Nacht hier verbrachte, ist mir gesagt worden, dass die Liege sich nur für kurz eignet, denn ich wäre jetzt bestens versorgt.

Als meine Mutter mich morgens am Frühstückstisch fragte, wie es mir geht, war ich so nah am Wasser gebaut, dass ich meine Nerven verlor und berichtete, demnächst entlassen zu werden, weil ich in Kamenz eine Show als Schwuler abgezogen hatte. Meine Mutter reagierte pikiert, als würde sie sich schmutzig machen. Sie sagte: »So was machst du! Das gibt es doch gar nicht! Aber da können wir nun wirklich nichts dafür! So was macht man doch nicht! Wenn das mal gut geht! Da musst du aber auch mal zeitiger den Mund aufmachen! Jetzt haben wir gerade den ganzen Umzugsstress hinter uns! Wenn wir das gewusst hätten, wären wir doch auf der Essener Straße wohnen geblieben! Du hast nun kein eigenes Zimmer mehr! Jetzt haben wir alles verkauft oder weggegeben! Wo sollst du denn wohnen? Wir sind doch gar nicht darauf eingerichtet! Also, das ist nicht schön von dir!«

Mein Stiefvater meldete sich zu Wort: »Also, du bist jetzt 19 Jahre, wir sind nicht mehr verantwortlich für dich! Hast du das verstanden? Bei uns hast du keinen Platz! So deutlich müssen wir das sagen! Bist du dir überhaupt im Klaren, was du dich da traust, uns zu erzählen? Wenn das rauskommt, bleibt nichts von dir übrig! Sei ja froh, wenn wir unseren Mund halten! Wir wissen offiziell von nichts! Glaub ja nicht, dass du uns in diese Sache mit reinziehen kannst! Sieh zu, wie du das überstehst! Mit uns, mit uns hat das nichts zu tun! Absolut nichts! Wir sind ehrliche Leute!«

Meine Mutter schaltete sich wieder ein: »Junge, du bist sogar noch in der SED, da macht man so etwas erst recht nicht! Du hast uns schon immer Schwierigkeiten gemacht! Da muss aber auch mal hart gesagt sein, dass es so nicht geht! Du stellst uns immer vor vollendete Tatsachen! Ich habe drüben meine Nähmaschine stehen, wo soll die denn hin?«

Mein Stiefvater atmete tief durch: »Das lass ich nicht zu, dass du deiner Mutter noch mehr antust! Bring das dort gefälligst wieder in Ordnung! Mit uns brauchst du nicht zu rechnen! Wir leben unser eigenes Leben! Und ehrlich gesagt, du bist gerade dabei, dein Leben kaputt zu machen!«

Ich sagte, dass ich mich trotzdem bedanke und schon irgendwie heil rauskomme. Das wird schon klappen. Danach bin ich gleich geflüchtet, vor meinen Eltern und vor mir selbst. Weil mein Zug erst am Nachmittag fuhr, war ich so dämlich und ging nach diesem emotionalen Tiefschlag noch schweren Herzens zum Fußballplatz von Empor Dresden-Löbtau. Hier setzte ich mich in die warme Kabine zum Platzwart. Wir tranken einen Kaffee und rauchten eine Zigarette. In wehleidiger Erinnerung an das vorjährig gewonnene Weihnachtsturnier antwortete ich, ohne wirklich eine bewusste Steuerung in mir zu verspüren, ganz automatisch, dass ich demnächst wieder zurückkehre und dann wieder Fußball spiele. Der Platzwart sah mich an, als würde er es nicht glauben. Da hab ich ihm doch echt, ohne dass ich vormals groß mit ihm zu tun hatte, erzählen müssen, ich würde in Kamenz einen auf schwul machen und die müssten mich demnach entlassen. Im nächsten Moment war mir mein Geständnis peinlich und mir war klar, dass ich mich dadurch gleich noch viel tiefer in die so schon gefühlsmäßig unendlich tiefen Abgründe einer beginnenden Depression gestürzt hatte. Der Platzwart war durch mich sehr irritiert. Er hielt sich mit Äußerungen bedeckt und tat so, als hätte er das nicht gehört. Ich dachte: Mein Gott, was mach ich bloß für Anfängerfehler! Was ist nur mit mir los? Ich bekam ein ganz schlechtes Gewissen und sah zu, dass ich an die frische Luft kam.

Als abends der Zug in Arnsdorf auf ein Zwischengleis kam, um Richtung Kamenz zu fahren, fürchtete ich mich das erste Mal vor meiner einsamen Baracke. Vom Bahnhof musste ich mich durch das weihnachtliche Ambiente der Innenstadt kämpfen. Diese zwei Kilometer ging es schleppend wie nie. Mir fehlte meine Kraft. An vielen Fenstern wurde eine feierliche Weihnacht sichtbar. Ich hätte heulen können. Den direkten Weg nehmend, kam ich an der Villa vorbei, von der ich wusste, dass hier die Kamenzer Staatssicherheit ihr Hauptquartier hatte. Auch hier war ein Fenster geschmückt, nichts deutete auf eine Ermittlungsbehörde. Als ich die Stadt hinter mir hatte, lag noch etwas offenes Gelände vor mir. Der kalte Wind wollte mir meine trüben Gedanken nicht aus dem Kopf blasen.

Um die Anlage des Flugplatzes nebst Zubehör patrouillierte die Streife. Denen ging es bestimmt auch nicht besser. Die Torwache kontrollierte meinen Ausweis. Im Gelände empfand ich bedrückende Ruhe. In der Baracke der Mechaniker brannte Licht, gegenüber bei den Soldaten der Feuerwehr auch. Die waren wenigstens nicht allein.

Ich schloss meine Baracke auf und freute mich, dass sie wenigstens gut beheizt war. Mein Zimmer kam mir jetzt viel kleiner vor. Ich öffnete in meinem Spind das Fach für die Wertsachen. Zu meiner Verwunderung lag in ihr eine kleine tote Spitzmaus. Ich zog sie am Schwanz heraus und warf sie in die Natur. Wie die Maus hierhin kam, war mir ein Rätsel. Nachts war es jetzt immer ganz still. Mir fehlten die Geräusche der Maus. Die würde jetzt draußen vergammeln. Mir war auch so zumute.

In der nächsten Zeit begann ich, mich geistig von der Realität zu entfernen. Meine Spannkraft ging verloren. Es umhüllte mich ein Dämmerzustand, der alles entschuldigte. Die Zeit verging und ich bildete mir ein, die fachärztlichen Offiziere von Königsbrück hätten wichtigere Aufgaben gehabt, als meinen Bericht vor Weihnachten zu schreiben. Zwischen Weihnachten und Neujahr würde das Institut für Luftfahrtmedizin nicht arbeiten, und als es Januar wurde, dachte ich, der medizinische Dienst muss sich bestimmt erst einmal durch Prioritäten beißen und danach würde ich schon bearbeitet werden.

So verging der Februar. Ich fühlte mich wie im Astralzustand. Zum Glück hat das keiner außer mir mitbekommen. Wenigstens das war gut und zudem, dass neuerdings regelmäßig vergessen wurde, mich zu den Mitgliederversammlungen der Partei einzuladen. Der März meldete sich bereits an und ich wartete, dass etwas mit mir geschah oder dass ich was mit anderen geschehen ließ.

Als ich erfuhr, dass die »Anna 269« nach Dresden in die Flugzeugwerft überführt werden sollte und Stabsfeldwebel Barthel fluchte, weil er mit dem Zug zurückmüsste, bot ich mich an, diesen Auftrag zu übernehmen. Auf dem Rückweg entdeckte ich im Zug in einer liegengebliebenen Zeitschrift einen Artikel, der sich mit den ausländischen Arbeitern in Ost und West beschäftigte. Das Textfeld belebte meine Sinne. In die BRD kamen Anfang der 50er Jahre die Gastarbeiter aus Italien, Spanien, Jugoslawien und Griechenland. Ab 1960 zählten die Türkei, Tunesien, Marokko und Südkorea dazu. In die DDR kamen die Vertragsarbeiter aus Kuba, Mosambik, Angola und Vietnam. Mir wurde klar, ich selbst war in Kamenz wie im Ausland. Zugleich erinnerte es mich an die Generation meines Vaters, an die Flüchtlingswellen und dass er jetzt so nah und zugleich so fern von mir auch in Kamenz wohnt.

Ein paar Tage später konnte ich ein Fazit ziehen. Es lautete, es mussten sich in allen Zeiten die Menschen ihren besonderen Gegebenheiten stellen und so etwas funktioniert nur im Vorwärtsgang. Ich benötigte Aktivität, um meine Ziele zu regeln! Meine vorzeitige Entlassung schien überall in Vergessenheit geraten zu sein. Klar war nur eins: Wenn ich jetzt die nächste Runde des Spiels einläute, dann steigt wieder der Einsatz.

45. Alles oder nichts

Der Frühling kündigte sich durch mildes Klima an, der Winter war Vergangenheit. Ich würde jetzt handeln! In der Stadt betrank ich mich in demselben Restaurant, das mir schon einmal geholfen hatte, als ich die nächtliche Anpirschaktion an Micha Fürstel durchführte. Ich aktivierte mich mit deftigen Parolen: Wer nicht wagt, der nicht gewinnt! Ausgerissen wird nach vorn! Verurteilt wegen Feigheit vor dem Feind!

Die Kellner begannen um 23.00 Uhr, die Stühle hochzustellen. Ich machte mich gestärkt auf den Weg. Von weitem nahm ich das Wachgebäude der Kaserne wahr. Ich sagte mir: Das Ding zieh ich durch! Die Schauspieler machen das auch so! Es ist nur eine Rolle! Das bin nicht ich! Bleib schön locker! Die Kamera läuft! Vermeide jeden Blickkontakt! Nehme Körperkontakt auf! Lalle und schwanke! Los geht's! In einigen Minuten ist alles vorbei!

Die Einteilung des Wachdienstes sah alle vier Stunden einen Wechsel vor. Einer kontrollierte in voller Bewaffnung den Einlass, der Zweite saß hinter einer Glasscheibe am Telefon in Bereitschaft und der Dritte versuchte, ein bisschen zu schlafen. Dieses Gefüge sollte sich durch mich ändern! Während ich in meiner Jeans nach dem Ausweis suchte, in schön schwankender Pose, den ich einfach nirgends finden wollte, quatsche ich den ersten Posten voll: »Wen haben wir denn da? So ein süßes Kerlchen! Ich war gerade einen trinken! So einen wie dich könnte ich jetzt vernaschen!«

Der arme Offiziersschüler sah mich gleich erschrocken an: »Oh, machen Sie jetzt kein Theater! Sie sind doch besoffen!«

Ich schwankte wieder stark. Jetzt musste er mich sogar stützen: »Du bist sooo gut zu mir! Was heißt hier eigentlich betrunken?« Ich hatte jetzt plötzlich einen Schluckauf.

Von innen meldete sich Nummer zwei: »Was ist hier los? Lutz, gib mir mal seinen Ausweis!«

Ich wendete mich zu ihm: »Wen haben wir denn hier? Da ist ja noch einer?«

Der Nummer eins legte ich inzwischen meinen Arm um seine Schulter. Er wehrte sich und sprach: »Der findet den Ausweis nicht! Der ist besoffen!«

Nummer zwei rief währenddessen nach hinten: »Andi, Andi, steh auf! Andi, wir haben ein Vorkommnis …!«

Ich diskutierte vorn: »Von wegen Vorkommnis, das kleine Bierchen! Niemals! Komm, zeig mir mal dein warmes Stübchen!«

Innen diskutierten sie, ob sie den OvD (Offizier vom Dienst) anklingeln sollten. Sie wollten es aber noch allein schaffen.

Nummer zwei kam raus: »Was ist hier los! Lutz, das ist Ruhestörung! Lutz, das ist Beleidigung im Amt!«

Ich protestierte: »Lutzi, Lutzi, der spinnt doch! Lutzi, das ist doch ein Arschloch!«

Der Arsch rief nach innen: »Andi, ruf den OvD an!«

Na endlich, dachte ich und beschäftigte mich mit Nummer eins: »Lutzi, macht der immer so ein Fass auf?«

Nummer drei meldete inzwischen mein Vergehen: »Ja, genau, ja, ja, nein, nein, er hat keinen Ausweis! Ja, danke!«

Ich hatte mir den Lutz gekrallt, ich tat verschwörerisch: »Lutzi, lass dich drücken! Komm her!«

Er wich zurück: »Ich brauche den Ausweis! Der sperrt Sie noch ein!«

Nummer zwei wollte mich gern festnehmen.

Ich war empört: »Hände weg, mein Süßer! Ich war mir gerade mit dem Lutz einig!« Ich stieß Nummer zwei zurück.

Er rief Nummer drei: »Andi, komm raus! Hilf mir, der muss in den Arrest!«

Der Lutz wollte das verhindern: »Ralf, der ist doch besoffen! Lass das! Ich mach das schon!«

Das lief jetzt gegen meinen Plan! Ich ergriff seine Waffe: »Leg doch mal das Ding weg!« Weiter kam ich nicht. Nummer zwei und drei hatten mich gepackt. Sie verdrehten mir die Arme.

Einer fand meinen Ausweis: »Lutz, ich hab ihn, mach den Knast auf! Der geht in den Bau!«

Ich protestierte: »Spinnst du? Jetzt reicht's! Hände weg! Ich habe das doch nicht so gemeint!«

Die Zelle war gut beheizt. Hinter mir schloss sich die Tür. Ich war verunsichert, ob ich überzeugt hatte. Draußen waren sie sehr aufgeregt und diskutierten. Jetzt kam der OvD. Sie erstatteten ihre Meldung und dass sie meinen Ausweis hätten. Der OvD lobte sie mehrmals.

An meiner Stahltür klimperte etwas, es ging kurz die Klappe des Gucklochs hoch. Ich lag mit dem Kopf zur Wand und tat, als würde ich fest schlafen. Es klimperte wieder, danach traten die Schritte zurück.

Der OvD sagte: »Den lassen wir ausnüchtern! Wenn er munter ist, kann er sich bei seinem Kommandeur melden!«

Sie berieten noch eine Weile, wie mein Vorkommnis zu dokumentieren wäre. Der OvD gab ihnen Hilfestellung. Danach ging er.

Es wurde ruhig. Nach einer Weile hörte ich den Lutz sagen: »Und was ist, wenn der das alles nur gespielt hat?«

Nummer zwei sagte: »Kann schon sein, ist mir aber egal.«

Danach schlief ich zufrieden ein.

Als ich um 9.00 Uhr meinen Ausweis bekam, wurde ich ehrfürchtig angesehen: »Sie sollen sich beim Kommandeur melden.«

Ich sagte: »Mach ich, vielen Dank.«

In der Baracke des Kommandeurs begegnete mir der Politoffizier. Ich zeigte Ehrenbezeugung, er notgedrungen auch.

An der Tür des Kommandeurs erhielt ich sofort das Herein. Er stand am Fenster. Ich grüßte: »Genosse Kommandeur, Unteroffizier Geyer auf Ihren Befehl zur Stelle!«

Er winkte ab und sah gleich früh ermüdet aus: »Lassen Sie das! Können Sie mir mal sagen, was Sie sich dabei gedacht haben? Wie stehen wir denn jetzt da?«

Ich antwortete wahrheitsgemäß: »Das weiß ich auch nicht!«

Er schaute mich lange an: »Ich frage mich, ob Sie das mit Absicht machen.«

Ich hielt seinem Blick stand: »Das lag am Alkohol!«

Er sah zum Fenster raus und fragte: »Was soll ich mit Ihnen machen?«

Ich wollte ihn nicht reizen: »Das müssen Sie entscheiden.«

Er überlegte: »Was erwarten Sie von mir?«

Ich hatte eine Antwort: »Ich möchte an meine Arbeit gehen.«

Er sagte: »Sie hören von mir! Melden Sie sich beim Staffelleiter!«

Eigentlich war ich damit schon entlassen, da ich aber ein höflicher Mensch bin, meldete ich mich noch einmal ordentlich ab: »Genosse Major, gestatten Sie, dass ich wegtrete?«

Er sah mich verdutzt an. Jetzt ging ich lieber von allein.

In der Halle hatte sich mein nächtlicher Einsatz rumgesprochen. Im Vorbeigehen erhielt ich von jedem ein faires Guten Morgen gewünscht. Das erwiderte ich.

Als ich die Empore nahm, kam mir Oberleutnant Fuchs entgegen: »Genosse Geyer, ich habe den Einsatzplan Ihrer Maschine! Ich musste einiges verschieben.«

Ich sagte: »Ich komme gleich, soll ich mich noch beim Hauptmann anmelden?«

Der Fuchs nickte verständnisvoll: »Gut, ziehen Sie sich danach um!«

Nach dem Gespräch bin ich gleich zum Chef. Ich klopfte beim Stampe an und wurde erwartet. Der Hauptmann hatte das beste Zimmer. Von seinem Fenster konnte er alles überblicken.

Ich ließ die Tür offen: »Genosse Hauptmann, melde mich zur Stelle!«

Er nickte: »Haben Sie Oberleutnant Fuchs getroffen?« Ich nickte. »Gut! Er hat alle Veränderungen! Ich nehme an, Sie sind jetzt nüchtern?« Ich nickte, er auch: »Gut, dann können Sie jetzt gehen!«

Danach übernahm ich meine 257, die vertretungsweise Uffz. Zickler auf die erste Reise geschickt hatte. Der Tag verlief so bedeutungslos, als wäre nie was vorgefallen. Zum Feierabend musste ich wie stets an sämtlichen Baracken vorbei. Mit der Zeit wusste jeder, dass ich hinten alleine wohnte.

Linkerhand lagen die Baracken des Kommandeurs, der Stabsoffiziere, sonstiger Dienste und der Mechaniker, rechts die des Fußvolkes, des Küchenpersonals, der Funker und der Soldaten von der Feuerwehr. Ich kannte zwar niemanden, aber alle, die draußen eine Zigarette rauchten, ob Offizier, Spieß, UvD oder Soldat, kannten garantiert mich. Jeder hielt kurz inne und nickte verhalten. Ich tat es ihnen gleich.

46. Finale

In meiner Baracke war ich jetzt nicht mehr so einsam. Die Ruhe der umliegenden Bäume nutzte ein Vogelpaar zum Nestbau für die kommende Brut. Gott sei Dank!

Über Leutnant Hesse erhielt ich Order, mich wieder mal beim Spieß zu melden. Dieses Mal lautete mein Marschbefehl Bad Saarow, Militärmedizinische Akademie. Zu meinem Erstaunen war nur das Hinfahrtsdatum auf dem Papier ausgewiesen. Ich fragte den Fähnrich, ob er sich hier nicht vertan hat.

Er wich mir aus: »Das habe ich mich auch gefragt! Mir ist aber gesagt worden, es wäre so in Ordnung.« Er sah mich etwas mitleidig an.

Da ahnte ich schon nichts Gutes. Ich fragte: »Was soll das dort sein, was machen die dort, wo liegt das überhaupt?«

Da noch der UvD im Raum war und dazu noch einer von den Mechanikern etwas auf dem Herzen hatte, erhielt ich zunächst keine Antwort. Das erschien mir logisch. Ich beschloss, vor der Tür eine zu rauchen und dann würde ich weitersehen.

Emil Schneider hatte ein Einsehen mit mir. Er gesellte sich dazu: »Bad Saarow liegt am Scharmützelsee, 70 Kilometer von Berlin, sehr schöne waldreiche Gegend. Da kommt aber normal keiner hin. Der Ortskern könnte noch von den Sowjets besetzt sein, der darf nicht einmal von einem Einheimischen betreten werden.«

Ich atmete tief durch, er auch. Ich zündete mir noch eine Zigarette an, er nicht.

Ich wagte noch eine Frage: »Aber die Militärmedizinische Akademie, die ist doch von der NVA?«

Er bejahte: »Man sagt auch Regierungskrankenhaus dazu, ein riesengroßes Objekt, Bettenkapazität über 800, massenweise habilitierte Ärzte und dutzende Professoren, überall Institute für Mikrobiologie, Tropenmedizin, Pathologie, Gerichtsmedizin, eine neurologisch-psychiatrische Klinik, einfach alles, dazu hohes

Ansehen, selbst im westlichen Ausland. Die machen dort auch unsere Sportler zu Helden, viele Olympiasieger, wie Marlies Göhr, Marita Koch, Bärbel Eckert, Heike Drechsler, Ulf Timmermann, Silke Möller, Thomas Schönlebe und so. Da weißt du ja jetzt Bescheid, oder?«

Meine Anreise wurde zur schönsten Zugfahrt, die ich je hatte. Ich musste mehrmals umsteigen. Mit der Regionalbahn ging es von Fürstenwalde letztendlich nach Bad Saarow. Die Landschaft war einfach großartig! Die Region zählte über 200 Seen, der Scharmützelsee ist der größte. Der Dichter Theodor Fontane, † 1898, prägte den Begriff »Märkisches Meer«. Bad Saarow ist eine Villenkolonie der Gründerjahre, parkähnliche Grundstücke, sehr waldreich, mit heilender Thermalquelle, zudem gibt es mineralreichen Schlamm, alles sehr gepflegt.

Diese Eindrücke bestätigten sich mir auch in der Militärmedizinischen Akademie. Der erste Tag war durch die lange Anfahrt vorbei. Ich durfte in einem gut ausgestatteten Doppelbettzimmer, das ich ganz für mich alleine hatte, meine Sachen unterbringen. Als mir das Abendbrot gebracht wurde, erfuhr ich von der Schwester, dass ich mich ausruhen sollte, weil früh gleich einige Termine anstehen.

Das war meine letzte Erinnerung an Bad Saarow! Bestimmt ist mir das Essen nicht bekommen! Alle Speicher waren gelöscht! Demzufolge wusste ich auch nicht, wie ich von Bad Saarow wieder nach Kamenz gekommen war. Ganz zu schweigen von dem, was dort passierte und welches Zeugnis mir die leitenden Genossen ausgestellt hatten. Da ich nicht verhaftet wurde, ging ich davon aus, dass ich meine Sache gut gemacht hatte. Vielleicht reagierte mein Körper mal wieder auf irgendetwas komisch. So bin ich zum Beispiel immun gegen Antibiotika und reagiere auf Lokalanästhesie mit Orientierungslosigkeit und Gedächtnisausfall. Zum Glück hat mich in Kamenz keiner gefragt oder bedrängt. Ich wartete ab. Eine Auswertung würde es schon geben.

Kurz nach meiner Rückkehr durfte ich erneut zum Spieß. Erwartungsgemäß handelte es sich wieder um einen wichtigen

Termin. Der Fähnrich meinte, dass ich dieses Mal nicht weit weg müsste, nur zur Innenstadt. Im Zentralgebäude der Offiziershochschule »Franz Mehring« würde auf mich eine Musterungskommission warten.

Ich machte mich auf den Weg. Als ich die große, auf allen Seiten geschlossene, viereckige Militäranlage betrat, empfing mich vom Exerzierplatz der geübte Stechschritt des ersten Jahrgangs. Dazu noch derart laute Kommandos, dass ich mich fragte, wie die anderen Jahrgänge bei diesem Krach noch lernen sollen. Nach einigen Auskünften fand ich meinen Bestimmungsort.

Vor dem angegebenen Zimmer wunderte ich mich, denn außer mir war weit und breit niemand zu sehen. Ich rechnete demnach nicht damit, dass es sich wirklich um eine Kommission handeln würde. Zu meiner Überraschung saßen dann wirklich fünf hochrangige Offiziere vor mir an einem langen Tisch, alles Oberstleutnante und ein Oberst.

Ich meldete mein Anliegen: »Genossen Offiziere, gestatten Sie eine Auskunft!« Das wurde mir bewilligt: »Ich bin Unteroffizier Geyer, ich soll hier einen Termin haben!«

Das wurde mir bestätigt. Der Oberst war der Wortführer. Also, wenn er das sagte, war ich hier richtig.

Ich fragte: »Soll ich noch mal rausgehen, bis Sie mich rufen?«

Der Oberst versicherte, dass ich gleich hier bleiben solle. Also blieb ich. Nun haben die mich alle angeguckt. Ich fand das unfair. Weil ich keinen benachteiligen wollte, schaute ich nur den Oberst an. Die Anderen redeten ja wahrscheinlich nicht mit mir. Weil keiner was sagte, warteten wir alle. Dann schnaufte vorn einer durch die Nase. Ich war das nicht.

Das war der Oberst. Als er sprach, klang er recht verlegen: »Ja. Na ja, Genosse Geyer, wir wollten Sie eigentlich nur fragen, ob Sie einverstanden wären, wenn wir Sie nach Ihrem geleisteten Grundwehrdienst im Oktober entlassen?«

Da war ich erst einmal sprachlos. Die Teilnehmer sagten auch nichts. Ich hoffte eigentlich, dass ich es mir verdient hätte, schon jetzt im Frühling entlassen zu werden. Das war eine echt komische Situation! Meine Zögerlichkeit war echt.

Ich antwortete: »Ja, da machen wir das eben so.«

Der Herr Oberst verrenkte sich ein bisschen, um alle Genossen der Prüfungskommission sehen zu können. Dann wandte er sich wieder mir zu: »Genosse Unteroffizier, Sie können wegtreten!«

Das wollte ich aber nicht. Mir ging das zu schnell: »Ich habe da mal eine Frage!«

Da haben einige Prüfer gleich ihre Nase gerümpft. Der Oberst nicht, der schaute mich nur fragend an.

Also begann ich: »Wie soll denn das jetzt weitergehen. Muss ich da was beachten?«

Einige von der Kommission hätten mich jetzt am liebsten erschossen. Der Oberst war aber geduldig: »Ja, da gibt es nichts weiter zu beachten. Sie erhalten Bescheid, wann Sie Ihre Uniform abgeben. Sie werden neu eingekleidet.«

Ich erlaubte mir eine Feststellung: »Das verstehe ich nicht. Wenn ich erst alles abgeben soll und dann neu eingekleidet werde, was bedeutet das?«

Jetzt hatte der Oberst wohl mein Anliegen begriffen. Er sagte: »Wenn Sie ab heute nur den Grundwehrdienst leisten, dann können Sie ja nicht mehr die Kleidung des Berufsunteroffiziers tragen! Diese geben Sie komplett ab und dafür erhalten Sie die Uniform der Unteroffiziere auf Zeit! Verstehen Sie das?«

Weil die anderen Oberstleutnante auf mich nun zappelig wirkten, hatte ich gleich viel weniger verstanden. Ich wartete noch mit dem fragenden Gesicht, was um nähere Auskünfte bat.

Die Ergänzung übernahm wieder der Oberst: »Den Dienstgrad als Unteroffizier und ebenso Ihre Besoldungsgruppe, das bleibt gesetzlich so geregelt! Es geht nur um Ihre Uniform! Die Kleiderkammer meldet sich!«

Ich hatte noch eine Frage: »Wo soll ich da wohnen? Bleibt es dabei?«

Diese Frage war für sie auch ein Rätsel. Sie verrenkten sich alle ein bisschen ihre Köpfe, nickten sich zu, als wüssten sie, dass ich eine eigene Baracke habe. Ich erläuterte ihnen, dass ich meinetwegen auch in der Einzelbaracke bleibe. Das wollten aber die Kommissare nicht.

Der Oberst legte dann fest: »Sie wohnen dann natürlich bei den Unteroffizieren auf Zeit! Ist das in Ordnung?«

Ich nickte und gab Ehrenbezeugung: »Genosse Oberst, alles verstanden! Gestatten Sie, dass ich wegtrete?«

Er nickte und ich ging.

Beim Türschließen habe ich mir alle fünf noch mal genau angesehen und mir gedacht: Falk Geyer, was hast du bloß für ein Schwein gehabt.

Am 4. Mai 1981 musste ich noch einmal in die Offiziershochschule, dieses Mal in die Kleiderkammer. Den Rückzug trat ich in der niederen Stoffqualität der Unteroffiziere auf Zeit an. Ich war mir sicher, dass sich darüber alle Armeeangehörigen der TAS im Stillen gefreut haben. Gesagt hat aber keiner was, selbst der Feldwebel Jens Kretschmar nicht! Aber er hat wieder bei passender Gelegenheit seinen Daumen gehoben. Ein sehr schönes Zeichen!

Fähnrich Emil Schneider wies mich in seinem Barackenreich ein. Mein Schlafplatz war privilegiert. Ich kam zu den Entlassungskandidaten Uffz. Gickel und Uffz. Hasel. Das fand ich gut. Nicht gut war, dass Gickels Füße so stanken. Zum Glück war Sommer und unser Fenster konnte durchgängig offen bleiben.

In meiner neuen Funktion als Uffz. auf Zeit beteiligte ich mich jetzt am gesellschaftlichen Leben. Das bedeutete, dass ich bei Fußballspielen überall dabei war. Hier habe ich aber mit angezogener Handbremse gespielt. Es wäre sonst die Rangordnung durcheinandergekommen. Demzufolge schoss ich nur ein Tor, wenn meine Mannschaft hinten lag. Den Ausgleichstreffer habe ich maximal für einen Mitspieler vorbereitet. Danach bin ich schnell wieder in die Abwehr und habe mein Team erst wieder unterstützt, wenn es eng wurde. Das war mein sozialer Beitrag zum Frieden und ich blieb auch weiterhin sehr leise. Somit musste sich keiner an einen neuen Umgang gewöhnen. Weil ich jetzt zu den Eks zählte, teilte mich der Spieß nie zu einem UvD-24-Stundendienst ein oder zu anderen anfallenden Arbeiten.

Auch die Ingenieure, Oberleutnant Fuchs und Leutnant Hesse, überließen mir weiterhin die »Anna 257«, als wäre ich noch Flugzeugwart. Da ich nun nicht mehr in der Empore meinen Spind hatte, sondern unten bei den Mechanikern, besprachen die Flugingenieure auch gleich hier meinen Einsatzplan. Der Stabsfeldwebel Barthel, der Oberfeldwebel Kunze, Unterfeldwebel Dippel und Uffz. Gellert und Fürstel haben nie einen negativen Kommentar darüber abgegeben, dass ich ihnen abhanden gekommen bin. Mein Hauptmann Stampe hat gegen Ende meiner Dienstzeit sogar mal persönliche Worte mit mir gesprochen. An einem Freitag wünschte ich ihm ein gutes Wochenende und plötzlich nickte er nicht nur, sondern ich hörte: »Für Sie auch einen schönen Feierabend!«

Mein Kommandeur Major Keller sah nun auch wesentlich entspannter aus. Ich grüßte ihn immer korrekt. Es gab nur einen Einzigen, der mich am liebsten übersehen hätte, und das war der Politoffizier. Ich nahm ihm das aber nicht übel, schließlich vergaß er weiterhin, mich zur Parteiversammlung einzuladen. Nicht zu vergessen ist auch der Oberfeldwebel von der Stasi. Er sah mich zwar immer noch etwas argwöhnisch an, aber nicht mehr belauernd, und gegrüßt hat er nun auch anders, nämlich bedeutungsvoll neutral.

Weil ich außerdienstlich keine Aufgabe bekam, hatte ich viel Freizeit. Um diese auszufüllen, entschloss ich mich, bisexuell zu werden. Das geschah, als ich im »neuen leben«, einer bei Jugendlichen beliebten Zeitschrift mit Berichten aus Freizeit, Musik und Film, eine Annonce zum Lesen bekam: »Junge Lehrerin, Angela, 1,52 m, sucht wegen Wohnortwechsel Bekanntschaft.«

Ich schrieb ihr: »Bin bis Oktober noch bei der Fliegerei, würde mal vorbeikommen, wenn nicht möglich, auch in Ordnung, alles Gute, Sport frei! Falk Geyer.«

Unerwartet erhielt ich Post. Sie antwortete, ich solle mal etwas Näheres schreiben. Da ein Absender vermerkt war, hatte ich ihre Adresse. Sie wohnte nicht weit von Dresden. Pesterwitz war ein Vorort. Am 5. Juni 1981 wurde ich 20 Jahre alt. Zu diesem Anlass meldete ich mich beim Fähnrich Schneider ab. Bei meinen Eltern tummelte sich die Verwandtschaft. Ich meldete mich von meiner eigenen Geburtstagsfeier ab und bin ich gleich mal nach Pesterwitz zu der Angela. Sie wohnte im alten Haus ihres Großvaters und wischte gerade die Treppe. Sie meinte, dass sie nicht wusste, dass ich komme. Ich antwortete, dass ich es vorher auch nicht gewusst habe. Sie erläuterte, dass sie eigentlich keine Zeit hätte und mit mir nur eine halbe Stunde spazieren gehen könnte. Ich willigte ein.

Als ich danach die feiernde Gesellschaft meiner Eltern aufsuchte, wurde ich gefragt, wo ich gewesen sei. Ich antwortete: »Ich habe gerade ein Mädchen kennen gelernt, das ich einmal heiraten werde!« Da haben alle ganz laut gelacht. Ich nicht.

Die folgenden Wochenenden habe ich dann bei der Angela übernachtet. Weil ich nicht wusste, ob die Stasi gegen meine heterosexuelle Beziehung Einspruch erhebt, habe ich der Angela alles gebeichtet. Sie fand, das sei alles voll in Ordnung.

In Kamenz verhielt ich mich diskret. Demzufolge trug ich nie ein EK-Band. Das trugen alle Entlassungskandidaten am Gürtel. Hierbei handelte es sich um ein Maßband aus dem Textilgewerbe. Die Bänder hatten eine Länge von einem Meter = 100 Zentimeter = 100 Tage offene Dienstzeit. Pro Tag schnippelten die Eks davon einen Zentimeter ab und beim letzten Zentimeter war die Uniformzeit zu Ende.

Meine NVA-Zeit endete am 30. Oktober 1981 und war damit sogar noch einen Monat kürzer als der Grundwehrdienst eines einfachen Soldaten. Ich, die Stasi und die NVA, alle hatten wir unser Wort gehalten. Gut, dass Angela von meiner NVA-Laufbahn wusste, denn wir bekamen noch Probleme, wie niemand sie erahnen konnte.

URKUNDE

FÜR EHRENVOLLE PFLICHTERFÜLLUNG
FALK GEYER

GEB. AM 05.06.1961
DIENTE VOM 06.05.1980 BIS ZUM 30.10.1981
IN DEN BEWAFFNETEN ORGANEN
DER DEUTSCHEN DEMOKRATISCHEN REPUBLIK
UND SCHEIDET MIT DEM DIENSTRGRAD

UNTEROFFIZIER

AUS DEM AKTIVEN WEHRDIENST AUS.

Kamenz, den 30.10.1981

Siegel   Kommandeur

P. S. Hiermit bedanke ich mich bei meinen Komplizen
mit ganz herzlicher Einladung zur Happy-End-Feier.

gez.: Der Autor

47. Nachwort

Als ich von Königsbrück nach Dresden gezogen war, bemerkte ich, dass die Kinder in der Großstadt eine andere Sprache aufwiesen und das, obwohl beide Städte nicht weit voneinander entfernt lagen. Mit der Zeit hatte ich mich daran gewöhnt. Als ich bei der ersten Gelegenheit nach Gräfenhain kam, fand ich, dass der Ulf und der Karli ganz anders sprachen, als ich es in der Erinnerung hatte, und umgekehrt beurteilten sie das bei mir. So entwickelten sich ab 1945 im Osten auch sprachlich Gegensätze zur BRD.

Zum Allgemeingut gehörten zum Beispiel:

ABV – Abschnittsbevollmächtigter, jedes Wohngebiet hatte seinen eigenen Volkspolizisten
Altstoffsammlung – besonders Altpapier und Gläser wurden gegen Entgelt abgenommen
Ambulatorium – kleine Poliklinik, Gemeinschaft von Ärzten in einem Haus
Arbeiterschließfach – Neubauplattenbauwohnung
Asche – Nationale Volksarmee
AWG – Arbeiterwohnungsbaugenossenschaft
A & V – An- und Verkauf, Secondhandladen

Balkanschreck – rumänischer Kleintransporter ARO
BBS – Betriebsberufsschule
BBZ – Berufsberatungszentrum
BGL – Betriebsgewerkschaftsleitung
Bienchen – Belobigungsstempel der Lehrer in Heften von Schülern der Unterstufe
Blockflöten – neben der SED bestehende Blockparteien
Brigade – kleinstes Kollektiv im Produktionsprozess
Broiler – auch als Goldbroiler bekannt, Hühnchen, Hähnchen

BSG – Betriebssportgemeinschaft
Bückware – Mangelware, unter den Ladentisch verkauft

CA – Abkürzung für russisch советская армия - Sowjetische Armee
Club Cola – eine in der DDR hergestellte Cola

Deli – Lebensmittelgeschäfte mit erhöhter Qualität
Devisen – frei konvertierbare Währung
Dispatcher – Einsatzleiter, Koordinator, Disponent, Administrator
Dorfsheriff – Abschnittsbevollmächtigter auf dem Land
Dreierhopp – sportliche Übung für Grundschüler
DSF – Gesellschaft für Deutsch-Sowjetische Freundschaft

Elternaktiv – Elternbeirat zu Unterstützung schulischer Veranstaltungen
EOS – Erweiterte Oberschule, Abiturstufe
ESP – Schulfach für Wirtschaftslehre, Einführung in die sozialistische Produktion
Exquisit – Verkaufsläden für Kleidung und Kosmetika gehobener Ansprüche

Fahne – umgangssprachliche Bezeichnung für die Nationale Volksarmee
Fahnenappell – Versammlung der Pioniere und FDJler zu offiziellen Anlässen
Fahrerlaubnis – Führerscheindokument
Feierabendheim – Altersheim
FDGB – Freier Deutscher Gewerkschaftsbund
FDJ – Freie Deutsche Jugend
Ferienlager – Kinderferienlager zur Erholung während der Winter- oder Sommerferien
Das fetzt! – Umgangssprache für gut, spitze, topp, adäquat heute: geil
Firma Horch & Guck – Staatssicherheit

Frauenruheraum – in Betrieben besonders für Schwangere
die Freunde – Bezeichnung für die Sowjetunion
Freundschaft – FDJ-Gruß, zu Beginn von FDJ-Versammlungen,
ab der 8. Klasse häufig zur Unterrichtseröffnung; üblich auch
bei Appell-Veranstaltungen
Früh-und-Spät-Verkauf – Verkaufsstellen mit längeren Öffnungszeiten

Gastmahl des Meeres – Gaststätten überwiegend mit Fischgerichten
Genex-Versandhandel – überwiegend für aus DDR-Produktion
stammende Waren, die jedoch nur gegen Devisen erhältlich
waren und nur aus dem »nichtsozialistischen Wirtschaftsge-
biet« an Empfänger in der DDR versandt werden konnten
Genosse, Genossin – üblich als Anrede statt Herr oder Frau in
der Armee
gesellschaftliche Aktivität – ehrenamtliche Tätigkeit
Getränkestützpunkt – Verkaufsstelle für Getränke, die häufig zum
Abend und am Wochenende geöffnet war
GOL – Grundorganisationsleitung der FDJ an einer Schule
Goldene Hausnummer – Auszeichnung für Hausgemeinschaften
Goldbroiler, Broiler – Bezeichnung für Grillhähnchen
Goldener Westen – ironisch für Westdeutschland
GPG – Gärtnerische Produktionsgenossenschaft
Großer Bruder – Sowjetunion
Gruppenratsvorsitzender – Leiter des Gruppenrates der Pioniere,
heute Klassensprecher
GST – Gesellschaft für Sport und Technik

HO – Einzelhandelsgeschäft, Konsum, Kaufhalle, Supermarkt
HGL – Hausgemeinschaftsleitung größerer Mehrfamilienhäuser
Haushaltstag – ein monatlich zusätzlicher freier Tag für berufs-
tätige Frauen mit Kindern
Havarie – Stromausfall, Wasserrohrbruch
Held der Arbeit – Ehrentitel

Intershop – Geschäfte mit Importwaren gegen Devisen

Jahresendprämie – 13. Monatsgehalt
Jugendbrigade – eine Brigade mit verhältnismäßig niedrigem
    Durchschnittsalter
Jugendclub – Treffpunkt für Jugendliche, organisierte Diskos

Kaufhalle – Supermarkt
KJS – Kinder- und Jugendsportschule, heutige Sportgymnasien
Kollektiv – Arbeitsgruppe, Team
Kombinat – Konzern
Konsum – Einzelhandelsgeschäft der Konsumgenossenschaft
Kosmonaut – Weltraumfahrer, Astronaut
Kulturhaus, Klubhaus – Veranstaltungshaus im Besitz der Kom-
    mune oder eines Betriebes
Kulturschaffender – Künstler, Schriftsteller
Kundschafter des Friedens – Bezeichnung für Spion der eigenen
    Seite

Lager für Arbeit und Erholung – Ferienlager für Jugendliche mit
    täglichem Arbeitseinsatz gegen finanzielle Entlohnung
Leiter – Manager
LPG – Landwirtschaftliche Produktionsgenossenschaft

Mach mit! Schöner unsere Städte und Gemeinden! – gemeinsame
    Arbeitseinsätze
Mächtig gewaltig! – großes Lob, Zitat von Benny aus der Olsen-
    bande-Filmreihe
MMM – Messe der Meister von morgen, Jugend-forscht-
    Wettbewerb
Milchdienst – Schüler, die in Schulen Milchgeld kassierten
Mit sozialistischem Gruß – so endeten oft Briefe von Behör-
    den, Parteiorganisationen und staatlichen Stellen, heute: Mit
    freundlichen Grüßen

Naherholungsobjekt – Einrichtung für Freizeitaktivitäten
Neubaugebiet – Plattenbau
Nicki – T-Shirt

Pappe – umgangssprachlich für Trabant
PiLei – Pionierleiter
Pioniereisenbahn – heute Parkeisenbahn
Pionierhaus – Freizeiteinrichtung für Kinder, Station Junger
　Naturforscher und Techniker
Pioniernachmittage – Aktivitäten wie Disko, Basteln, Diavor-
　träge, Altstoffe sammeln
Poliklinik – Ärztehaus
Polylux – Tageslichtprojektor
POS – Polytechnische Oberschule, Schulform als Gesamtschule
　vom 1. bis zum 10. Schuljahr
Popgymnastik – Aerobic

Rennpappe – scherzhaft für Trabant
RGW – Rat für gegenseitige Wirtschaftshilfe
Russenmagazin – Geschäft nur für Offiziere der Sowjetarmee

Sättigungsbeilage – Speisekartenrubrik für Kartoffeln, Reis,
　Nudeln etc.
Schallplattenunterhalter – offiziell für DJ, Disk-Jockey
schau – jugendsprachlich für schön oder toll
SERO – Sekundärrohstofferfassung für recyclebare Abfälle
Für Frieden und Sozialismus! Seid bereit! Immer bereit! – Gruß
　der Jung- und Thälmannpioniere
Sichtelement – Plakat, Plakataufsteller, Werbetafel
SMH – Schnelle Medizinische Hilfe
Soljanka – eine Suppe nach russischem Rezept
Spartakiade – Sportwettbewerb für Kinder und Jugendliche in
　Schulen, auch auf Kreis- und Bezirksebene sowie landesweit
　zur Talentsichtung

Stabü – Schulfach Staatsbürgerkunde
Stadtbilderklärer – Stadtführer
Stempelkarte – heute Punkte in Flensburg
Straße der Besten – Porträts der Besten im Sozialistischen Wettbewerb
Subbotnik – halb freiwilliger, unbezahlter Arbeitseinsatz

Tschekist – offizielle Bezeichnung für Mitarbeiter der Stasi

urst – statt saugeil
UTP – Unterrichtstag in der sozialistischen Produktion

VEB – Volkseigener Betrieb
VEB Gleichschritt – Nationale Volksarmee
Vitamin B – persönliche Beziehungen zum Erlangen von Vorteilen

Wandzeitung – Pinnwand
WPA – Schulfach Wissenschaftlich-Praktische Arbeit an der EOS
Würzfleisch – Ragout

Zellophanbeutel – Folienbeutel
Zellstoff – Papiertaschentuch, Tempo

Stefan Wolter

Der Prinz von Prora
Hinterm Horizont allein

Als der damals 20-jährige Bausoldat im März 1988 dieses Resümee zieht, ist seine Zeit in der Nationalen Volksarmee der DDR fast vorüber. Zeit, die der Verweigerer der Waffe meist hinter den Stacheldrahtzäunen von Prora verbrachte.
Prora ist heute bekannt für seinen feinen Sandstrand – und für seine gigantische „KdF-Anlage". Das im „Dritten Reich" geplante Seebad für 20.000 „Volksgenossen" wurde nie bezugsfertig. In den 1950er Jahren begann der Ausbau zu einem der großen Militärstandorte der DDR.
Überwältigend authentisch und ohne Tabus erzählt das Buch die Geschichte eines Jugendlichen, der in den Fängen des berüchtigten „Koloss' von Prora" erwachsen wird. Eindrucksvoll und sensibel offenbaren Briefe und literarische Reflexionen den täglichen Kampf um das Überleben des eigenen Stolzes. Ein Ringen, in dem sich eine immer enger werdende Freundschaft anbahnt ...

ISBN 3-86634-028-1
Preis: 14,90 Euro

Paperback
350 Seiten, 13,8 x 19,6 cm

ISBN 3-938227-96-6
Preis: 19,80 Euro

Hardcover
349 Seiten, 14,5 x 20,2 cm

Frank Günther

Der Tanz des Schützen Faber

Der Autor erzählt in der Person seines Protagonisten Henry Faber seine Erlebnisse während der Dienstzeit im Luftsturmregiment 40 „Willi Sänger", dem Regiment der NVA-Fallschirmjäger. Er beschreibt zum einen die Zustände in der NVA, die Ausbildung, den Alltag und vor allem die Auswirkungen der EK-Bewegung, die anhand authentischer Erlebnisse des Autors geschildert werden und zum anderen die fiktive Rahmenhandlung, welche die Wandlung des Henry Faber vom mürrischen Einzelgänger zum wirklichen Freund erzählt. Er berichtet von den Repressalien, denen die Neulinge in der Grundausbildung, wie auch im gesamten ersten Dienstjahr ausgesetzt sind. Dem gegenüber stehen als menschlicher Gegenpol seine beiden Freunde Steiner und Randy, mit denen er in dieser Zeit durch dick und dünn geht und zwischen denen sich im Laufe der Monate von Grundausbildung bis zum Einsatz der NVA-Fallschirmjäger im Oktober 1989 in Leipzig eine wunderbare Freundschaft entwickelt. Bis zuletzt hält Faber an seiner Abneigung gegen die Armee und der Überzeugung, dass diese Entscheidung falsch war, fest. Erst die sich überstürzenden Ereignisse im dritten Dienstjahr lassen Faber erkennen, dass ihm dieser Ort menschlichen Wahnsinns mit diesen beiden weit mehr gegeben hat, als das ganze Leben zuvor.

ISBN 978-3-86634-315-3
Preis: 12,50 Euro

Paperback
231 Seiten, 13,8 x 19,6 cm